Willy Josefsson wurde 1946 geboren und lebt in Malmö. Nach seinem Studium war er Kulturjournalist, heute arbeitet er neben seiner schriftstellerischen Tätigkeit als Hörfunkredakteur bei Sveriges Radio. «Denn ihrer ist das Himmelreich» ist Josefssons sechster Kriminalroman und der erste mit der sympathischen Pastorin Eva Ström als Hauptfigur. Bei rororo liegen weiterhin seine Martin-Olsson-Romane vor (in chronologischer Folge): «Die Spur im Meer» (Nr. 23174), «In jenen dunklen Tagen» (Nr. 22892) und «Das Zeichen des Mörders» (Nr. 23013).

WILLY JOSEFSSON

Denn ihrer ist das Himmelreich

Roman

Deutsch von
Eckehard Schultz

Rowohlt Taschenbuch Verlag

Deutsche Erstausgabe
Veröffentlicht im Rowohlt Taschenbuch Verlag GmbH,
Reinbek bei Hamburg, Dezember 2002

Die Originalausgabe erschien 2002 unter dem Titel
«Den fjärde punkten» bei Wahlström & Widstrand, Stockholm

Umschlaggestaltung any.way, Andreas Pufal
(Foto: Bavaria)
Satz ITC Galliard PageMaker bei
Pinkuin Satz und Datentechnik, Berlin
Druck und Bindung Clausen & Bosse, Leck
Printed in Germany
ISBN 3 499 23320 7

Die Schreibweise entspricht den Regeln
der neuen Rechtschreibung.

«Die Leute verstanden nichts. Die Leute verstehen nie etwas. Wenn sie etwas verstehen würden, wäre es vermutlich nicht möglich zu leben.»

Georges Simenon

Alle Ereignisse und Personen in diesem Buch sind frei erfunden, lediglich die Zeitungsmeldung im letzten Kapitel stammt aus einem Artikel in der Zeitung *Expressen,* der im Sommer 2001 erschien. Auch die Orte der Handlung haben selbstverständlich nichts mit den im Buch geschilderten Ereignissen zu tun. Um Missverständnissen vorzubeugen, habe ich mir die Freiheit genommen, kleine Änderungen beim Milieu vorzunehmen – ich hoffe, die Einwohner von Ängelholm und Båstad werden mir das verzeihen.

Schließlich ein großes Dankeschön an alle, die mir auf unterschiedlichste Weise geholfen haben, besonders an Åke Svensson, den Pastor der Kirchengemeinde in Barkåkra.

Veybystrand, im November 2001
Willy Josefsson

PROLOG

Der Mann hatte bei der alten Ziegelei eigentlich nichts zu suchen. Es war nicht der letzte Freitag des Monats, er hatte seine obligatorische Runde bereits vor knapp zwei Wochen gemacht, und alles war genauso gewesen, wie es sein sollte. So wie im Monat davor, so wie in all den Monaten.
Im Grunde war er der Ansicht, dass diese Kontrollgänge sinnlos waren. Das sagte er natürlich nicht laut, schließlich verdiente er sich damit ein Zubrot zur Rente. Ein Haufen alter Ziegel war das, weiter nichts. Er musste immer wieder Angst haben, dass das Ganze über ihm zusammenbrach. Ziegelsplitter und kleine Steine aus den alten Gewölben lösten sich ständig, und die Öffnungen des langen Ofens waren verdeckte Fallgruben mit morschen Brettern darüber, die jederzeit nachgeben konnten. Dass überhaupt jemand daran denken könnte, hier einzubrechen, war einfach lächerlich. Ebenso wie die Hoffnung, jemand würde hier sein Geld investieren und aus der verrotteten Anlage ein Museum machen wollen. Aber das war nicht sein Problem.
Er hätte nicht sagen können, warum er gerade an diesem Tag hierher gegangen war. Er war einfach von zu Hause losspaziert, gedankenverloren und ohne Ziel, bis ihm bewusst wurde, dass er wieder an der hohen Uferkante vor der Ziegelei entlanglief. Die Macht der Gewohnheit.
Der Teich war so regungslos und abweisend schmutzig grau gewesen wie immer. Er konnte sich nicht daran erinnern, je-

mals irgendwelches Leben in dem tiefen, voll Wasser gelaufenen Loch bemerkt zu haben, aus dem man früher Lehm für die Ziegel geholt hatte.

Der Mann hatte seinen üblichen Weg fortgesetzt, quer über den leeren Schotterplatz, vorbei an dem eigenartigen Ziegelbau mit seinem Boden aus roten Holzbohlen und zu dem Hauptgewölbe hin, wo sich früher einmal der hohe Schornstein befunden hatte. Er hätte auch nicht sagen können, warum er sich vornüber gebeugt und unter die schweren und lockeren Mauersteine geblickt hatte. Vielleicht war das auch nur gewohnheitsmäßig geschehen, oder er hatte irgendwie das Gefühl gehabt, er müsste das einfach mal kontrollieren, wenn er nun sowieso schon dort war.

Obwohl es immer einige Sekunden dauerte, bis er sich an das Halbdunkel in dem maroden Gewölbe gewöhnt hatte, roch er sofort, dass jemand an der Ofenwand weiter hinten Feuer gemacht hatte. Er fuhr zurück, als einige Ziegelsplitter von der Decke herunterrieselten, seine Neugier siegte jedoch über seine Vorsicht. Bereits hier lag ihm ein Ekel erregender Brandgeruch in der Nase, und als er die wenigen Schritte bis zur Mauer zurückgelegt hatte, wurde ihm davon speiübel.

Und dann sah er, was dort gebrannt hatte.

Der Junge war in eine Öffnung der Ofenmauer geschoben worden, und sein Kopf steckte in einer durchsichtigen Plastiktüte, die durch das Feuer zu einer klebrigen Masse verschmolzen war. Sie bedeckte sein ganzes Gesicht, es sah unförmig und wie von Lepranarben entstellt aus. Rußige Kleiderfetzen hingen wie Schuppen an dem kleinen Körper, die Haut war stellenweise weggebrannt, und das rohe Fleisch schimmerte in dem schwachen Licht.

Es war offensichtlich, dass jemand vergeblich versucht hatte, den Körper durch das Feuer zu beseitigen. Was sich aber zuvor in dem Dunkel unter dem alten Ziegelgewölbe abgespielt haben mochte, ließ ein anderes Detail erahnen.
Der tote Junge lag unnatürlich vornüber gebeugt da, und seine Hose war bis zu den Knien heruntergezogen.

KAPITEL 1

Der Schmerz durchfuhr ihren Körper. Es begann mit einem scharfen Stich im linken Knie und nahm von ihrem Bewusstsein Besitz.

Sie hatte sehr lange nachgedacht, die ganze Nacht war darüber hingegangen. Vielleicht nicht nachgedacht, vielleicht eher gespürt. Das waren Gefühle, die zu verdrängen sie sich vorgenommen hatte. Man konnte nicht vor sich selbst davonlaufen, aber man konnte so lange rennen, bis man nichts mehr im Kopf fühlte. Jedenfalls funktionierte das normalerweise. Nach einer Trauerfeier oder einem schwierigen Gespräch.

Aber dies hier war kein normaler Vorgang. Daher war der Schmerz eine willkommene Ablenkung. Er pulsierte zuverlässig bei jedem Schritt, während die Morgensonne zwischen den Baumstämmen hindurchschimmerte. Es kam nur darauf an, die Zähne zusammenzubeißen. Sich die Bilder nicht immer wieder ins Bewusstsein zu rufen.

Sie spürte, wie der Schweiß unter dem Pullover klebrig zu werden begann, und schob eine Hand unter das Bündchen, um sich Luft zu machen. Warum sie beim Joggen meistens ein Kollar trug, war ihr eigentlich nicht richtig klar.

Vielleicht kam sie sich mit den schwingenden Brüsten unter dem dünnen Pullover doch zu nackt vor, falls sie zufällig einem Gemeindemitglied begegnen sollte. Oder mitten im Wald einem Unbekannten.

So wie es Jörgen passiert war. Davon ging sie jedenfalls aus. Dass es ein Unbekannter gewesen war. Alles andere wäre … Sie beschleunigte ihre Schritte, um den Gedanken möglichst weit von sich zu schieben.
Es war ein eigenartiges Gefühl gewesen, wie sie als Krisengruppe zusammen mit dem Arzt und dem Psychologen in dem leeren Sprechzimmer des Krankenhauses gesessen und gewartet hatte.
Niemand war erschienen. Nicht der Wachmann, der ihn gefunden hatte. Nicht sein Vater, keine Freunde, keine Schulkameraden.
Vielleicht war es die Vereinsamung, die ihr so zu schaffen machte. Sie begegnete ihr immer wieder: leere Kirchenbänke, Trauerreden ohne Zuhörer. Das war nun mal so, wenn man Menschen zur letzten Ruhe geleitete, die all ihre Verwandten und Freunde schon verloren hatten. Menschen, die die Letzten ihrer Generation gewesen waren.
Aber Jörgen war nur neun Jahre alt gewesen.
Neun Jahre alt und kein Freund, der um ihn trauerte. Ein allein stehender Vater, der wohl der Meinung war, er brauche niemanden, mit dem er sich aussprechen konnte.
Sie verlangsamte ihre Schritte. Das Knie protestierte sofort gegen das veränderte Tempo, ein ziehender Schmerz durchzuckte den Körper wie eine heiße Nadel, und sie blieb abrupt stehen.
Natürlich war sie ungerecht. Jörgens Vater hatte eben für sich entschieden, mit seiner Trauer allein sein zu wollen. Und sie konnte nichts an der Tatsache ändern, dass Jörgen keine Freunde gehabt hatte.
Eva Ström machte die Augen zu und lehnte sich zurück. Sie wünschte sich, dass es regnen würde, aber es kam nur ein

schwacher Wind vom Meer, der durch den Staatsforst wehte und ihr Gesicht streifte. Sie öffnete die Augen und blickte hoch zu einem blassblauen Himmel.

«Verdammt nochmal!»

Ganz tief atmete sie ein und schloss wieder die Augen. Danach blickte sie schuldbewusst um sich, sah aber keinen Menschen. Hoffentlich befand sich auch niemand in Hörweite.

Sie begann vorwärts zu humpeln, eigenartigerweise fühlte sich das Knie dabei besser an, und probeweise fiel sie in ihren alten Takt. Eine Waldtaube flog von einem Ast vor ihr auf. Das nahm sie beinahe unbewusst wahr und wunderte sich vor allem über ihre eigene Reaktion. Oder das Fehlen einer Reaktion.

Jedenfalls hatte sie den Versuch unternommen, das Geschehene mit den Kindern im Chor zu verarbeiten. Am Tag danach hatten sie alle dagesessen und sie mit verschreckten Augen angesehen. Jörgens Platz war leer geblieben, und obwohl sie bereits Bescheid wussten, hatte Eva die immer gleiche Frage in ihren Blicken erkannt. So als ob sie ihnen eine Antwort hätte geben können.

Sie hatte die Kinder ermahnt, was hätte sie anderes tun sollen?

Während sie sich auf die Lippen biss, schätzte sie schnell den Abstand hinüber zu einem weißen Birkenstamm, der sich zwischen die schlanken Kiefern geschoben hatte, ohne auch nur annähernd auf die richtige Zahl der Schritte zu kommen. So täuschte sie sich sonst selten, aber heute war ein solcher Tag. Sie war sich nicht mal sicher, ob es ein schöner Morgen war oder nicht.

Eigentlich genoss sie den speziellen Duft, wenn sich die Waldluft mit dem schwachen Salzgeruch vom Meer mischte,

aber als der Pfad sich plötzlich in ein dunkles und dichtes Fichtengehölz schlängelte, spürte sie nichts anderes als Unbehagen von den verdorrten Zweigen im Dunkel um sie her.
Jörgen war ein zurückgebliebenes Kind, antriebsarm und langsam. Meistens saß er still auf seinem Stuhl, in sich versunken, und wenn jemand etwas zu ihm sagte, blickte er oftmals nur hoch, als ob er nicht verstanden hätte. Sie erinnerte sich daran, dass sie zu Anfang geglaubt hatte, er sei taub. Das war, bevor sie ihn singen hörte.
Eva Ström hatte niemals vorher ein Wunderkind kennen gelernt, aber Jörgen war genau das. Ein Wunder. Eine Laune der Natur, oder in der Sprache der Wissenschaft: Er verfügte über ein extrem ungleichmäßig verteiltes Begabungsprofil, eine Art Idiot savant.
Sie hatte ihm jedenfalls niemals eine Stimme oder eine Melodie beibringen müssen. Auf seine ganz eigentümliche Weise beherrschte er sie trotzdem auf Anhieb perfekt.
Im Krankenhaus hatte sie das Polizeifoto gesehen, das den Zustand zeigte, in dem er gefunden worden war. Sie konnte nicht begreifen, wie jemand ihm so etwas hatte antun können. Oder dass jemand überhaupt zu so etwas fähig war.
Sie hatte die Kinder zur Vorsicht ermahnt, sie gewarnt.
Wenn sie ehrlich war, war es sowohl deswegen, als auch um ihre Gefühle zum Schweigen zu bringen, weswegen sie sich hier mit einem schmerzenden Knie durch den Staatsforst voranquälte. Die Kinder brauchten Trost und Sicherheit, und sie hatte ihnen Misstrauen eingeflößt. Und Angst gemacht.
Wieder bekam sie Lust zu fluchen, ließ es dann aber. Hier standen die Birken eng beieinander, und der Boden war feuchter. Unter ihren Füßen schwappte es, aber sie war schon vorher an dieser Stelle gejoggt und hatte keine Bedenken.

Hundert Meter weiter vorn würde sie wieder auf dem Trockenen sein. Dann kam das Meer und die Dünen.

Vergeblich hatte sie nach den richtigen Worten gesucht, um ihnen zu erklären, was erwachsene Menschen mit Kindern anstellen konnten. Unnötigerweise, wie sich gezeigt hatte. Die wussten schon Bescheid. Aber sie selbst hatte in der Nacht lange wach gelegen und überlegt, ob es nötig war, dass Kindern Ausdrücke dieser Art bereits geläufig waren.

Die Kinder hatten nicht die gleichen Hemmungen gehabt wie sie selbst, mit einer Ausnahme. Eine bleiche Zwölfjährige hatte mit zusammengekniffenen Lippen dagesessen und war ihrem Blick ausgewichen. Sie war die Einzige, die nichts gesagt hatte, und Eva Ström war sicher, dass irgendetwas nicht in Ordnung war.

Andererseits gab es keinen Grund, gleich an das Schlimmste zu denken, nur weil das Mädchen sich anders als die anderen Kinder verhielt. Dass sie nicht laut über sexuelle Übergriffe sprechen wollte, musste nicht heißen, dass sie selbst davon betroffen war. Nicht notwendigerweise.

Aber wenn doch?

Wie sollte man erkennen, ob man schlimmsten Schaden anrichtete, weil man in eine Angelegenheit eingriff, die sich in Wirklichkeit als Hirngespinst erwies, oder weil man untätig blieb, als schnelles Eingreifen tatsächlich notwendig gewesen wäre? Die Antwort war einfach: Das konnte man nicht wissen.

Sie joggte jetzt nicht mehr, in dem lockeren Sand war es schwer genug, langsam zu gehen mit einem Knie, das durch die Misshandlung im Wald bereits anzuschwellen begann. Außerdem war sie jetzt ans Wasser gekommen. Grün und Blau wechselten sich weit draußen ab, wo Himmel und Erde

zusammenstießen, und einen Augenblick lang blieb sie stehen und füllte ihre Lungen mit Luft.
Als sie weiterging, folgte sie dem harten Sand am Wassersaum. Eine Qualle glitzerte in dem feuchten Sandstreifen, den die Wellen hinterließen. Sie bückte sich, um dem Tier zurück in sein Element zu helfen, aber beim Anblick des glasigen Gelees musste sie an das Polizeifoto und die widerliche Plastiktüte denken, die über Jörgens Gesicht gespannt gewesen war.
Plötzlich spürte sie Tränen in ihren Augen brennen. Der Schmerz im Knie, ihre Hilflosigkeit gegenüber den Kindern im Kirchenchor und ihre Verzweiflung darüber, was mit Jörgen geschehen war. Und während sie still vor sich hin weinte, entschloss sie sich, herauszubekommen, ob das Mädchen ebenfalls sexuell missbraucht worden war oder nicht. Das war das Mindeste, was sie tun konnte.
Der Weinkrampf hörte ebenso schnell wieder auf, wie er gekommen war. Sie schämte sich ein wenig über ihre Reaktion. Schließlich war sie Seelsorgerin von Beruf, und es war nicht Sinn der Sache, dass ausgerechnet sie herumheulte.
Sie wusch sich das Gesicht mit kaltem Meerwasser und fühlte sich sogleich deutlich besser. Dann machte sie sich über den morgendlich leeren Badestrand auf den Weg zu ihrem weißen Golf.
Vielleicht war sie fünfzig Meter weit gekommen, vielleicht weniger, als sie entdeckte, dass sie nicht allein am Strand war.
Der Mann lag im Sand, an der Seite des Holzsteges, der durch die Dünen zum Wasser führte. Sie hatte niemanden kommen sehen, daraus schloss sie, dass er bereits dort gewesen sein musste, als sie kam. Außerdem schien er zu schlafen.

Jedenfalls konnte er in dem kurzen Moment, in dem sie ihm den Rücken zugewandt hatte, kaum gekommen und sofort eingeschlafen sein. Komisch war nur, dass er vollständig angekleidet im Sand lag, er trug einen hellen Leinenanzug und hatte braune Schuhe an.

Der Pfad, dem sie folgte, ging dicht an ihm vorbei. Sie wollte nicht aufdringlich wirken und wandte den Blick ab, registrierte aber trotzdem einen hellen Sonnenreflex im Sand neben seinem rechten Fuß. Sie warf ihm einen schnellen Blick zu, und da entdeckte sie die Schnapsflasche und den Vogel.

Es war eine große grauweiße Möwe mit einem roten Fleck ganz vorn auf dem in einem Haken endenden Schnabel. Und damit hackte sie dem Mann immer wieder ruckartig ins Gesicht.

Sie blieb mehrere Sekunden stehen und starrte auf die bizarre Szene, ohne gleich zu begreifen, was sie da sah. Dann setzte sie sich in Bewegung und lief zu dem Mann hin, das Knirschen in ihrem Knie beachtete sie jetzt nicht mehr. Die Möwe schrie wütend und flatterte widerwillig mit ihren schweren Flügeln.

Ein kurzer Blick auf die leere Medizindose in der Hand des Mannes und auf sein entstelltes Gesicht genügte, um zu sehen, dass er tot war.

KAPITEL 2

Der Polizist auf der anderen Seite des Schreibtisches trug einen Bürstenschnitt. Eva Ström war ihm bereits früher einmal begegnet. Aber damals hatte er nach Schnaps gerochen und war an einem kalten Februarabend beim Friedhof von Hjärnarp aus einem Taxi gestiegen. Sie erinnerte sich sogar an seinen arroganten Ton.

«Was hatten Sie da überhaupt zu suchen?»

Er brummte die Frage und schien mit seinen Gedanken ganz woanders zu sein, jedenfalls hatte man den Eindruck, wenn man seine Augen beobachtete, die auf einen Punkt schräg hinter ihrem Rücken gerichtet waren.

Sie drehte den Kopf und versuchte seinem Blick zu folgen, bevor sie antwortete. Aber alles, was sie sehen konnte, war eine Kaffeemaschine, die auf dem Fensterbrett stand und einen schwachen, aber bitteren Duft nach abgestandenem Kaffee verströmte.

«Ich bin gejoggt.»

Der Blick der blauen Augen richtete sich jetzt auf sie. Die Stimme hörte sich misstrauisch an.

«Ich dachte, Sie haben Schmerzen im Knie?»

Eva spürte, wie sie rot wurde. Während sie in der Eingangshalle des Polizeihauses gewartet hatte, war das Kniegelenk weiter angeschwollen, und als Arne Bergman endlich heruntergekommen war, um sie abzuholen, hatte sie sich nur mit Mühe bis zur Treppe geschleppt. Er hatte sich das wortlos angesehen, bevor er mit einem mürrischen Kopfnicken hinüber zur Tür des Fahrstuhls gewiesen hatte.

«Ich bin trotzdem gelaufen.»

Sie war sich nicht sicher, ob er ihr glaubte oder nicht. Aber sie sah ein, dass es kaum einleuchtender klingen würde, wenn sie ihm erklärte, was der eigentliche Grund war. Dass sie Fakir gespielt hatte, um nicht ständig grübeln zu müssen.

Er sah sie nachdenklich an und strich sich übers Kinn. Im Zimmer stapelten sich die Akten fast schon chaotisch, aber irgendwie vermittelte er doch den Eindruck, als ob er die absolute Kontrolle sowohl über die Situation als auch seine bemerkenswerte Unordnung hatte.

«Sie gehörten zu der Krisengruppe vorgestern im Krankenhaus?»

Das war mehr eine Feststellung als eine Frage, und sie begnügte sich mit einem Nicken. Was hatte das denn nun mit der Sache zu tun?

«Und Sie sind nach wie vor Pastorin?»

Wieder nickte sie. Es bedurfte keiner gründlicheren polizeilichen Untersuchung, um das festzustellen, sofern er es seit ihrem letzten Zusammentreffen vergessen hatte. Sie hatte immer noch das Kollar um, anstandshalber aber eine dünne Leinenjacke über das T-Shirt gezogen.

«Ich bin Pastorin in Barkåkra.»

«Sie leiten auch den Kirchenchor in Ängelholm. In dem Jörgen Nyman mitgesungen hat?»

Offenbar wurde eine Antwort von ihr nicht erwartet, daher schwieg sie. Sie fragte sich nur, wann er endlich zur Sache kommen würde, schließlich hatte sie die Polizei doch angerufen, weil sie einen toten Mann am Strand gefunden hatte.

«Wie gut kannten Sie Jörgen Nyman?»

«Verzeihung?»
«Wie gut kannten Sie ihn? Wissen Sie etwas über die Verhältnisse in seinem Elternhaus?»
Sie zuckte mit den Schultern.
«Sein Vater war allein erziehend. Er hatte keine Geschwister. Weshalb?»
Arne Bergman schien weder von ihrer Körpersprache noch von ihrer Frage Notiz zu nehmen. Die blauen Augen richteten sich wieder auf die Kaffeemaschine.
«In der Schule ist er wohl nicht so gut mitgekommen?»
Sie starrte ihn an. Das Gefühl, dass sich das Gespräch in eine ganz andere Richtung bewegte, als sie es erwartet hatte, wurde immer deutlicher.
«Er litt an einer Entwicklungsstörung …»
«Retardiert?»
Eva wusste nicht, was sie darauf antworten sollte. Das war ein Ausdruck, den sie lange Jahre nicht mehr gehört hatte. Sie schüttelte den Kopf.
«Er war vielleicht ein wenig langsam, aber er war sehr musikalisch. Der Begabteste im ganzen Chor.»
Sie selbst mit einbezogen, hätte sie gern hinzugefügt, aber sie biss sich auf die Zunge. Und Bergman war bereits bei der nächsten Frage.
«Würden Sie sagen, dass er leicht beeinflussbar war? Entwicklungsgestörte sind ja oft … ziemlich gutgläubig?»
Sie hörte eine kleine Unsicherheit heraus und fragte sich, was er wohl hatte sagen wollen. Gleichzeitig spürte sie eine gewisse Gereiztheit in Wut übergehen, aber sie beherrschte sich, so gut sie konnte.
«Das kommt auf den Einzelfall an. Ich kenne viele gebildete Leute, die recht … unkritisch sind.»

Sie versuchte einen stichelnden Tonfall anzuschlagen, aber das lag ihr nicht. Wenn sie ihn getroffen hatte, so ließ er es sich jedenfalls nicht anmerken.

«Hatte er viele Freunde in Ihrem Chor?»

Sie schüttelte zum zweiten Mal den Kopf. Sie konnte sich keinen Vers auf diese Art einer Vernehmung machen. Sofern es denn eine solche sein sollte.

«Nein», antwortete sie resigniert. «Überhaupt keine.»

Bergman nickte, als ob dadurch etwas bestätigt wurde, was er sich bereits ausgerechnet hatte. Dann strich er sich wieder übers Kinn und blickte ihr tief in die Augen.

«Können Sie sich daran erinnern, dass Sie ihn irgendwann mal in Begleitung eines Ihnen nicht bekannten Erwachsenen gesehen haben?»

Jetzt hatte sie genug. Sie stand hastig vom Stuhl auf, ohne an ihr geschwollenes Knie zu denken. Der plötzliche Schmerz führte dazu, dass sie eine unfreiwillige Grimasse schnitt, die ihrer Gereiztheit noch mehr Nachdruck verlieh.

«Nein, habe ich nicht. Und ich habe mehr als einen ganzen Vormittag verbummelt, weil ich hier warten musste. Ich war der Meinung, wir würden über den Mann sprechen, der sich am Strand das Leben genommen hat.»

Arne Bergman blieb regungslos mit der Hand am Kinn sitzen. Er änderte nicht einmal die Tonlage, als er sie mit seinen blauen Augen anblickte.

«Das tun wir gerade. Der Mann, den Sie am Strand gefunden haben, ist ein bekannter Päderast. Nach ihm wurde seit gestern Morgen wegen des Mordes an Jörgen Nyman gefahndet.»

Eva Ström starrte ihn an. Sie war sich nicht sicher, ob sie richtig gehört hatte.

«Gefahndet?» Sie sank auf den Stuhl zurück. Es dauerte zwei Sekunden, bis sie begriff, was er gesagt hatte. «Er war Päderast? Und hat Jörgen …?»
Bergman zuckte mit den Schultern.
«Das glauben wir jedenfalls. Jetzt ist es allerdings zu spät, um ihn danach zu fragen.»
«Ob er Päderast war?»
Sie merkte selbst, wie idiotisch sich das anhörte. Die Worte waren ihr herausgerutscht, und Bergman warf ihr einen eigentümlichen Blick zu.
«Nein. Das wussten wir.»
Mehr sagte er nicht. Er beobachtete sie weiter mit diesem eigenartigen Ausdruck in seinen Augen, und sie rutschte auf ihrem Stuhl unsicher hin und her. Einen Moment lang hatte sie den Eindruck, als ob sie verdächtigt würde, aber dann wandten sich die blauen Augen wieder der Wand hinter ihr zu.
«Das passt doch ganz gut zusammen, oder?»
Sie begriff nicht, was er meinte. «Was denn?»
Jetzt hörte er sich plötzlich beinahe freundlich an.
«Der Mann widmet sich seinem speziellen … Hobby, aber er geht zu weit. Dann wird ihm klar, was er angerichtet hat, und alles bricht zusammen. Er sieht keinen Ausweg, er weiß, dass wir ihn in unseren Dateien haben, und begreift, dass wir mit ihm sprechen werden. Er weiß auch, was mit solchen Männern wie ihm im Gefängnis angestellt wird …»
Bergman machte eine kurze Pause, er schien zu zögern, ehe er fortfuhr. «Der Selbstmord beweist diese Annahme, stimmt's?»
Offenbar erwartete er von ihr eine Antwort. «Fragen Sie mich?»
«Ich muss wissen, ob Gewissensbisse immer noch ein gängi-

ges Motiv für Selbstmorde sind. Eine Pastorin müsste eine Antwort darauf haben, nehme ich an.»
Eva errötete wieder. Sie war sich nicht sicher, ob er wirklich so unverschämt war, wie er sich anhörte. «Tja, aber …»
Sie zögerte mit der Antwort, und Bergman fasste sofort nach: «Vielleicht können Sie sich nicht vorstellen, dass Päderasten Gewissensbisse haben können?»
Eva verstand immer noch nicht, worauf er eigentlich hinauswollte, und sie hatte keine Lust, dazusitzen und zu raten, ob er es ironisch meinte oder nicht. Sie machte wieder Anstalten, aufzustehen und zu gehen, und vielleicht merkte er das. Jedenfalls wechselte er den Tonfall und erstattete nüchtern Bericht wie ein Nachrichtensprecher im Fernsehen.
«Wir haben zwei Todesfälle, die rein geographisch nahe beieinander liegen: der eine ein ermordeter Junge, der nach den Umständen zu urteilen sexuell missbraucht worden ist, der andere ein Mann mit Neigung zu kleinen Jungen, der am Tag nach dem Auffinden des Getöteten Selbstmord begeht. Was für Schlüsse kann man daraus ziehen? Wir haben keine Zeugen und keinen Täter mehr, den wir fragen könnten, aber die Ermittlungen müssen abgeschlossen werden. Können wir keinen Zusammenhang nachweisen, dann dürfen wir das Vorhandensein eines anderen Täters nicht ausschließen …»
Er brach ab und machte eine ausladende Handbewegung.
«Daher muss ich wissen, ob Sie einen ihnen nicht bekannten Erwachsenen zusammen mit Jörgen Nyman gesehen haben. Oder mit einem anderen Kind. Und deshalb will ich Ihre professionelle Meinung als Seelsorgerin hören.»
Er blickte sie auffordernd an, denn als Bitte konnte man das wohl nicht bezeichnen. Sie schämte sich, weil sie so abweisend gewesen war, bevor sie den Zusammenhang gesehen

und die Logik in seinen Fragen verstanden hatte. Aber andererseits hätte er sich von Anfang an auch etwas verständlicher ausdrücken können.

«Natürlich», sagte sie schließlich. «Es gehört zum Verhaltensmuster, dass Menschen in schweren Gewissenskonflikten sich das Leben zu nehmen versuchen. Oder zumindest eine solche Lösung in Betracht ziehen.»

Sie machte eine kleine Pause, um zu verdeutlichen, dass sie seine Fragen ernst nahm.

«Aber ich habe weder Jörgen noch ein anderes Kind aus dem Chor mit jemand Unbekanntem gesehen. Und auch nicht mit diesem Mann, wie immer er heißen mag.»

«Mikkelsen», murmelte Bergman automatisch.

Er sah aus, als ob er über etwas anderes nachdachte, und vielleicht hatte er mehr gesagt, als er beabsichtigt hatte. Trotzdem fragte sie: «Was hat er getan? Ich meine vor … dieser Sache?»

«Fotos und Videofilme. Er hatte einen Hof ein Stück hinter Vegeholm, von dort aus machte er seine Geschäfte, im Übrigen ist er Däne. Das meiste war Importware, aber einiges ging auch in die andere Richtung.»

«Und er hat nicht …»

Sie brachte das Wort nicht über die Lippen. Aber Bergman begriff, woran sie dachte.

«Nichts, was wir ihm beweisen konnten. Aber er hatte viele thailändische Stempel im Pass.»

Er schwieg, als ob er genug gesagt hatte, blickte auf die Uhr und schüttelte den Kopf. «Es ist verdammt spät.»

Einen Moment lang streifte sein Blick ihr Kollar, und sie hatte den Eindruck, als wollte er sich für seinen Fluch entschuldigen. Hastig fuhr er fort, so als ob er sie nicht schnell genug loswerden konnte.

«Selbstverständlich gilt Ihre Schweigepflicht als Pastorin. Und nicht nur, was den Namen des Dänen betrifft, sondern auch für alles andere, was hier gesagt worden ist. Sogar für meine Fragen.»
Er blickte noch einmal auf ihr Kollar und fügte hinzu:
«Wenn Sie etwas erfahren, was für die Ermittlungen nützlich sein kann, so rechne ich damit, dass Sie von sich hören lassen.»
Danach stand er ohne weitere Förmlichkeit auf und ging vor ihr zur Tür hinaus. Sie stolperte hinterher und hielt aus reiner Wut Schritt. Glaubte er wirklich, dass die Schweigepflicht eines Geistlichen galt oder auch nicht, je nachdem, wie es ihm passte? Ein kurzes Nicken mit den Stoppelhaaren war alles, was er ihr gönnte, dann war er verschwunden.

Als sie auf den Klippanvägen hinaustrat, war sie immer noch wütend. Ihr weißer Golf wartete vor der aluminiumgrauen Fassade. Erst als sie sich ins Auto setzte, entdeckte sie das Schild mit dem Hinweis, dass im Polizeigebäude Räume zu vermieten seien, und spürte einen Augenblick lang eine unlogische Schadenfreude. Bis ihr aufging, dass die Kirche sehr wohl bei der Privatisierungswelle als Nächste an der Reihe sein konnte.
Sie blickte auf die Uhr. Es war schon Nachmittag, und sie sah die Berge von Arbeit vor sich, die heute liegen geblieben waren. Andererseits hatte sie noch nicht zu Mittag gegessen, übrigens auch kaum gefrühstückt.
Sie bog nach links ab ins Zentrum von Ängelholm und fand einen freien Parkplatz vor dem Telefonladen. Gegenüber auf der anderen Seite des kleinen Stadtparks lag das *Teehaus*. Hier konnte sie ihre Wut abklingen lassen, während sie ein riesiges Sandwich aß.

Fünfzehn Minuten später hatte sie ihre Mahlzeit beendet und verließ das Lokal. Sie parkte rückwärts aus und wollte sich auf den Weg nach Barkåkra zurück machen, als ihr einfiel, was sie sich heute Morgen unten am Wasser vorgenommen hatte. Sie fuhr auf den Kundenparkplatz der Post, um einen kurzen Augenblick ruhig zu überlegen. Die wichtigen Gespräche hatte sie sowieso bereits versäumt, und die Schreibtischarbeit musste nicht unbedingt während der Bürozeiten erledigt werden. Wenn sie versuchen wollte, herauszubekommen, was mit dem armen Mädchen eigentlich los war, sollte sie sich am besten gleich an die Arbeit machen.

Eigentlich wusste sie nicht viel über Ylva Henriksson. Im Kirchenchor sangen Kinder aus der ganzen Stadt, und über die Hälfte von ihnen kam nicht aus ihrer Gemeinde. Ihr fiel ein, dass sie nicht einmal die Adresse des Mädchens hatte. Und das Telefonbuch war keine große Hilfe, solange sie nicht wusste, wie die Eltern mit Vornamen hießen. Einen Moment lang überlegte sie, ob sie nicht einfach alles sein lassen sollte, aber dann erinnerte sie sich an Ylvas verschlossenes Gesicht und schämte sich ihrer Trägheit. Zum Kirchenbüro war es kein großer Umweg, und in den Dateien fand sie sich selbst zurecht. Es kam nur darauf an, dass ihr um diese Tageszeit jemand öffnete.

Diesen Jemand gab es. Ein Praktikant blickte sie unsicher durch einen schmalen Türspalt an. Erst als er ihr Kollar sah, ließ er die Tür so weit aufgleiten, dass sie sein Kopfschütteln sehen konnte.

«Hier ist schon geschlossen.»

Aus seinem Dunkel blinzelte er sie nervös an. Eva Ström holte tief Luft, sie konnte ihm kaum verübeln, dass er seine Aufgabe ernst nahm. Daher gab sie sich Mühe, so milde wie möglich zu klingen.

«Ich weiß, aber ich will nur eine Angabe kontrollieren. Ich heiße Eva Ström», fügte sie hinzu. «Und ich bin Pastorin in Barkåkra.»

Der junge Mann wurde rot bis zum Haaransatz. «Was für eine Angabe denn?», fragte er unsicher.

Ihre Geduld war bereits bei Arne Bergman auf eine harte Probe gestellt worden. Sie war nahe daran, ihn auf eine höchst unchristliche Weise zu verfluchen, bekam sich aber glücklicherweise rechtzeitig wieder in den Griff.

«Nur eine Adresse. Ich finde mich schon selbst zurecht.»

Sie drängte sich an ihm vorbei ins Büro hinein. Glücklicherweise war der Computer noch angeschaltet, sie war nicht sicher, ob ihr Passwort aus Barkåkra auch in Ängelholm galt. Der unglückliche Praktikant war kaum am Schreibtisch angekommen, als sie bereits die Adresse vor sich hatte.

Sie drängte sich wieder an ihm vorbei, aber in der Tür drehte sie sich noch einmal um.

«Grüßen Sie Mattiasen von mir.»

Das pastellfarbene Mietshaus lag im Ortsteil Villan. Sie stieg eine Treppe hoch und holte vor einer Mahagonitür im Stil der fünfziger Jahre tief Luft. Es dauerte keine fünf Sekunden, und wieder wurde eine Tür einen Spalt breit geöffnet, aber das Gesicht dahinter gehörte zu einer Frau in den Vierzigern. Sie hatte kurz geschnittenes dunkles Haar und misstrauische Augen unter dick aufgetragener Mascara.

Ihr Blick streifte schnell das Kollar. Dann trat die Frau einen halben Schritt zurück, um die Tür wieder zu schließen.

«Wir sind nicht religiös.»

Eva Ström blieb nur Zeit für einen halben Satz, und sie fand die richtigen Worte.

«Es geht um Ylva.»

Die Tür wurde nicht zugeschlagen, sondern glitt zur Hälfte auf. Die Frau trug eine helle Leinenhose und einen tief ausgeschnittenen schwarzen Pullover, sie war barfuß und hatte roten Nagellack auf den Zehennägeln.

«Was hat sie denn jetzt wieder angestellt?»

Die Stimme klang beinahe gelangweilt, es hörte sich eher wie eine Feststellung als wie eine Frage an. Die helle Leinenhose erinnerte Eva unwillkürlich an den toten Mann am Strand, aber sie verdrängte den abwegigen Gedanken.

Sie streckte ihre Hand aus, und die Frau drückte sie zögernd.

«Ich heiße Eva Ström. Sind Sie Ylvas Mutter?»

Die Frau nickte, machte aber keine Anstalten, sie hereinzulassen.

«Darf ich hereinkommen?»

Die Frau trat widerwillig in eine dunkle Diele zurück, hinter ihr konnte man ein Wohnzimmer mit einem monströsen Großbildfernseher erkennen, aber sie blieb auf halbem Wege stehen.

«Ist ihr was passiert?» Sie hörte sich immer noch erstaunlich uninteressiert an.

«Nein. Aber ich bin ihretwegen beunruhigt.»

«Weshalb denn?»

Eva wusste nicht, was sie darauf antworten sollte. Sie begriff, dass sie sich nicht genügend auf das Gespräch vorbereitet hatte. Und die Situation verbesserte sich auch nicht gerade dadurch, dass ein Mann aus dem Wohnzimmer auftauchte. Er trug ein schwarzes T-Shirt, das sich über seiner kräftigen Brustmuskulatur spannte, und einen breiten Ledergürtel an seinen Jeans. Demonstrativ starrte er auf ihr Kollar, aber die Frau kam seinem Kommentar hastig zuvor.

«Es geht um Ylva. Sie sagt, dass sie beunruhigt ist.»
Der Mann sah verunsichert aus.
«Weswegen denn, verdammt nochmal?»
Die Frau zuckte mit den Schultern und blickte Eva Ström an, die einsah, dass es kein Zurück mehr gab. Allenfalls rückwärts durch die Tür hinaus, und den Weg wollte sie nun wirklich nicht gehen. Jedenfalls nicht, bevor sie zur Sache gekommen war.
«Ist Ihnen aufgefallen, dass sie … sich irgendwie verändert hat?»
Weder die Frau noch der Mann reagierten, deshalb formulierte sie die Frage anders.
«Hat sich Ylva in letzter Zeit ungewöhnlich verhalten?»
Immer noch antwortete keiner der beiden. Der Mann trat einen Schritt vor und legte den Kopf schräg.
«Worum geht es eigentlich? Meinen Sie, dass sie irgendwie durchgedreht ist?»
Er wandte sich zu der Frau um.
«Hab ich dir nicht gleich gesagt, was hat sie denn in dem Kirchenchor zu suchen?»
Etwas an seiner Art ließ Eva aufhorchen.
«Sind Sie ihr Vater?»
«Ich? Von so einer Göre?»
Er schüttelte demonstrativ mit dem Kopf, aber die Frau schien nicht zu reagieren. Vielleicht war sie so etwas schon gewöhnt.
Eva empfand selbst einen wachsenden Widerwillen, strengte sich aber an, ihn nicht zu zeigen.
«Wo ist Ylva?», fragte sie.
Die Frau zuckte mit den Schultern.
«In ihrem Zimmer, sie wollte nicht rausgehen.»

Der Mann steckte die Hände in die Gesäßtaschen seiner Jeans und schnaubte laut.
«Das will sie nie. Das Kind ist menschenscheu.»
Die Frau machte keine Anstalten, ihre Tochter zu verteidigen, sondern starrte weiter auf den Fußboden. Aber vielleicht ging ihr auf, dass sie wenigstens ein klein bisschen Interesse an ihrem Kind zeigen sollte.
«Warum sind Sie denn beunruhigt?», fragte sie überraschend.
Eva Ström sah von der Frau zu dem Mann. Ihr wurde klar, dass sie nicht frei heraus fragen konnte, was sie wissen wollte. Ihr war das Gespräch schon völlig aus den Händen geglitten.
«Nur ganz allgemein», log sie. «Ich hatte den Eindruck, als ob sie in letzter Zeit etwas mitgenommen wirkte.»
Die beiden sahen sie unsicher an. Dann beugte der Mann in einer einstudierten Geste den Kopf zurück.
«Das regeln wir dann doch besser allein.»
Er ging zur Tür und öffnete sie. Er machte sie auf eine Art und Weise so weit auf, dass es kein Missverständnis geben konnte.
Eva wandte sich um und ging an dem Mann vorbei hinaus ins Treppenhaus. Sie war kaum über die Schwelle getreten, als die Tür hinter ihr zuschlug. Der Knall wurde einige Sekunden zwischen den Klinkerwänden hin- und hergeworfen, dann war sie in der nachfolgenden Stille unwiderruflich allein.
Einen Moment blieb sie stehen und fixierte die Orthozeras auf den Marmorstufen, während die Demütigung an ihr abglitt. Aber sie spürte das gleiche Unbehagen, das sie schon in der Diele empfunden hatte. Vielleicht war es das totale Desinteresse der Mutter, das ihr so übel aufgestoßen war. Die of-

fene Verachtung des Stiefvaters wirkte auf sie erbärmlich und vulgär. Sofern er überhaupt der Stiefvater war.

Ein schlimmer Verdacht schoss ihr durch den Kopf, aber sie verdrängte ihn ebenso schnell wieder, wie er aufgetaucht war. Um ihres eigenen Seelenfriedens willen.

Sie war durchaus nicht klug vorgegangen, ganz im Gegenteil. Sie hatte sich ebenso ungeschickt verhalten wie bei dem Gespräch über sexuelle Übergriffe mit den Kindern im Chor. Sie hatte keine Rücksicht darauf genommen, dass sowohl der Mann als auch die Frau offensichtlich nichts von Pastoren zu halten schienen. Vielleicht war deren Reaktion durch ihr Kollar sogar provoziert worden. Das war für sie nichts Neues.

Es schmerzte im Knie, als sie die Treppe hinunterging, offenbar war die Belastung größer, als wenn man treppauf lief. Als sie sich auf die Straße geschleppt hatte, machte sie eine Pause und ruhte sich einen Moment aus. Sie konnte es sich nicht verkneifen, zu der Wohnung hinaufzublicken, aber da gab es nichts Besonderes zu sehen: dunkle Vorhänge und dazwischen zwei langweilige Blumentöpfe, das war alles.

Der Rest des Hauses war auch nicht sehr viel eleganter. Trotz der sonnenhellen Pastellfarben machten beinahe sämtliche Fenster einen verschlossenen und muffigen Eindruck. Eva ließ ihren Blick an der Fassade entlanggleiten bis an die Ecke, wo die asphaltierte Straße eine schwarze Grenzmarkierung darstellte, dahinter folgte ein ebensolches Haus in derselben hellen Pastellfarbe. Und dann noch eins.

Sie wollte schon zu ihrem Auto gehen, als sie in einem Augenwinkel eine Bewegung wahrnahm und den Kopf sofort wieder umdrehte.

Zwischen den Häusern hatte sich das kleine Gesicht eines Mädchens gezeigt. Es war nur eine halbe Sekunde sichtbar

gewesen, aber die hatte für Eva völlig ausgereicht, um Ylva Henriksson zu erkennen.
Hatten die Eltern nicht behauptet, das Mädchen sei in seinem Zimmer? Zwar hatte sie das Gesicht nur flüchtig zu sehen bekommen, aber sie war sich trotzdem so gut wie sicher, dass es Ylva war, die sie um die Hausecke herum beobachtet und sich danach schnell wieder zurückgezogen hatte.
Eva Ström unterdrückte den Impuls, hinzugehen und nachzusehen. Es war viel zu weit, als dass sie eine Chance gehabt hätte, das Mädchen einzuholen, insbesondere da ihr Knie bei jedem ihrer Schritte heftig protestierte.
Stattdessen humpelte sie zu ihrem Auto. Sie wusste, dass das Unterbewusstsein gern unvollständige Sinneseindrücke mit Details ergänzte, die einem bekannt waren. Es war bestimmt ein anderes Mädchen gewesen, und nur weil sie an Ylva dachte, hatte sie sich eingebildet, dass sie sie gesehen hätte.
Erst als sie auf den Schotterplatz vor der Kirche in Barkåkra einbog, fiel ihr plötzlich ein, dass es noch eine weitere Möglichkeit gab: dass Ylvas Eltern sie ganz einfach belogen hatten. Sie konnte sich nur nicht vorstellen, welchen Sinn es machte zu verschweigen, dass das Mädchen nicht im Haus war.
Sie seufzte leise, das Spekulieren in dieser Angelegenheit wurde ihr nun doch zu viel. Es war ein langer Tag gewesen, und noch war er nicht zu Ende.

Die Aktenberge leisteten ihr am Computer Gesellschaft. Sie hatte zwei Drittel davon erledigt, als die Uhr sechs schlug. Erst da fiel ihr Jörgens Vater ein, er stand ganz oben auf der Liste der Gespräche, die ihr noch bevorstanden.
Aus guten Gründen hatte sie dieses Gespräch vor sich herge-

schoben. Der Tag gehörte nicht gerade zu ihren glücklichsten, und ihr graute vor dem Zusammentreffen mit ihm, seit sie Jörgens misshandelten Körper auf dem Polizeifoto gesehen hatte.

Sie beschloss, dass er einen weiteren Tag warten musste. Auch für sie gab es Grenzen. Sie war ganz einfach zu müde, um noch ein weiteres, möglicherweise nutzloses Gespräch zu führen. Besonders in dieser Angelegenheit.

Eine weitere Stunde verging, bevor sie den Computer herunterfuhr und den Monitor abschaltete. Ihr Kopf war vollkommen leer, es reichte gerade noch, um sich vor den Fernseher zu setzen. Aber es gelang ihr nicht, sich auf die vorbeiflimmernden Nachrichtenfetzen und Familienserien zu konzentrieren. Die Wirklichkeit drängte sich unaufhörlich mit den eigenen Bildern dieses Tages dazwischen: die Tränen am Strand, der Tote und der grässliche Vogel, die Schmach, von Ylvas Stiefvater vor die Tür gesetzt worden zu sein.

Sie kam nicht einmal zur Ruhe, nachdem sie die Lampe ausgeknipst hatte. Das Verhör im Polizeigebäude wiederholte sich Mal für Mal, und sie konnte Arne Bergman mit seinen grauen Haarstoppeln nicht aus dem Bewusstsein verdrängen. Die Wut über die Bemerkung, die sie nicht mehr losgeworden war, hielt sie wach. Und noch etwas anderes, trotz seiner Unverschämtheiten. Etwas, was sie nicht in den Griff bekam.

KAPITEL 3

Sie wachte mit einem Knie auf, das sie an eine Grapefruit erinnerte. Im Schlaf hatte die Schwellung einen grotesken Umfang angenommen, und verwundert stellte sie fest, dass sie das Kniegelenk nicht beugen konnte. Es tat nicht sehr weh, aber die wassergefüllte Schwellung behinderte die Bewegung, als ob sie ein weiches Kissen in der Kniebeuge hätte.

Sie schwang die Beine über die Bettkante und bedachte ihre Lage. Eigentlich gab es keinen Grund, sich krankschreiben zu lassen. In das Kirchenbüro konnte sie jederzeit hinken, das befand sich nur zwei Türen weiter im Pfarrhaus, und es gab reichlich Papierkram zu erledigen, sodass sie sich beschäftigen konnte, ohne aus dem Haus gehen zu müssen. Eine Reihe von Gesprächen konnte sie am Telefon führen, und den verbleibenden Rest konnte sie ebenso gut aufschieben.

Genau genommen gab es nur ein Problem, und das hieß Bertil Nyman, sie konnte wirklich nicht länger damit warten, mit ihm zu sprechen, und sie konnte auch nicht von ihm verlangen, dass er zu ihr kam. Aber dann musste die Sache eben warten.

Sie stellte sich auf und belastete das Bein. Irgendwie ging das schon. Sie hinkte hinüber zum Kleiderschrank und suchte tief in seinem Innern. Es machte ihr Mühe, sich zu bücken, aber sie hatte sich nicht geirrt. Den alten Krückstock gab es noch, den von ihrem Badmintonunfall, der sie eine Achillessehne gekostet hatte.

Sie versuchte, damit zu gehen. Die alte Technik beherrschte sie noch, ohne Schwierigkeiten kam sie ins Bad. Sicherheitshalber nahm sie den Stock mit unter die Dusche.
Der Körper musste von selbst trocknen, während sie Tee zubereitete und sich ihre Brote schmierte. Mit der Zeitung wartete sie, bis sie fertig gegessen hatte, sie hatte keine Lust, mit nüchternem Magen an den gestrigen Tag erinnert zu werden. Aber sie hätte sich keine Gedanken machen müssen. Es gab nichts, das einen Zusammenhang zwischen Jörgen Nyman und dem toten Dänen andeutete, sie fand lediglich eine magere Notiz darüber, dass am Strand ein toter Mann gefunden worden war. Keine Einzelheiten, keine Andeutungen. Weder zum Selbstmord noch zu pädophilen Neigungen.
Erleichtert faltete sie die Zeitung zusammen und ging ins Schlafzimmer, um sich anzukleiden. Dann hinkte sie ins Kirchenbüro. Der Vikar und die Verwaltungsangestellte blickten ihr lange nach, aber sie fragten nicht, und sie selbst sagte auch nichts. Sie machte da weiter, wo sie am Abend zuvor aufgehört hatte, aber schon um die Mittagszeit war sie mit der Arbeit beinahe fertig, jedenfalls mit dem Teil, den sie an ihrem Schreibtisch erledigen konnte. Jetzt gab es keinen Vorwand mehr, sie musste Bertil Nyman in seiner Wohnung besuchen, um mit ihm über Jörgen zu sprechen.
Aus irgendeinem Grund dachte sie plötzlich an Ylva, trotz des Fiaskos mit ihren Eltern hatte sie ihre Vorsätze nicht aufgegeben. Schlagartig fiel ihr ein, dass das Mädchen vielleicht der gleichen Person in die Hände gefallen sein konnte wie Jörgen. Vielleicht hatte es für den Dänen oder jemand anderes keine größere Rolle gespielt, ob er sich nun an Jungen oder Mädchen vergriff?
Allein bei dem Gedanken wurde ihr schon unwohl, sie fragte

sich, ob es überhaupt möglich war, solche Menschen zu verstehen. Was hatte Arne Bergman noch gesagt? Konnte sie sich nicht vorstellen, dass Päderasten Gewissensbisse haben könnten?

Sie wusste es wirklich nicht. Dass der Mann sich das Leben genommen hatte, deutete wohl darauf hin. Oder war es das, was bewiesen werden sollte?

Sie vermochte nicht zu entwirren, ob das nun ein Zirkelschluss war oder nicht – was sie auf dem Foto von Jörgens Überresten gesehen hatte, reichte ihr allemal. Wenn es das Böse gab, so war dies der Beweis.

Sie nahm ihren Stock und hinkte zum Golf. Sie schämte sich bereits wegen ihrer Gedanken. Keinem Menschen durfte die Möglichkeit zu Reue und Vergebung verweigert werden, welches Verbrechen er auch immer begangen hatte. Das predigte sie jedenfalls.

Ihr theologisches Dilemma vergaß sie allerdings gleich, nachdem sie sich ins Auto gesetzt hatte. Nur mit Mühe konnte sie das geschwollene Knie so weit beugen, dass sie damit unter dem Lenkrad hindurchkam. Sie setzte den Fuß auf das Pedal und trat ein paar Mal probeweise die Kupplung. Hinunterdrücken klappte ganz gut, bedeutend schwieriger war das Loslassen. Mit schleifender Kupplung kam sie bis an das Stoppschild an der Landstraße und einigermaßen sicher auch auf die Fahrbahn in Richtung Ängelholm. Ihr wurde plötzlich bewusst, wie schwierig das Autofahren eigentlich war. Und wie kompliziert.

Mit Schrecken wurde ihr klar, wie sich ihr Leben gestalten würde, wenn das Knie noch schlimmer wurde. Wie alle anderen, die auf dem Lande lebten, war sie gezwungen, wegen jeder Kleinigkeit mit dem Wagen zu fahren. Ohne Auto würde nicht nur ganz Schweden, sondern auch sie selbst definitiv zum Stillstand kommen.

Auf dem Nya Torg hielt sie an. Die niedrigen Mietshäuser rahmten ein großes gepflastertes Viereck ein. Es gab jedenfalls viel Platz für ihren Golf.

Sie quälte sich aus dem Auto und machte sich auf den Weg zu dem Haus, aber als sie die Einfahrt zum Hinterhof betrat, kam ihr ein Skateboard entgegen, das die Kontrolle über seinen Fahrer übernommen zu haben schien. Gerade eben noch bemerkte sie eine weiße Hose, die vorbeiflatterte, und umklammerte hilflos ihren Stock. Ihr wurde bewusst, wie unbeweglich sie geworden war.

Es dauerte einige Sekunden, bis ihr Puls sich beruhigt hatte. Zum Glück brauchte sie keine Treppen zu steigen, die Wohnung lag im Erdgeschoss, und Bertil Nyman öffnete gleich nach dem ersten Klingeln. Vermutlich hatte er sie kommen sehen. Ebenso wie Ylvas Mutter war er in den Vierzigern, hatte aber bereits schütteres Haar. Der Handschlag war weich, beinahe schlaff, und er blickte sie nicht an, als er die Hand ausstreckte.

Sie waren sich früher schon begegnet, als er Jörgen zum Chor gebracht und abgeholt hatte. Aber sie konnte sich nicht erinnern, dass sie jemals miteinander geredet hatten, jedenfalls nicht mehr als einige wenige Worte.

«Es tut mir wirklich Leid …»

Er schien sie nicht zu hören. Oder er wusste nicht, was er antworten sollte, und das war ja auch nicht weiter verwunderlich.

Er wandte ihr den Rücken zu und ging in einen anderen

Raum, die Tür zum Treppenhaus ließ er offen stehen. Sie machte sie zu und folgte ihm in eine Küche, die nach Spülmitteln roch.
«Kann ich etwas für Sie tun?»
Endlich blickte er sie an.
«Was sollte das wohl sein?»
Da war ein so aufrichtiger Ton in seiner Stimme, dass sie stockte. Sie standen sich am Küchentisch gegenüber, er machte keine Anstalten, ihr einen Stuhl anzubieten.
«Gibt es gar nichts, worüber Sie sprechen wollen?»
Seine Zurückhaltung machte sie unsicher, und sie wollte nicht aufdringlich sein. Er blickte sie wieder an und schüttelte den Kopf.
«Wir haben da einen Gesprächskreis ...»
Wieder schüttelte er mit dem Kopf. Die Stille war so kompakt, dass sie zusammenzuckte, als der Skateboardfahrer am Fenster vorbeiklapperte.
«Wenn Sie darüber sprechen wollen, was mit Jörgen ...»
Er zuckte mit den Schultern, sie konnte nicht feststellen, ob aus Gleichgültigkeit oder vor Erschöpfung.
«Warum?»
Ihr fiel keine Antwort ein, diese Aufrichtigkeit brachte sie aus der Fassung. Es wurde als so selbstverständlich vorausgesetzt, dass Opfer von Unglücksfällen sich über das Geschehene aussprechen mussten, dass alle, die professionell mit Krisen zu tun hatten, also Geistliche, Psychologen und Sozialarbeiter, vergessen hatten, sich diese einfache Frage zu stellen.
«Es kann vielleicht hilfreich sein», antwortete sie vage.
Aber sie sah ihm an, dass er ebenso wie sie selbst begriff, dass damit nichts beantwortet war. Daher unternahm sie einen neuen Versuch, ohne selbst richtig davon überzeugt zu sein.

«Manchmal kommen dabei Dinge zur Sprache, an die man nicht gedacht hat.»
Das war ein falscher Satz, sie sah es seinen Augen an. Sie war sich nicht sicher, ob es Wachsamkeit oder etwas anderes war, das da durchschimmerte. Aber er antwortete jedenfalls.
«Da gibt es nichts herumzuschnüffeln.»
Er stand immer noch in der gleichen Haltung da und dachte auch jetzt nicht daran, ihr einen Stuhl anzubieten. Hinter ihm an der Wand hing ein roter Topflappen, der aussah, als ob ein Kind ihn gehäkelt hätte.
«Niemand will in irgendetwas herumschnüffeln.»
Die Antwort kam ein wenig zu schnell, es hörte sich schärfer an, als es gemeint war. Sie versuchte ihren Einwand abzumildern, aber es war schon zu spät. Der Mann nahm seine abwartende Haltung wieder ein.
«Es kann manchmal ein wenig erleichtern, wenn man seinen Schmerz mit jemandem teilt», versuchte sie. Aber ohne große Hoffnung.
Sie war langsam zu der Einsicht gekommen, dass es genau das war, was der Mann nicht wollte, konnte nur nicht verstehen, welche Gründe es dafür gab. Es schien ihr, als ob er sie aus weiter Ferne betrachtete.
«Er ist tot.»
Er zuckte wieder mit den Schultern. Wahrscheinlich meinte er, es gäbe nichts, was daran etwas ändern könnte, aber sie hatte das unbehagliche Gefühl, als ob da noch etwas wäre, was sie nicht näher beschreiben konnte. Dann kam ihr der Gedanke, dass er sich vielleicht schämte, darüber zu sprechen, was mit Jörgen angestellt worden war. Aber sicher war sie sich nicht.
«Sie meinen also, dass es keinen Sinn macht, wenn wir miteinander reden?»

Sie verstand schon, bevor er mit dem Kopf schüttelte, dass sie ihm die Antwort in den Mund gelegt hatte.
«Genau.»
Wieder hatte sie das ungute Gefühl, dass sich etwas Unausgesprochenes hinter der lakonischen Antwort des Mannes verbarg. Aber sie hatte ihre Möglichkeiten, herauszufinden, was das denn sein konnte, erschöpft.
Sie trat zurück in die Diele, und Bertil Nyman folgte ihr, allerdings nur zwei Schritte weit. In der Tür zur Küche blieb er stehen. Seine schlaffe Haltung drückte etwas Niedergeschlagenes aus, das nicht zu seinem beharrlichen Widerstand passen wollte.
Er sagte nicht mal auf Wiedersehen, als sie ging, und sie musste selbst die Haustür hinter sich schließen. Aber sie konnte nicht gerade behaupten, enttäuscht darüber zu sein, dass er sich nicht mit seinem weichen Handschlag verabschiedet hatte.

Weder auf dem Hinterhof noch auf der Straße war der Skateboardfahrer zu sehen. Sie ging trotzdem langsam und nachdenklich über den Platz. Sie war sich nicht ganz klar über Bertil Nymans Reaktion, entweder war es Gleichgültigkeit oder etwas anderes. Irgendetwas verbarg er jedenfalls mit seinem Unwillen, sich ihr gegenüber zu öffnen.
Sie setzte sich in den Golf und schlängelte sich mühevoll hinters Lenkrad. Vielleicht sollte sie trotz allem etwas mit ihrem Knie unternehmen? Sie überlegte eine Sekunde lang, dann setzte sie das Bein wieder auf die Pflastersteine. Beim Laufen hatte sie tatsächlich keine Schmerzen, auch wenn sie nur langsam vorankam. Und oben bei der Apotheke einen Parkplatz zu finden war so gut wie unmöglich.

Sie schloss den Wagen ab und hinkte zur Östergatan hinauf, vorbei an der Fahrschule und am Stadtpark. Als sie auf die Storgatan kam, bereute sie allerdings ihren Entschluss, das Gehen mit dem Stock war doch ermüdender, als sie geglaubt hatte, und sie spürte, dass die Leute sich nach ihr umdrehten und sie anstarrten. Sie tat so, als ob sie das nicht merkte, war sich aber sicher, dass sie den Unterhaltungswert im Straßenbild um einige Punkte erhöhte.

Sie versuchte an etwas anderes zu denken, und plötzlich ging ihr auf, dass es ein langer Weg vom Nya Torg bis zu der Ziegelei in Vegeholm war. Wie war Jörgen eigentlich dorthin gekommen? Hatte der Däne ihn mitgenommen?

Sie war fast schon bei der Apotheke und schob den Gedanken beiseite. Sie war sich nicht sicher, ob es die richtige Methode war, über die Schwellung einen Stützverband zu legen, vielleicht half etwas, das die Flüssigkeit absaugte, besser?

Die Apothekerin schlug ein Kühlkissen vor. Ein eigenartiges Gelee in einer Plastikhülle, das je nach Bedarf gekühlt oder erhitzt werden konnte. Sie folgte dem Rat und bekam ihr Paket in einer grünweißen Tüte. Als sie wieder auf die Storgatan trat, hatte sie sich nach dem Gespräch mit Bertil Nyman etwas beruhigt. Oder genauer gesagt, ihr Unbehagen war in Missmut umgeschlagen.

Ihr Versuch, zu Jörgens Vater einen Kontakt aufzubauen, war völlig danebengegangen. Sie war auf seinen seltsamen Unwillen nicht vorbereitet gewesen und konnte nicht umhin, an Ylvas Eltern zu denken. Da war es ebenso gewesen. Vielleicht lag der Fehler bei ihr selbst? Vielleicht konnte sie nicht auf die richtige Art und Weise auf Menschen zugehen? Nicht mal mit der Polizei hatte sie ein vernünftiges Gespräch führen können.

Plötzlich kam sie sich völlig nutzlos vor. Sie hinkte quer über die Fußgängerzone und sank auf eine Bank neben der Pølser-Bude. Sollte sie sich vielleicht doch krankschreiben lassen?
Sie hatte überhaupt nicht wahrgenommen, dass auf der Bank schon ein Mann saß. Jetzt räusperte er sich plötzlich.
«Ist 'ne Weile her.»
«Martin Olsson?»
Sie wachte aus ihren Träumen auf, wusste nicht, was sie sagen sollte, es war ihr peinlich, dass sie ihn nicht bemerkt hatte. Erst vor gut einem Jahr hatte sie ihn aufgesucht, um ihn um Hilfe zu bitten.
«Ich war ganz in Gedanken ...»
Er nickte und lächelte. Es war ein freundliches Lächeln, und sogleich fühlte sie sich besser.
«Hab ich gesehen. Was macht die Kirche?»
Vielleicht war es die Erleichterung darüber, dass endlich jemand mit ihr reden wollte. Ohne richtig zu wissen, weshalb, erzählte sie von ihren missglückten Gesprächen. Martin Olsson hörte zu, ohne zu fragen, um welche Menschen es sich handelte. Vielleicht weil er die Regeln der Schweigepflicht kannte, oder es war ihm völlig gleichgültig, um wen es da ging.
Als sie geendet hatte, blickte er eine ganze Weile hinüber zu der Schlange vor dem Bankautomaten auf der anderen Seite der Straße, dann drehte er sich zu ihr um und sagte in einem Tonfall, den sie nicht deuten konnte:
«Manchmal haben die Leute ihre Gründe, warum sie über bestimmte Dinge nicht reden wollen.»

Sie war sich immer noch nicht im Klaren darüber, was er gemeint hatte, als sie auf der Storgatan zurückhinkte. War er nur freundlich zu ihr gewesen, oder hatte er ihr tatsächlich zu verstehen gegeben, dass es etwas gab, was sowohl Bertil Nyman als auch Ylvas Mutter ihr vorenthalten wollten?

Sie hatte den halben Weg zum Stadtpark bereits zurückgelegt, als ihr aufging, dass sie nicht mal gefragt hatte, wie es ihm selbst denn ging. So sehr war sie damit beschäftigt gewesen, über ihre eigenen Probleme zu reden. Sie seufzte laut. was lief eigentlich noch alles falsch bei ihr?

Am Zebrastreifen vor Månssons Ecke traf sie ein Gemeindemitglied, das sie freundlich grüßte, und sie begriff, dass sie sich zusammenreißen musste. Wahrscheinlich war sie einfach überempfindlich. Martin Olsson hatte sicherlich nichts übel genommen. Und wenn sie überlegte, hatte er wahrscheinlich Recht, es hatte tatsächlich den Anschein, als ob sowohl Ylvas Eltern als auch Bertil Nyman Dreck am Stecken hatten. Jedenfalls hatten sie etwas zu verbergen.

Den ganzen Weg nach Hause überlegte sie, was das wohl sein konnte, es fiel ihr aber nichts ein, was plausibel schien. Als sie auf den Schotterplatz vor dem Pfarrhaus einbog, war sie mit ihren Überlegungen so weit gekommen, dass sie wenigstens versucht hatte, ihre Pflicht zu tun. Nicht alle Dinge konnten einem gelingen.

Sie hatte eine Technik entwickelt, wie sie mit ausgestrecktem linken Bein ins Auto hinein- und wieder herauskommen konnte. Die grünweiße Tüte aus der Apotheke fischte sie dabei mit einer Handbewegung vom Beifahrersitz. Aber sie nahm sich vor, dass es noch dauern sollte, bis sie das verrückte Joggen wieder aufnahm, egal, wie deprimiert sie war.

Es war kurz nach sechs, und sowohl ihr Vikar als auch die Verwaltungsangestellte hatten seit langem Feierabend gemacht. Das Kirchenbüro lag am Ende des langen weißen Gebäudes, es belegte kaum ein Zehntel der gesamten Fläche, und sie schämte sich beinahe ein wenig darüber, dass ihr der Rest des Hauses zur Verfügung stand. Aber so war das nun mal.

Hinter der Haustür stellte sie den Stock weg und sank auf das kurze harte Sofa in der Diele. Sie musste umständliche gymnastische Verrenkungen ausführen, um den linken Schuh ausziehen zu können, aber als sie sich wieder aufrichtete, entdeckte sie, dass der Anrufbeantworter rot blinkte. Ihr privates Telefon.

Mit gemischten Gefühlen nahm sie den Hörer ab und wurde sich gleichzeitig bewusst, dass sie keinen Deut besser war als Bertil Nyman oder Ylvas Eltern. Es gab Menschen, mit denen sie nicht reden wollte. Mindestens einen.

Aber der war es nicht. Arne Bergman von der Polizei hatte angerufen und hörte sich ebenso mürrisch wie gestern an: «Will nochmal mit Ihnen reden, Sie müssten also morgen um drei hierher kommen.» Es entstand eine kleine Pause auf dem Band, bevor er hinzufügte: «Wir haben neue Fakten, Sie verstehen schon, worum es sich handelt.»

Sie blieb mit dem Hörer in der Hand stehen. Obwohl sie die Nachricht noch ein zweites Mal abhörte, wußte sie beim besten Willen nicht, was er damit eigentlich meinte.

KAPITEL 4

Juli 2001

Der Mann schloss die Tür vorsichtig auf und machte sie sorgfältig hinter sich zu. Er nahm den Aufzug bis ins dritte Stockwerk, das oberste im Haus, und blickte sich aus alter Gewohnheit vorsichtig um, bevor er in die leere Vorhalle hinaustrat. Den Fahrstuhl ließ er oben, damit man hören konnte, wenn jemand ihn wieder nach unten holte.

Die Tür zum Büro war doppelt gesichert, und das Schloss schepperte, aber darüber machte er sich keine Gedanken. Um diese Tageszeit befand sich kein Mensch im Haus. Das hatte er kontrolliert.

Er schaltete die schwache Deckenbeleuchtung ein und ging ans Fenster. Es war nicht notwendig, die Vorhänge zuzuziehen, aber er tat es dennoch. Er wollte das Gefühl haben, rundum völlig abgeschirmt zu sein. Denn trotz allem war sein Vorhaben höchst privat. Aus dem gleichen Grund zog er sich das Jackett aus und lockerte den Schlips.

Den PC hochzufahren war kein Problem. Es gab ein spezielles Passwort, das sich selbst wieder löschte, niemand konnte feststellen, wer sich eingeloggt hatte. Es war nicht mal möglich festzustellen, ob der PC überhaupt eingeschaltet gewesen war.

Die Startseite erschien, und er begann mit der umständlichen Suche. Er gab Passwort nach Passwort ein, und neue Seiten bauten sich auf, die wieder andere Buchstabenkombinationen verlangten. Es war so, wie man eine Zwiebel

schält, Schale um Schale entfernte er, bis er sich dem Kern näherte.
Dann lehnte er sich endlich in seinem Stuhl zurück. Er war am Ziel. Die Bilder waren sein.
Er wählte lange aus, schließlich konzentrierte er sich auf eines. Das hatte er vorher noch nicht gesehen, und wie üblich konnte man das Gesicht des Mannes nicht erkennen. Das des Jungen war dagegen deutlich.
Er betrachtete das Bild und ließ seinen Gefühlen freien Lauf, manchmal war er der Junge, manchmal der Mann. Es war eine Reise zurück zu jenem Mal. Zu jenen Malen.
Sein Zeitgefühl verließ ihn, in zweifacher Hinsicht. Als er bei einem plötzlichen Geräusch zusammenzuckte, schien es ihm, als ob er aus einem Trancezustand erwachte. Er blickte auf die Uhr: beinahe zwei Stunden.
Er beeilte sich, das Programm zu schließen und alles wieder so hinzustellen, wie er es vorgefunden hatte, als er gekommen war.

Als er wegging, konnte niemand mehr feststellen, dass er überhaupt dort gewesen war.

KAPITEL 5

Die Sonne balancierte wie ein goldener Ball auf den Waldspitzen des Höhenrückens von Hallandsåsen. Es war noch nicht mal halb fünf, aber Eva Ström konnte nicht schlafen. Der feuchtwarme Umschlag gab ihr ein Gefühl, als ob sie über kleiner Flamme kochte. Mit dem in Plastik eingeschweißten Gelee auf dem Bein hatte sie nicht einschlafen können, sondern ihr geschwollenes Knie nach Großmutters Rezept eingepackt. Und war damit vom Regen in die Traufe gekommen.

Unter der unförmigen Bandage schwitzte sie, und es juckte. Nur der Gedanke an die frühchristlichen Märtyrer hinderte sie daran, die elastische Binde, die Fettwatte, das Wachstuch und den feuchten Lappen, der zuunterst lag und das Knie mit Borsäure marinierte, herunterzureißen.

Sie lag bei offenem Fenster da und betrachtete den Sonnenaufgang, der die Landschaft auf der anderen Seite der Landebahn des Flughafens langsam in Licht tauchte. Sie wünschte sich nur, dass ihre Gedanken ebenso klar und hell werden könnten.

Arne Bergmans geheimnisvolle Mitteilung war für sie nach wie vor unverständlich. Sie hatte keine Ahnung, was sie denn verstehen sollte oder warum sie noch einmal zum Polizeihaus fahren müsste. Oder warum Jörgens und Ylvas Eltern sich so verhielten, wie sie es taten.

Ein Sprosser wetteiferte mit einer Amsel darum, wer unter

ihrem Fenster den größten Lärm machen konnte. Sie hatte sich das Spektakel schon viel zu lange angehört. Schließlich schlug sie die Decke zur Seite und stand auf. Gereizt riss sie sich mit einem Ruck die widerliche Bandage von ihrem Knie. Befreiung war das Motto dieses Morgens. Die Erleichterung nahm zu mit jeder Schicht, die sie entfernte. Als die letzte fiel, betrachtete sie erstaunt das Knie, das zwar eine eigenartige Farbe angenommen hatte, jedoch keinerlei Schwellung mehr aufwies. Probehalber belastete sie das Bein. Das Knie war zwar immer noch empfindlich, fühlte sich war aber schon viel besser an als gestern. Sicherheitshalber zog sie sich einen Stützstrumpf aus dem Badezimmerschrank an, bevor sie das Fenster schloss und wieder ins Bett kroch.

Als sie das nächste Mal aufwachte, war es beinahe zehn, und das Telefon klingelte provozierend laut. Sie war geistesgegenwärtig genug und bewegte sich mit vorsichtigen Schritten auf den Apparat zu, obwohl das Klingeln ihr signalisieren wollte, dass der Krieg ausgebrochen war. Das war er nicht, aber die Angestellte hörte sich aufgeregt an.
«Sind Sie krank?»
Das war zwar eine Frage der Definition, aber sie warf einen schnellen Blick auf das Knie und entschied sich.
«Nicht dass ich wüsste.»
«Haben Sie verschlafen?»
Die Stimme hörte sich so an, als ob aus unruhig gleich vorwurfsvoll werden würde, daher fiel sie ihr ins Wort.
«Ich bin in einer Viertelstunde drüben.»
«Hier wartet jemand auf Sie.»
Sie legte den Hörer auf, ohne sich zu erkundigen, wer das war. Es dauerte etwas mehr als zwanzig Minuten, bevor sie

mit gespielter Lässigkeit die Tür des Kirchenbüros öffnete. Die Entschuldigung und Erklärung hatte sie auf der Zunge, als sie ein Gesicht gewahr wurde, das sie ihre Worte bereits auf der Schwelle vergessen ließ.

«Was tust du hier?»

Er lächelte tatsächlich, und das war das Letzte, was sie erwartet hatte.

«Dir mal Guten Tag sagen.»

Sie musste ihre ganze Selbstbeherrschung aufwenden, und trotzdem spürte sie, dass sie rot wurde.

«Dies ist mein Arbeitsplatz.»

Der Tonfall ließ den Vikar die Ohren spitzen, und sie sah, wie auch die Angestellte drüben am Kopierer sich umdrehte und große Augen machte. Nur der Mann mit dem grellen Freizeithemd schien überhaupt nicht zu reagieren.

«Wenn du nicht sofort gehst, rufe ich den Küster.»

Alle Arbeit in dem kleinen Raum war unterbrochen, der Vikar starrte den Mann von seinem Schreibtisch aus erschreckt an, und die Angestellte vergaß auf den Knopf des Kopierers zu drücken. Überraschenderweise schien es so, als ob ihre Worte Wirkung zeigten. Jedenfalls lächelte er jetzt nicht mehr.

«Kann mir nicht vergeben werden? Du bist doch schließlich Pastorin.»

Diese Frechheit ließ sie beinahe verstummen. Sie hörte kaum ihre eigene Stimme.

«Wenn es dir darum geht, kannst du mit einem meiner Kollegen sprechen. Mich lässt du ab sofort in Frieden, sonst zeige ich dich an.»

Der Mann nahm beide Arme hoch und machte eine gekränkte Geste. Aber sein Lächeln war ein wenig zu steif, um echt zu wirken.

«Aber Eva ...»
Sie wartete das Ende des Satzes nicht ab, sondern ging in ihr Büro und knallte die Tür hinter sich zu. Dort setzte sie sich an den Schreibtisch, stand aber sofort wieder auf. Die Wut hinderte sie daran, still zu sitzen. Sie trat ans Fenster und versuchte gleichzeitig zu hören, was in dem anderen Zimmer geschah. Ging da nicht jemand hinaus und schloss die Außentür hinter sich?
Sicherheitshalber nahm sie das Telefon und wählte die interne Nummer.
«Ist er gegangen?»
Die Angestellte hörte sich so an, als ob sie mindestens eine Messerstecherei beobachtet hatte.
«Haben Sie die Polizei angerufen? Kommen sie?»
Eva Ström holte tief Luft, es fiel ihr schwer, ruhig zu bleiben, als sie die Frage wiederholte.
«Ist er noch da?»
Endlich bekam sie eine vernünftige Antwort. Aber die Stimme war immer noch sehr aufgeregt.
«Nein. Er ist gegangen.»
Sie legte den Hörer auf. Die Wut war ihr immer noch ins Gesicht geschrieben. Hauptsächlich, um sich zu beruhigen, nahm sie den Kalender und blätterte auf gut Glück darin hin und her. Schließlich schlug sie das Blatt mit dem heutigen Datum auf. Mit großen roten Buchstaben hatte sie notiert: «Jörgen 14.00 Uhr.»
Sie fuhr zusammen. Wie hatte sie das vergessen können? Vielleicht weil er eingeäschert werden sollte? Es war schon makaber genug, dass die Angehörigen sich entschlossen hatten, zu vollenden, was seinem Mörder nicht gelungen war. Aber dadurch hatte sie das alles vor sich hergeschoben.

Sie schloss die Augen und holte tief Luft. Das war nicht ihre Angelegenheit, und zum Glück musste nicht sie die Traueransprache halten. Trotzdem fühlte sie sich gezwungen, an der Trauerfeier teilzunehmen, teils, weil sie es wirklich wollte, und teils, weil sie den Kinderchor offiziell repräsentierte. Das Problem war nur, was sie mit der Polizei machen sollte. Arne Bergman hatte drei Uhr auf den Anrufbeantworter gesprochen, aber das würde sie unmöglich schaffen. Außerdem wollte sie auch gar nicht hin.

Während sie die Nummer wählte, überlegte sie, ob er das Gespräch bewusst auf diese Zeit gelegt hatte. Er musste doch auch den Termin der Trauerfeier kennen und wissen, dass sie hingehen würde.

Die Telefonistin trug auch nicht gerade dazu bei, ihre Erregung abklingen zu lassen.

«Nein, Arne Bergman ist nicht in seinem Büro.»

«Nein, auf seiner zweiten Nummer meldet er sich auch nicht, aber ich will es mal beim Techniker versuchen.»

«Da nimmt leider auch keiner ab. Wenn Sie warten wollen, kann ich es auf einer anderen Nummer versuchen. Möglicherweise ist er zu einem Tatort unterwegs.»

Warten konnte sie. Es dauerte aber so lange, dass sie schon befürchtete, dass das Gespräch unterbrochen war, als es plötzlich im Hörer knackte. Ohne Zweifel war es Arne Bergmans Stimme, aber irgendetwas brummte im Hintergrund, es hörte sich wie ein Bagger oder ein Trecker an.

«Was ist denn jetzt wieder los?»

Man hörte an seiner Stimme, dass er es gar nicht schätzte, wenn er bei seiner Arbeit gestört wurde, aber das war ihr egal.

«Eva Ström hier. Die Zeit passt mir nicht.»

Eine halbe Sekunde blieb er stumm. Vielleicht überrascht, weil er in seinem eigenen Tonfall angeredet wurde.
«Und warum nicht?»
«Ich muss zu einem Begräbnis. Das wissen Sie wahrscheinlich recht gut.»
Offenbar hatte sie richtig vermutet, denn er fiel ihr beinahe ins Wort.
«Das ist um zwei.»
Sie schnappte nach Luft.
«Ich denke nicht daran, von der Kapelle zum Polizeihaus zu rennen. Ich muss von einem Kind Abschied nehmen, da nehme ich mir mehr als fünf Minuten Zeit.»
Eigenartigerweise verkniff er sich Einwände und Grobheiten, sondern fragte mit beinahe freundlicher Stimme:
«Wann passt es denn besser?»
«Morgen.»
Aber jetzt war sie offenbar zu weit gegangen. Die Freundlichkeit endete abrupt.
«Das ist zu spät. Dann muss ich wohl rauskommen.»
Sie begriff nicht.
«Rauskommen?»
«Zum Pfarrhaus. Ich bin um fünf da.»
Sie konnte nicht mehr protestieren. Die Verbindung wurde schlagartig unterbrochen, und sie saß mit dem stummen Hörer in der Hand da. Einen Moment lang überlegte sie, ob sie noch einmal anrufen sollte, aber sie wollte sich die ganze Prozedur nicht ein zweites Mal antun. Außerdem sagte ihr das Gefühl, dass er ihr wohl kaum entgegenkommen würde, wenn sie ihn noch einmal störte. Und richtig besehen hatte sie ja einen halben Sieg davongetragen.
Dieser Gedanke besserte ihre Laune sichtlich. Sie machte sich

sogar die Mühe, aufzustehen und die Tür zu dem anderen Zimmer aufzumachen.
Der Vikar saß immer noch an seinem Schreibtisch und warf ihr einen langen Blick zu, aber er fragte nichts, und sie versuchte so zu klingen, als ob nichts geschehen wäre.
«Nach dem Mittagessen komme ich nicht wieder», erklärte sie leichthin.
Der Vikar nickte, aber es war schwer zu ergründen, was sich hinter seiner Stirn rührte.
«Trauerfeier», ergänzte sie, als sie seine Miene sah.
Sie ging zurück in ihr Arbeitszimmer und warf einen Blick auf die Uhr. Es war beinahe Mittagszeit. Sie beeilte sich, den PC hochzufahren und zu sortieren, welche Dinge bis zum nächsten Tag Zeit hatten und welche keinen Aufschub duldeten.
Eine gute Stunde später legte sie den Hörer auf und schob den Aktenstapel zur Seite. Die Mittagspause hatte längst begonnen, daher entschloss sie sich zu einer gesunden Mahlzeit. Was im Klartext Joghurt und kalte Reste aus dem Kühlschrank hieß.

Die Kapelle war bis auf den letzten Platz besetzt. Sie entdeckte Bertil Nyman in der Menge, war sich aber nicht sicher, ob er sie ebenfalls gesehen hatte. Jedenfalls grüßte er nicht, vielleicht nicht verwunderlich nach dem gestrigen Tag. Aber sie fragte sich immer noch, ob er ihr etwas vorenthalten wollte.
Der Chor war vollzählig erschienen, bis auf ein Kind: Ylva Henriksson war nicht zu sehen. Eva Ström fühlte sich plötzlich noch mehr verunsichert. War es vielleicht ihre Schuld, dass das Mädchen nicht erschienen war?
Sie sah sich in der düsteren Halle um, ihr Kollege aus Ängel-

holm wollte gerade das Zeichen für den Beginn des Glockenläutens geben, als sie zu ihrem nicht geringen Erstaunen Arne Bergmans kurz geschorenen Kopf an einer der Querwände entdeckte.

Sie fixierte ihn eine ganze Weile mit ihrem Blick, aber er rührte sich nicht noch sah er in ihre Richtung. Schließlich gab sie auf, aber im gleichen Augenblick entdeckte sie einen anderen Mann schräg vor ihm. Sie war gezwungen, noch einmal hinzusehen, bevor sie sicher war, um wen es sich da handelte. In dem dunklen Anzug sah er völlig anders aus als in dem eng anliegenden T-Shirt und den Jeans. Sie konnte allerdings nicht verstehen, warum Ylvas Stiefvater an der Zeremonie teilnahm, während das Kind nicht dabei war.

Als die Trauerfeier vorbei war, suchte sie wieder nach ihnen, aber sowohl Arne Bergman als auch der Mann waren nicht mehr da. Es war beinahe unheimlich, dass beide so schnell hatten verschwinden können, ganz ernsthaft überlegte sie, ob sie sich das alles nicht eingebildet hatte. Vielleicht war es eine Sinnestäuschung wie am Tag vorher, als sie geglaubt hatte, Ylva zwischen den Häusern oben in Villan gesehen zu haben?

Zwei Kinder fragten, ob sie alle zusammen in der Gruppe aus der Kapelle gehen sollten, aber sie antwortete nicht. Sie wollte am liebsten noch eine Weile sitzen bleiben. Jörgens Tod war ihr näher gegangen, als sie vermutet hatte, nicht nur, weil er so grausam war, sondern auch, weil ihr klar geworden war, wie sein kurzes Leben wohl verlaufen sein musste.

Sie war schließlich Leiterin des Chors, und deshalb ging sie in der Gruppe mit, aber am Ausgang blieb sie stehen und drehte sich um. Bertil Nyman stand da und blickte unbeholfen auf den Sarg. Er schien sie immer noch nicht bemerkt zu haben. Sie ging diskret an die Seite und setzte sich auf eine der hinteren Bänke nahe der Wand. Irgendwie ging ihr der Tod diesmal näher als bei einer Trauerfeier, die sie selbst hielt.

Sie fühlte sich immer noch bedrückt, als sie zum Pfarrhaus zurückkam. Es war kurz nach vier, und sowohl der Vikar als auch die Angestellte waren bereits ausgeflogen. Sie machte eine Runde durch die leeren Räume. Eigentlich hätte sie mit den liegen gebliebenen Arbeiten weitermachen müssen, aber sie zögerte. Nach kurzer Überlegung schloss sie das Kirchenbüro ab und ging nach nebenan in den privaten Teil des Hauses.

Im Kühlschrank gab es eine Flasche Sherry, sie nahm eines der kleineren Wassergläser und goss es gut halb voll. Erst als sie es ausgetrunken hatte, fiel ihr Arne Bergman ein. Er würde bald kommen und zweifellos merken, dass sie nach Alkohol roch.

Sofort ärgerte sie sich über diesen Gedanken, sie war ja nicht mehr im Dienst und hatte das gleiche Recht wie alle anderen, ein Glas Wein zu trinken, wann immer sie Lust dazu hatte. Es war zwar möglich, dass Bergman die üblichen Vorurteile über Pastoren teilte, aber das war schließlich nicht ihr Problem.

Dann fiel ihr ein, dass er dienstlich zu ihr kam und dass sie zu einem offiziellen Verhör vorgeladen war. Und zu einer solchen Amtshandlung passte weiß Gott kein nach Alkohol riechender Zeuge, sei er nun Geistlicher oder nicht.

Plötzlich konnte sie sich ein Lachen nicht verkneifen. Es war die Reaktion auf das Begräbnis, so etwas hatte sie früher schon erlebt. Der Sherry hatte vielleicht dazu beigetragen, die Spannung zu lösen.

Unwillkürlich schielte sie auf den Parkplatz hinaus. Ehrlicherweise musste sie zugeben, dass sie ziemlich neugierig darauf war, was Bergman denn für neue Fakten hatte und weshalb er glaubte, dass sie schon noch verstehen würde, um was es da ging. Und vielleicht war da auch noch etwas anderes, das sie ebenfalls interessierte. Um bei der Wahrheit zu bleiben.
Wieder blickte sie aus dem Küchenfenster. Hatte der schwarze Citroën dort wirklich schon gestanden, als sie kam? Sie war sich nicht sicher. Aber wenn er Arne Bergman gehörte, hätte der doch inzwischen geklingelt?
Sofern er nicht an die falsche Tür gegangen war. Vielleicht wartete er vor dem Kirchenbüro? Sie entschloss sich, mal nachzusehen, und schlüpfte in die Holzbotten. Auf halbem Weg bedauerte sie das allerdings und wünschte, sie hätte richtige Schuhe angezogen, aber da war es zu spät.
Sie klapperte die wenigen Schritte zum Büro, das Knie machte keine Probleme mehr, seit sie den Stützstrumpf trug. Aber Arne Bergman konnte sie nicht entdecken.
Er war doch wohl nicht in die Kirche gegangen? Sie drehte sich um und nahm den gewohnten Weg über den Rasen hinüber in die Kirche. Drinnen saß tatsächlich ein Mann auf einer der hinteren Bänke, aber das war niemand, den sie kannte.
Sie ging langsam an ihm vorbei. Gerade als sie neben ihm war, machte er eine Handbewegung, als ob er ihr etwas mitteilen wollte, aber dann schien er sich anders entschieden zu haben. Statt etwas zu sagen, stand er auf und verschwand schnell den Mittelgang hinunter und hinaus durch die große Tür.
Misstrauisch blickte sie ihm nach. Sie konnte es nicht genau sagen, aber irgendetwas an ihm schien nicht zu stimmen.

Sicherheitshalber kontrollierte sie die Leuchter und die Schranktür in der Sakristei. Die Gemeinde war schon einmal bestohlen worden.
Zum Glück schien alles in Ordnung zu sein. Sie schämte sich ein wenig über ihr Misstrauen, entschied sich aber dann, es auf den Sherry zu schieben. Aus alter Gewohnheit warf sie einen Blick auf das Triumphkruzifix in dem niedrigen Gewölbebogen, bevor sie auf ihrem Weg hinaus darunter hindurchging. Aber auch das hing fest an seinen Seilen.

Sie entdeckte den Mann wieder, als sie hinter den Lagergebäuden das Motorengeräusch hörte. Er saß auf einer Bank und blickte über den Friedhof. Er schien tief in Gedanken versunken zu sein, aber als Arne Bergmans blauweißer Streifenwagen auf dem Schotterplatz sichtbar wurde, zuckte er zusammen. Hastig warf er ihr einen Blick zu, bevor er zu dem schwarzen Citroën eilte und so schnell losfuhr, dass der Schotter um seine Reifen spritzte.

KAPITEL 6

«**Welcher Rowdy** war denn das?»

Arne Bergman beugte sich aus dem Seitenfenster und starrte dem Auto lange nach, das mit deutlich mehr als den erlaubten siebzig Stundenkilometern in Richtung Ängelholm davonraste.

«Habe ich ihn verjagt?»

Eva Ström war sich nicht sicher, ob sein Tonfall eine versteckte Andeutung enthielt oder nicht. Sie hob die Schultern und beschloss, die Frage Nummer zwei unbeantwortet zu lassen.

«Was weiß ich.»

Bergman stieg aus dem Wagen, und zu ihrer Verwunderung begrüßte er sie mit Handschlag. Ein fester Griff, aber weder hart noch provozierend.

«Können wir uns irgendwo hinsetzen?»

Er hatte eine Plastikhülle in der anderen Hand und machte eine Geste, dass er etwas brauchte, wo er den Inhalt ausbreiten konnte. Beispielsweise einen Schreibtisch.

Eva nickte, zuerst dachte sie daran, das Kirchenbüro vorzuschlagen, aber dann entschied sie sich anders.

«Wir können zu mir reingehen. Am besten setzen wir uns in das Sprechzimmer.»

Was er murmelte, hörte sie nicht, aber er ging an ihr vorbei und in das kleine Zimmer hinein. Darin standen zwei abgewetzte Ledersessel, und er setzte sich in einen davon.

Sie ließ sich ihm gegenüber nieder. Erst als sie saß, wurde ihr bewusst, dass er in dem kleinen Raum ganz bestimmt ihren Atem riechen musste. Und richtig, sie sah deutlich, wie er einatmete und ihr einen forschenden Blick zuwarf. Aber er sagte nichts.

Sie hatte auf der Zunge, danach zu fragen, was er mit seiner eigentümlichen Nachricht auf dem Anrufbeantworter gemeint hatte, aber unwillkürlich beherrschte sie sich. Vielleicht seines ernsten Gesichts wegen? Stattdessen fragte sie:

«Ich glaube, ich habe Sie bei der Trauerfeier gesehen.»

Das hörte sich erstaunter an, als es gemeint war, und er reagierte entsprechend.

«Sie können sich wohl nicht vorstellen, dass auch Polizisten Mitgefühl haben?»

Diese spitze Bemerkung kam ihr bekannt vor, aber beim letzten Mal hatte es sich um Pädophile und deren Gewissen gehandelt.

Jedenfalls hatte sie doch richtig gesehen. Ihr kam der Gedanke, dass sie sich auch in Villan nicht geirrt haben könnte. Ylva hatte vielleicht wirklich diese halbe Sekunde lang hervorgeguckt.

Was das nun immer zu bedeuten haben sollte. Sie wusste eigentlich nicht, warum sie sich deswegen Gedanken machte. Wenn die Eltern des Mädchens sich nicht darum kümmerten, wo die Kleine sich aufhielt, war das vielleicht nicht erfreulich, aber es war schließlich nicht so wichtig.

Sie schob den Gedanken in eine Ecke ihres Unterbewusstseins und beeilte sich, das Gespräch in eine andere Richtung zu lenken. Da ihr Gegenüber keine Anzeichen machte, zum Thema zu kommen, begann sie selbst damit:

«Was waren das nun für neue Fakten?»

Arne Bergman antwortete nicht. Er strich sich lange und

gründlich übers Kinn, bevor er ihr in die Augen blickte. «Erzählen Sie mal, was vorgestern geschehen ist. Von Anfang an.»

Einen Augenblick lang konnte sie sich das Lachen kaum verkneifen, sie hatte erwartet, dass so etwas kommen musste. Im Fernsehen hatte sie oft genug Kriminalserien gesehen, da war ihr die Situation mit dem armen Verdächtigten, der gottergeben seine Aussage Mal für Mal wiederholte, durchaus geläufig.

Aber dies war die Realität und keine Serie. Jemand hatte sich an dem Jungen vergriffen und ihn anschließend umgebracht. Sie zögerte einige Sekunden mit der Antwort und überlegte. Dann erzählte sie alles, woran sie sich erinnern konnte, von dem Moment an, in dem sie in die Krisengruppe gerufen wurde, bis zu dem Augenblick, als sie den Vogel entdeckte, der auf den toten Mann einhackte. «Es war eine Graumöwe», schloss sie.

Bergman schien auf diesen nebensächlichen Aspekt nicht zu reagieren, oder er hatte ihn gar nicht gehört. Er hatte bereits eine ganz andere Frage auf den Lippen. «Lag der Mann schon am Strand, als Sie hingekommen sind?»

Sie schüttelte den Kopf. «Weiß ich nicht. Kann ich mir aber vorstellen.»

«Aber Sie haben ihn nicht gesehen?»

Wieder schüttelte sie den Kopf. Bergman notierte etwas in seinem Block, bevor er fortfuhr.

«Haben Sie irgendeinen anderen Menschen gesehen?»

«Am Strand?»

«Oder im Wald. Überhaupt.»

Jetzt begann es langweilig zu werden, aber sie konnte nicht anders, als mit ihren Verneinungen weiterzumachen.

«Nein.»
«Dann hat Sie auch niemand gesehen?»
«Nein.»
«Auch nicht, als Sie Ihren Wagen da abgestellt haben?»
«Nein.»
«Und Sie haben auch niemanden gesehen?»
«Nein.»
Sie begriff nicht, worauf er hinauswollte, sie empfand nur einen immer stärker werdenden Wiederholungszwang, je länger das Verhör dauerte. Aber sie ging davon aus, dass seine Absichten schließlich auch diesmal deutlich würden. Und sie dachte nicht daran, sich ein zweites Mal zu blamieren.
«Und Sie behaupten, dass Sie den Toten noch niemals vorher gesehen haben?»
Jetzt unterbrach sie ihr ständiges Verneinen doch. Trotz ihres Vorsatzes hob sie die Stimme.
«Was heißt hier behaupten?»
«Haben Sie ihn gesehen?»
«Nein, aber ...»
Sie fand nicht die richtigen Worte, um den Satz zu vollenden. Wieder sah sie, wie er etwas in seinen Block schrieb.
«Was schreiben Sie da auf?»
Er blickte auf. Sie konnte nicht feststellen, ob die Stimme erstaunt oder nur spöttisch war.
«Ihre Aussage.»
Im gleichen Atemzug fuhr er fort: «Haben Sie die Medizindose angefasst?»
Diesmal war sie gezwungen, mit Ja zu antworten.
«Und die Flasche?»
«Ja.»
«Haben Sie den Körper berührt?»

Sie seufzte laut. Es schien ihr, als ob alles, was sie sagte, auf eine sonderbare Weise falsch klang.
«Ich musste doch nachsehen, ob er noch lebte.»
«Sie haben ihn also angefasst?»
«Ja.»
«Und woher wollten Sie wissen, ob er noch lebte oder nicht?»
«Ich habe den Puls gefühlt.»
«Sie kennen sich also in der Krankenpflege aus?»
«Ich hab jedenfalls einen Erste-Hilfe-Kurs mitgemacht.»
«Aber Sie haben keine Wiederbelebungsversuche gemacht?»
Sie schüttelte den Kopf.
«Er war schon kalt. Das hätte keinen Zweck mehr gehabt.»
«Sie haben es nicht mit Mund-zu-Mund-Beatmung versucht?»
Plötzlich hatte sie genug. Es kam ihr vor, als ob die Vernehmung zur Farce zu werden begann, und das sagte sie laut.
Bergman schwieg und betrachtete sie mit seinen blauen Augen. Er schien sich etwas genau zu überlegen, bevor er sich über den kleinen Tisch so nahe zu ihr beugte, dass sie die Hand heben und seine grauen Stoppeln hätte streicheln können.
«Dies hier ist kein offizielles Verhör. Es ist ein Arbeitsgespräch, damit ich mir ein vorläufiges Bild von dem Fall machen kann.»
Sie war drauf und dran, etwas zu entgegnen, aber er ließ sie nicht zu Wort kommen.
«Was ich jetzt sage, ist eigentlich schon ein Dienstvergehen, aber einerseits sind Sie trotz allem Pastorin und andererseits gehörten Sie zu unserer eigenen Krisengruppe.»
Er lächelte ihr überraschend zu. Es war das erste Mal.

«Und dann verlasse ich mich darauf, dass Sie mich nicht anzeigen.»
Sie starrte ihn verständnislos an. Wovon redete er? Einen Moment lang hatte sie den Eindruck, als ob mit ihrer Aufnahmefähigkeit etwas nicht stimmte.
Er lehnte sich ruhig wieder zurück und fuhr mit gleich bleibender Stimme fort: «Niels Mikkelsen hat sich nicht selbst das Leben genommen, jemand anderes hat es getan.»
Sie wusste nicht, was sie dazu sagen sollte. Da ihr nichts anderes einfiel, fragte sie: «Sind das Ihre neuen Fakten?»
Er blickte sie wieder an. Es war ihm anzusehen, dass hinter seinen blauen Augen ein neuer Gedanke Gestalt annahm, vielleicht überlegte er, wie viel er ihr sagen durfte.
«Als wir ihn obduziert haben, fanden wir kleine, beinahe mikroskopische Verletzungen auf dem Kehlkopfdeckel.»
Er machte eine Pause, um zu kontrollieren, dass sie begriffen hatte. Sie nickte, sie wusste, wo der Kehlkopfdeckel saß.
«Anhand des Aussehens und der Platzierung der Wunde konnten wir ausrechnen, dass es ein röhrenartiger Gegenstand gewesen sein musste, der zwangsweise in seine Speiseröhre eingeführt worden war.»
Sie begann zu ahnen, worauf er hinauswollte, jemand anderes hatte ihm den Schnaps eingeflößt und die Schlaftabletten verabreicht. Aber sie sagte nichts.
«Man muss mindestens grundlegende Kenntnisse darüber haben, wie die Luftwege aussehen, um eine weiche Plastikröhre am Kehlkopfdeckel vorbei in die richtige Röhre schieben zu können. Oder sollten wir vielleicht falsche Röhre sagen?»
Sie verstand ihn sehr wohl. In ihrem Erste-Hilfe-Lehrgang hatte sie gelernt, wie man die Atemwege mit genau so einer Plastikröhre freilegt. Und wie man es nicht machen darf.

«Man hält die Nase zu, dann schlucken sie», murmelte sie automatisch.
Bergman suchte in seiner Mappe und zog einen Bogen Papier heraus, zu ihrem nicht geringen Erstaunen war es eine Kopie ihrer Lehrgangsbescheinigung. Hatte er danach nicht eben noch gefragt?
Er reichte ihr das Blatt wortlos hinüber. Dann strich er sich wieder übers Kinn, er schien beinahe verlegen zu sein.
«Eine polizeiliche Ermittlung muss einem bestimmten Muster folgen. Wenn es gewisse Indizien gibt, müssen wir nach einem bestimmten Modell vorgehen.»
Er hörte sich an, als ob er gleichzeitig dozierte und um Entschuldigung bat. Sie hatte das eigenartige Gefühl, als ob die Wirklichkeit ihr entgleiten wollte. Das konnte doch nicht möglich sein?
«Wir sind angewiesen, bei der Indizienkette vier Punkte zugrunde zu legen. Gelegenheit, Fähigkeit und das Fehlen entlastender Zeugenaussagen.»
Das waren nur drei. Sie fragte tonlos:
«Was ist der vierte?
«Motiv.»
Beide verstummten, zu hören war nur ein Trecker, der irgendwo in der Nähe des Pfarrhauses herumtuckerte. Dann räusperte sich Bergman.
«Sie werden zu einem offiziellen Verhör vorgeladen.»
Sie holte tief Luft. Fast brachte sie die Worte nicht heraus.
«Sie meinen, ich werde verdächtigt?»
Er hob die Schultern, es sah beinahe so aus, als ob er sich entschuldigen wollte.
«Technisch gesehen, ja.»

KAPITEL 7

Sie sah dem blauweißen Streifenwagen nach, bis er aus ihrem Blickfeld verschwunden war. Sie war sich nicht sicher, was sie eben eigentlich miterlebt hatte. Es kam ihr vor, als ob sie vor die spanische Inquisition gezerrt worden war. Oder noch schlimmer.

Arne Bergman hatte sie nach ihrem Verhältnis zu Jörgen ausgefragt, bis sie nicht mehr aus noch ein wusste. Glaubte er vielleicht wirklich, dass sie etwas mit dem toten Dänen zu tun hatte?

Er hatte ihr zwar versichert, dass es sich nur um ein vorläufiges Arbeitsgespräch handelte, aber sein ganzes Auftreten deutete auf etwas anderes hin. Warum war es denn sonst so dringend gewesen, dass er nicht bis morgen warten konnte? Und warum hatte er sie ständig in Situationen gebracht, in denen sie keine vernünftigen Antworten geben konnte?

Ihr Frust nahm zu, je mehr sie darüber nachdachte. Sie kam sich verdächtigt vor, ohne sich verteidigen zu können. Obwohl sie sich einredete, dass er die Wahrheit über die automatische Vorgehensweise der Polizei bei Ermittlungen gesagt hatte, war das kein Trost für sie. An der Sache änderte das nichts, sie war als Mordverdächtige zu einem Verhör bei der Polizei vorgeladen.

Sie konnte nicht still sitzen. Ohne bewusst wahrzunehmen, wo sie sich gerade aufhielt, begann sie von Zimmer zu Zimmer durch ihre Wohnung zu wandern. Wenn man das nun

wandern nennen konnte. Der stramm sitzende Stützstrumpf über ihrem Knie machte das Bein zu allem Überfluss steif, und sie war gezwungen, den Fuß bei jeder Schwelle vorsichtig zu heben. Sie wünschte sich, nie zu dieser idiotischen Joggingtour aufgebrochen zu sein. Wenn sie stattdessen zu Hause geblieben wäre oder irgendetwas anderes getan hätte, wäre ihr die ganze Geschichte erspart geblieben.
Im gleichen Augenblick verwarf sie den Gedanken, ändern konnte sie sowieso nichts mehr. Und, was schlimmer war, Jörgen war tot. Das war auch nicht zu ändern.
Sie spürte plötzlich die gleiche Ohnmacht, die sie unten am Wasser während der schicksalhaften Joggingtour empfunden hatte. Es war schwer genug mit der Trauerfeier und sich wieder vorstellen zu müssen, was mit dem Jungen geschehen war. Und nun auch dies noch.
Sie begriff sehr gut, dass Arnes hartnäckige Fragen nach ihrem Verhältnis zu Jörgen darauf zielten, den vierten Punkt zu klären, den mit dem Motiv. Aber das hatte nur dazu geführt, dass sie Mal für Mal das Bild des massakrierten Körpers des Jungen vor sich gesehen hatte. Und infolgedessen sich nur allzu gut an das zerhackte Gesicht des Mannes erinnerte und was sie empfunden hatte, als sie die Hand auf dessen kalten und steifen Hals gelegt hatte.
Sie blickte auf ihre rechte Hand, mit der sie die Leiche berührt hatte, und unterdrückte einen Impuls, hinaus ins Bad zu gehen und sie wieder zu waschen. Es war mehr als zwei Tage her, seit sie ihn gefunden hatte, und danach hatte sie als Erstes die Hand im Meerwasser abgespült. Gleich nachdem sie ins Polizeihaus gekommen war, hatte sie sie zum zweiten Mal gewaschen, in heißem Wasser und mit Seife. Trotzdem schien ihr die Hand auf eine eigentümliche Art und Weise

beschmutzt zu sein. Besudelt. In ihrem Beruf war sie mit dem Tod vertraut, und die ersten beiden Waschungen hatten einen ganz normalen hygienischen Grund. Erst als ihr der Zusammenhang zwischen dem toten Mann und dem, was mit Jörgen passiert war, bekannt wurde, hatte sie das schleichende Unbehagen gespürt, etwas Widerliches berührt zu haben. Etwas, was sie am liebsten verdrängte.
Bei ihrer planlosen Wanderung war sie zum zweiten oder dritten Mal in die Küche gekommen. Diesmal blieb sie vor dem Kühlschrank stehen. Sie zögerte nur eine halbe Minute, bevor sie die Tür öffnete und die Sherryflasche aus dem Fach in der Tür nahm. Das Glas stand noch auf der Spüle, und sie nahm es zusammen mit der Flasche mit ins Wohnzimmer. Sie setzte sich an das Fenster mit der Aussicht auf die ebenen Felder, die bis an den lang gestreckten Hallandsåsen reichten.

Als fast nur noch der Boden der Flasche bedeckt war, hatte der Åsen eine violette Farbe angenommen. Die Dämmerung hatte sich beinahe unbemerkt über die Felder ausgebreitet, und sie konnte nicht mehr genau sagen, wie viel Zeit vergangen war, seit Arne Bergman sich verabschiedet hatte. Aber nicht einmal die blaue Stille über der Landschaft konnte verhindern, dass die Gedanken ständig um die gleiche Angelegenheit kreisten. Und der Sherry half auch nicht, der trug nur dazu bei, dass sie weinerlich wurde und noch wirrer im Kopf.
Sie merkte, dass sie sich selbst bemitleidete. Zum wievielten Mal sie darüber haderte, dass sie zu kurz gekommen sei, wusste sie gar nicht mehr. So wie sie Gespräche mit anderen Menschen führte, konnte das bevorstehende Verhör bei der

Polizei nur in einer Katastrophe enden. Es war ihr nicht gelungen, auch nur eine einzige von Arne Bergmans Fragen so zu beantworten, dass es nicht verdächtig klang oder sie sich selbst belastete. Sie wusste nicht genau, was es bedeutete, wenn jemand aufgrund von Indizien verurteilt wurde, aber es wurde ihr immer klarer, dass genau das geschehen könnte.
Plötzlich spürte sie, dass sie sich bei jemandem aussprechen musste. Sie stand aus dem Sessel auf und stellte fest, dass sie schwankte, diesmal nicht wegen des Knies. Sie hielt sich an der Armlehne fest und blickte hinüber zum Telefon, bevor sie mit ihrem steifen Bein quer durchs Zimmer ging.
Die Nummer wusste sie nicht auswendig, und sie stand auch nicht in ihrem Notizbuch. Aber das Telefonbuch lag natürlich an seinem Platz, und zum Glück gab es nur einen Martin Olsson in ganz Ängelholm. Die Adresse Storgatan stimmte ebenfalls.
Sie zählte nicht nach, wie viele Male sie es klingeln ließ, aber es dauerte lange. Schließlich wurde sie unsicher, ob sie die richtige Nummer gewählt hatte. Sicherheitshalber wählte sie noch einmal, und diesmal zählte sie bis elf.
Als sie aufgelegt hatte, umgab die Stille sie doppelt. Sie hätte nicht sagen können, warum sie gerade ihn zu erreichen versucht hatte, und sie wusste nicht, wie sie angefangen hätte, wenn er sich gemeldet hätte. Vielleicht war es seine hintergründige Bemerkung, die ihr im Kopf herumspukte: «Manchmal haben die Leute ihre Gründe, weswegen sie über bestimmte Dinge nicht sprechen wollen.»
Zum hundertsten Mal fragte sie sich, was Bertil Nyman zu verbergen haben konnte. War es möglich, dass er den Dänen umgebracht hatte? Und Ylva? Vielleicht wussten die Eltern, dass sie missbraucht worden war? War sie vielleicht mit Ein-

verständnis des Stiefvaters sexuellen Übergriffen ausgesetzt gewesen? Sie hatte gelesen, dass es so etwas gab.
Sie merkte, dass ihre Phantasie ausuferte. Aber der Gedanke, dass das Mädchen missbraucht worden war, ließ sie nicht los. Sehr wohl begriff sie, wie widersinnig es war, solchen Gedanken nachzuhängen, ohne den geringsten Beweis zu haben. Aber das half nicht. Die Unruhe in ihr nahm zu, sie wusste nicht mehr, ob wegen des Mädchens oder wegen des bevorstehenden Polizeiverhörs.
Plötzlich musste sie frische Luft haben. Und Ruhe. Sie schlüpfte in die Botten und holte den Schlüssel zur Kirchentür. Die Abendluft war nach der Hitze und Stickigkeit des Tages beinahe angenehm kühl. Sofort spürte sie, wie sie wieder nüchtern wurde, aber nicht völlig. Der Schlüssel wollte nicht ins Schloss gleiten, und als ihr das endlich gelungen war, fummelte sie daran herum und musste ihn mehrere Male drehen, bevor die Tür aufsprang.
Die Kirche war ihre letzte Zuflucht. Sie hatte sich einen Trick ausgedacht, der selten fehlschlug. Sie pflegte sich in eine der Bänke zu setzen und die alten Fresken zu betrachten, die sich an den mittelalterlichen Gewölben hinaufrankten, dabei versuchte sie sich die unzähligen Gebete vorzustellen, die im Laufe der Jahrhunderte daran entlang nach oben gesandt worden waren. Irgendwie schienen ihre eigenen Probleme dann ziemlich unbedeutend zu werden.
Normalerweise. In der Vorhalle blieb sie stehen und blickte den Mittelgang entlang. Sie spürte, wie sie leicht schwankte, und das lag ganz bestimmt nicht an dem schlimmen Knie. Plötzlich schämte sie sich. So viel Respekt hatte sie jedenfalls, dass sie sich nicht angetrunken in die Kirche setzte.
Sie ging wieder hinaus und schloss die Tür hinter sich. Die

kühle Abendluft sog sie ein wie eine Verdurstende das Wasser, und sie entschloss sich, den Umweg um die Speichergebäude zu nehmen. Sie war beinahe bis zu der privaten Einfahrt zum Pfarrhaus gekommen, als oben auf der Landstraße zwei Gestalten auftauchten. Das Paar in Joggingkleidung grüßte mit einem Kopfnicken, und sie winkte zurück, merkte aber selbst, wie überzogen ihre Geste wirken musste. Zu allem Überfluss war sie kurz davor, das Gleichgewicht zu verlieren, und musste mit dem steifen linken Bein einen Doppelschritt machen.
Die beiden sagten nichts, aber sie spürte ihre Blicke in ihrem Rücken, als sie hinter die Ligusterhecke hinkte. Sie wusste nur zu gut, wie schnell sich ein Gerücht ausbreitete, und fluchte im Stillen über ihren kurzen Spaziergang. Eine Pastorin wurde ständig kritisch beobachtet, und sie verstand nicht, wie sie das hatte vergessen können.
Auf der niedrigen Treppe blieb sie sitzen und streckte das Bein aus. Nichts war besser geworden, ganz im Gegenteil. Trotzdem stellte sich eine Art paradoxer Ruhe ein. Schlimmer konnte es jedenfalls nicht werden.

Sie hatte zu frieren begonnen, als sie endlich aufstand und ins Pfarrhaus hineinging. Es war auch dunkel geworden, aber sie machte noch kein Licht. Die Spätsommernacht leuchtete immer noch mit einem rosa Streifen am Horizont, und an ihrer Sehkraft war nichts auszusetzen. Außerdem fand sie sich in ihren Räumen auch bei Dunkelheit zurecht.
Als sie sich gerade ausgezogen hatte und ins Bett gekrochen war, klingelte das Telefon. Sie blinzelte ins Licht der Nachttischlampe und sah auf die Uhr. Viertel nach zwölf.
Sie entschied, dass sich jemand verwählt haben musste, und knipste die Nachttischlampe wieder aus. Aber das Klingeln

hörte nicht auf, und plötzlich fiel ihr ein, dass sie Martin Olsson angerufen hatte. Oder es jedenfalls versucht hatte.
Einen Anrufbeantworter besaß er nicht, aber das schloss ja nicht aus, dass er ein Display hatte, das ihm die Nummern der Anrufer mitteilte. Sie setzte die Füße auf den Boden und stand aus dem Bett auf, das Knie machte immer noch keine Schwierigkeiten. Aber bis zum Telefon waren eineinhalb Zimmer zu durchqueren, und sie befürchtete schon, es nicht zu schaffen, bevor er auflegte. Erst als sie den Hörer in der Hand hielt, fiel ihr ein, dass sie immer noch nicht wusste, wie sie sich ausdrücken sollte.
Andererseits rief er diesmal an, und sie machte sich klar, dass das auch bedeutete, dass er das Gespräch beginnen würde.
«Hallo?»
Aber das war nicht Martin Olsson. Die Stimme hatte sie an diesem Tag schon einmal gehört.
«Ich werde gleich auflegen …»
Er hörte sich so pathetisch an, dass sie nicht anders konnte, als mit dem Hörer am Ohr stehen zu bleiben.
«Ich dachte … versuchte jedenfalls zu überlegen …»
Wider besseres Wissen antwortete sie.
«Weißt du, wie spät es ist?»
Sofort tat es ihr Leid. Sie hörte, wie die Stimme einen anderen Klang bekam. Es schien keine Rolle zu spielen, was sie sagte, dass sie überhaupt sprach, war für ihn offenbar Ermunterung genug.
«Ich habe dich gestern in der Stadt gesehen, du hast dagesessen und mit einem Mann gesprochen. Mich hast du natürlich nicht gesehen …»
Sie unterbrach ihn brüsk. Es interessierte sie nicht, was er noch zu sagen hatte.

«Was willst du?»
Aber er schien immer noch nicht darauf einzugehen, was sie sagte. In ruhigem, einschmeichelndem Ton fuhr er fort:
«Ich habe dich auch in der Kirche gesehen. Mehrmals. Ich habe ganz hinten gesessen …»
«Was willst du, verdammt nochmal?»
Sie war laut geworden, beinahe schrie sie in den Hörer, und endlich schien er jetzt zu reagieren. Aber nicht so, wie sie es beabsichtigt hatte.
«Ich kann rauskommen …»
Sie schmetterte den Hörer auf die Gabel. Dann schloss sie die Augen und holte ein paar Mal tief Luft, das half.
Danach kontrollierte sie sorgfältig das Schloss der Haustür und zog den Telefonstecker aus der Dose. Trotzdem dauerte es fast eine Stunde, ehe sie einschlafen konnte.

KAPITEL 8

Juli 2001

Die ernsten Gesichter blickten gespannt auf den Bildschirm. Die Nachricht kam Stück für Stück in schneller Folge, sie lasen langsam und gründlich, trotzdem brauchten sie weniger als eine Minute, um den Bericht entgegenzunehmen und zu bestätigen. Dann trennten sie schnell die Verbindung und verließen das Programm.

Die drei Männer nickten schweigend; alles war wie geplant verlaufen, und es gab keinen Grund, unnötig darüber zu sprechen. Der kritische Punkt war besser als erwartet überschritten worden, eine bessere als die Person, die den Fund gemacht hatte, war kaum vorstellbar.

Der Absender der Mitteilung hatte darüber hinaus bereits einen Insiderbericht zu Gesicht bekommen, aus dem hervorging, das die Beteiligten genau wie vorgesehen reagiert hatten. Die Männer vor dem PC hatten die Schnelligkeit und die diskrete Codesprache des Informanten zur Kenntnis genommen und sich ein kurzes Lächeln über die Effektivität des Netzwerkes erlaubt.

Nur ein kleines Detail konnte sich möglicherweise in die falsche Richtung entwickeln. Eine Weile sprachen sie leise darüber und kamen zu dem Schluss, dass es viel zu früh war, jetzt zu entscheiden, ob das tatsächlich zu irgendwelchen ernsthaften Komplikationen führen konnte oder nicht.

Sie beschlossen, mit weiteren Maßnahmen zu warten. Die größte Gefahr bestand im Augenblick darin, zu schnell und zu offen zu reagieren, sie mussten sich darauf verlassen, dass die Meldungen sie über die weitere Entwicklung auf dem Laufenden hielten. Es galt abzuwarten, bis der richtige Moment kam. Wenn er denn kommen sollte.

Sie standen auf, erleichtert darüber, dass die Besprechung vorüber war. Sie hatten sich zum ersten Mal in dieser Zusammensetzung getroffen und waren sich wohl bewusst, dass es das Beste gewesen wäre, wenn sie sich einander fremd geblieben wären, sich nicht von Angesicht zu Angesicht gegenüber gestanden hätten.

In dem Raum war es schummerig, und die Vorhänge des Büros waren zugezogen. Obwohl es spät und das Risiko, dass jemand vorbeikam und sie zufällig sah, so gut wie ausgeschlossen war, knipsten sie die Lampen aus, bevor sie die Vorhänge wieder öffneten.

Niemals vorher, weder im Netz noch sonst wo, hatten sie sich gegenseitig anders als mit ihren Ordensnamen angesprochen. Vrieskman, der Älteste unter ihnen, zeigte auf die anderen beiden. Sie sollten zuerst gehen, drei Personen hintereinander konnten ebenso große Aufmerksamkeit wecken wie drei, die gleichzeitig das Haus verließen.

Es war sehr still, als er als Letzter durch die Haustür trat. Er verließ das Gebäude und ging mit schnellen Schritten hinaus in die Sommernacht, ohne einer Menschenseele zu begegnen.

KAPITEL 9

Es war der dritte Morgen, nachdem sie den Mann am Strand gefunden hatte. Und es war zweifellos der schlimmste.
Sie war gegen vier Uhr aufgewacht, ihre Kehle war ausgetrocknet, und sie war losgehinkt, um etwas zu trinken. Aber die zwei Gläser Wasser, die sie in sich hineingeschüttet hatte, bevor ihr übel geworden war, hatten nicht lange vorgehalten. Der Kopf tat ihr bei der kleinsten Bewegung weh. Ihr kam der Gedanke, dass der Schmerz vom Knie hochgestiegen war, er quälte sie jedenfalls fast ebenso sehr.
Irgendwie war es schließlich doch acht Uhr geworden. Sie zwang sich unter die Dusche und kochte sich mit vorsichtigen Bewegungen ihren Tee, während sie auf dem Fußboden schmale feuchte Spuren hinterließ. Als sie das minimale Frühstück zu sich genommen hatte, war sie immer noch nackt, und allein der Gedanke, sich in das stickige Büro setzen zu müssen und zu schwitzen, ekelte sie an.
Sie ging hinaus zu ihrem Schreibtisch und blätterte in ihrem privaten Terminkalender. Darin gab es viele freie Zeilen, und einige diskrete Verschiebungen waren durchaus möglich. Sie hörte einen schwachen Protest ihrer inneren Stimme, als sie mit ein paar Bleistiftstrichen ein Einzelgespräch zum dritten Mal verschob, aber der Kater überstimmte das schlechte Gewissen. Dann standen da nur noch die Telefonate, vor denen ihr graute. Aber auf der anderen Seite, wozu hatte sie schließlich eine Verwaltungsangestellte?

Sie rief im Kirchenbüro an und bat sie, sich darum zu kümmern, sie selbst sei bis nach der Mittagspause beschäftigt. Sie sagte nicht, womit, und konnte das unergründliche Pokergesicht des Vikars vor sich sehen. Sie ging davon aus, dass er wie üblich lauschte, sobald sich eine Gelegenheit ergab, besonders wenn er mitbekam, dass etwas mit ihr zu tun hatte.

Mit einer Mischung aus Erleichterung und schlechtem Gewissen legte sie den Hörer auf. Eins war jedenfalls klar: Niemals wieder würde sie sich mit Sherry betrinken.

Der gute Vorsatz brachte ihre Skrupel zum Schweigen. Was sie jetzt brauchte, war frische Luft und Ruhe, nichts anderes.

Sie parkte den Wagen an der gleichen Stelle wie vor drei Tagen unter die verkrüppelten Kiefern des Waldstücks, das Sibirien genannt wurde. Aber diesmal ging sie auf dem kürzesten Weg hinunter zum Strand.

Bei dem Holzsteg, neben dem der Däne gelegen hatte, sah sie die gestreiften Plastikbänder, die die Polizei hinterlassen hatte, und blickte in die andere Richtung. Sie hielt die zusammengerollte Decke unter dem Arm und lief am Wassersaum entlang, wo man am leichtesten vorankommen konnte. Erst als ihr zwei nackte Frauen begegneten, wandte sie den Wellen den Rücken zu und stapfte durch den losen Sand zu den Dünen hinauf.

Sie fand eine abgelegene Sandkuhle und zog sich aus. Die Sonne war so weit gestiegen, dass sie wärmte, ohne dass es allzu heiß war. Eva Ström sank auf die ausgebreitete Decke und schloss dankbar die Augen, fest entschlossen, an nichts zu denken. Insbesondere nicht an den gestrigen Tag.

Das glückte ihr beinahe. Arne Bergman ging ihr hin und

wieder durch den Kopf, während sie den Vormittag über vor sich hin döste. Nicht ganz unwillkommen, wenn sie ehrlich war.

Als die Uhr sich der Mittagsstunde näherte, waren die Kopfschmerzen verschwunden und der Körper entspannt und von der Sonne durchgewärmt. Sie überlegte, ob sie schnell noch ein Bad nehmen sollte, ließ es dann aber. Unten an dem flachen Strand waren einige Nudisten aufgetaucht, und es gab immer jemanden, der sie erkennen konnte, das hatte sie am Abend vorher zur Genüge zur Kenntnis nehmen müssen. Stattdessen zog sie sich an und ging auf dem Pfad durch die Dünen zu ihrem Golf. Aber das Kollar behielt sie in der Tasche, bis sie eingestiegen war und die Tür hinter sich zugemacht hatte.

Dort, wo der schmale Asphaltweg bei Södra Utmarken aus dem Wald kam, bog sie in die falsche Richtung ab. Als sie sich durch schmale Wohnstraßen geschlängelt hatte und auf die Landstraße kam, stellte sie fest, dass sie sich auf dem Weg nach Vegeholm befand. Die Straße verlief schnurgerade, und sie fühlte sich, als ob das Auto still stand. Erst als die Brücke über die Westküstenbahn wie ein weicher Betonbogen auftauchte, meldete sich die Vernunft. Was hatte sie hier eigentlich zu suchen?

Ihr war immer noch keine gute Antwort eingefallen, als die Straße eine Kurve machte. Oder genauer gesagt, als die Kurve sie dazu zwang, sich zu entscheiden, in welche Richtung sie nun weiterfahren wollte.

Sie beschloss, dass sie nun auch gleich dorthin fahren konnte, wenn sie schon einmal hier war. Die alte Ziegelei tauchte gleich danach vor ihr auf. Sie hielt das Auto zehn Meter da-

vor an und blieb sitzen, ohne sich darüber klar zu sein, was sie hier eigentlich wollte.
Wenn sie gehofft hatte, es würde ihr helfen, einen klaren Gedanken zu fassen, wenn sie den Platz sah, an dem Jörgen gestorben war, oder wenn sie ganz einfach gehofft hatte, ihr würde etwas einfallen, was für das bevorstehende Verhör bei der Polizei von Nutzen sein konnte, so wurde sie enttäuscht. Sie sah lediglich einige verfallene rotbraune Gebäude und die wohl bekannten gestreiften Plastikbänder der Polizei, die Neugierige fern halten sollten.
Leute wie sie selbst. Durch eine der vielen Öffnungen in dem lang gestreckten roten Bauwerk erblickte sie die baufälligen Ziegelgewölbe, die wie eine Art Katakomben aussahen. Das Unbehagen bei dem Gedanken daran, was dort drinnen geschehen war, wuchs im gleichen Maße wie die Furcht davor, wie ihr die Anwesenheit an diesem Ort ausgelegt werden könnte. Sie stand schließlich unter Verdacht, wenn auch nur in rein technischem Sinn.
Was auch immer das heißen mochte. Sie blickte unsicher umher, ehe sie das Auto startete und davonfuhr. Vorsichtig, um nicht aufzufallen. Erst als sie wieder auf der schnurgeraden Landstraße war, kam ihr in den Sinn, dass sie Arne Bergman zu fragen vergessen hatte, wie Jörgen eigentlich bis nach Vegeholm gekommen war.
Vielleicht spielte das keine Rolle, aber ihr ging die Frage nicht aus dem Kopf. Wenn jemand den Jungen zu dem schicksalhaften Treffen mit Mikkelsen gefahren hatte, konnte die gleiche Person ihrerseits den Dänen in einer Art primitivem Gerechtigkeitssinn umgebracht haben.
Sie sah allerdings ein, dass es genauso gut umgekehrt gewesen sein konnte. Mikkelsen konnte derjenige gewesen sein,

der ihn gefahren hatte und danach umgebracht wurde, weil er zu viel wusste.

Sie konnte jedenfalls froh sein, dass sie nicht Kriminalpolizistin war. Vielleicht wurde man so mürrisch wie Arne Bergman, wenn man ständig mit unlösbaren Fragen zu tun hatte?

Die Überlegungen hatten eine unbehagliche Vorahnung in ihr geweckt. Sie wollte dem Gedanken erst keinen Raum lassen, aber der ließ sich nicht abschütteln. Was waren das eigentlich für Geheimnisse, die Bertil Nyman und Ylvas Eltern vor ihr hatten?

Sie wollte den Einfall zuerst beiseite schieben. Aber der Vorsatz, sich darum zu kümmern, wie es eigentlich um Ylva bestellt war, wurde immer stärker. Sie wollte jedenfalls alles in ihrer Macht Stehende tun, um weitere Tragödien zu verhindern.

Wenn es denn welche zu verhindern gab. Sie hoffte, dass sie sich geirrt hätte, genau genommen hatte sie ja nichts anderes als ihren Spürsinn, der den Verdacht aufkommen ließ. Und ihre eigene Erfahrung, was immer die in diesem Fall wert war. Ylva war ja erst zwölf Jahre alt. Sie selbst war jedenfalls erwachsen gewesen.

Sie vergaß die Angelegenheit, als sie von einem Alfa Romeo überholt wurde, der sie zwang, sich zu konzentrieren, um nicht in den Graben zu fahren. Sie sah, dass der Fahrer eine Baseballkappe trug, und fragte sich, ob das eine Art Schuluniform im Club der Straßenrowdys war. Jedenfalls verstand sie nicht, warum man so eine Mütze brauchte, um Auto zu fahren.

Ihrer Angestellten hatte sie versprochen, nach dem Mittagessen zurück zu sein. Jetzt sah sie auf die Uhr, es war fast eins.

Es sah so aus, als ob sie auch heute ohne warmes Essen bleiben würde. Aber wie ein Zeichen des Himmels tauchte plötzlich ein riesiges gelbes «M» dicht vor dem Klippanvägen auf. Sie bremste automatisch, und zwanzig Sekunden später lenkte sie den Wagen in die Drive-in-Spur mit dem schuldbewussten Versprechen, heute Abend wenigstens etwas Ordentliches zu essen. Warm, nahrhaft und mit allem Drum und Dran.

Sie behielt den Hamburger in der Hand, als sie die Ausfallstraße überquerte. Im Rondell beim Supermarkt Brännborns bekam sie allerdings Probleme. Es fehlte ihr eine Hand zum Schalten, und der Golf war gezwungen, sich im vierten Gang vorwärts zu quälen. Nur echtes Glück rettete sie davor, mitten auf der Kreuzung mit steifem linken Bein und abgewürgtem Motor stehen zu bleiben. Sicherheitshalber hielt sie am Straßenrand, als sie hundert Meter vor sich ein weiteres Rondell erblickte.

Es war eigenartigerweise gerade zehn nach eins, als sie vor das Kirchenbüro einbog, um Haaresbreite an einem schwarzen Citroën vorbei, der sich zur Hälfte hinter den Lagergebäuden verbarg. Während sie den Fußweg zum Büro hinaufging, kam ihr der Gedanke, dass der Wagen ihr schon früher aufgefallen war, sie konnte sich nur nicht daran erinnern, in welchem Zusammenhang.

Der Vikar betrachtete sie mit seiner Pokermiene, als sie durch die Tür trat. Sie merkte, dass er auf die Uhr schielte, war sich aber nicht sicher, ob es Absicht war, dass sie das mitbekam, oder nicht.

«Ist was gewesen?»

Er antwortete bereitwillig wie immer.

«Nur Routinedinge, sonst nichts.»
Sie nickte und ging in ihr Büro. Sie hoffte, dass es ein freundliches Nicken gewesen war oder jedenfalls wie ein solches aussah.
Dann ging ihr plötzlich auf, dass die Angestellte nicht im Büro zu sehen gewesen war. Sie steckte den Kopf durch die Tür.
«Wo ist Sonja?»
Der Vikar blickte von seinem Aktenstapel auf.
«In der Sakristei. Sie wollte eine Farbpatrone holen.»
Das war der kühlste Raum in der sommerlichen Hitze und der beste Platz, um das Computerzubehör aufzubewahren. Sie nickte und zog sich in ihr Zimmer zurück.
Sie hatte vergessen, nach dem Auto zu fragen, aber dann erinnerte sie sich plötzlich an den Mann, der so hastig aufbrach, als Arne Bergman vorgefahren war. War der gleiche Mann jetzt wieder da?
Sie blickte aus dem Fenster, entdeckte aber niemanden und zuckte mit den Schultern, als sie die Tür zuschlagen hörte und gleich danach Sonjas Stimme vernahm.
«Jetzt ist er schon beinahe eine Stunde da drin.»
War es der Mann mit dem Citroën, den sie meinte? Die Neugier siegte, und sie steckte zum zweiten Mal den Kopf durch die Tür.
«Wer?»
Die Angestellte schien überhaupt nicht erstaunt darüber zu sein, dass sie zurück war, aber vielleicht hatte sie sie kommen sehen.
«Der mit dem schwarzen Auto. Er ist in der Kirche.»
«In der Kirche?»
Mit einem Mal erinnerte sie sich an ihren ersten Gedanken,

dem zufolge der Fremde gekommen war, um etwas zu stehlen. Oder etwas anderes Unerlaubtes zu tun. Es war vorgekommen, dass jemand nachts etwas im Taufbecken verbrannt hatte. Und noch Schlimmeres.

Ohne ein Wort hinkte sie durch die Tür hinaus. Sie spürte die Blicke, kümmerte sich aber nicht darum, es war ihre Pflicht, in ihrer Kirche für Ordnung zu sorgen.

Einen Moment blieb sie vor der Kirchentür stehen, dann griff sie nach der schweren Eisenklinke und ging hinein.

Der Mann saß mit gebeugtem Kopf und gefalteten Händen in einer der vorderen Bänke. Sie tat so, als ob sie auf dem Platz vor dem Altar etwas zu erledigen hätte, und spähte zu ihm hin. Es war zweifellos der gleiche Mann wie am Tag zuvor.

Sie war unsicher, was sie tun sollte. Er schien keine Notiz von ihr zu nehmen, vielleicht hatte er gar nicht bemerkt, dass sie hereingekommen war. Aber gerade, als sie überlegte, ob sie sich räuspern sollte, hob er den Kopf.

Ihre Augen trafen sich nur eine halbe Sekunde lang, doch die reichte, um zu sehen, dass er in der Kirche saß und weinte.

KAPITEL 10

Langsam ging sie weg. Als sie den Mittelgang herunterkam, schämte sie sich dessen, was sie eben noch gedacht hatte. Nichts gab es zu ihrer Entschuldigung zu sagen, außer eventuell, dass sie selbst aus dem Gleichgewicht geworfen war, weil sie unter Mordverdacht stand. Wenn auch nur technisch gesehen.

Sie schloss die Kirchentür so vorsichtig sie konnte, um den Mann in seiner Trauer nicht zu stören. Dabei fiel ihr ein, dass er ja beim letzten Mal kurz davor gewesen war, sich ihr anzuvertrauen.

Ihr Gefühl, ständig zu versagen, war kurz davor, sie zu überwältigen, als der wachsam-misstrauische Blick des Vikars sie wieder in die Wirklichkeit zurückholte.

«Wie lief es?»

Er stand in der Tür zum Kirchenbüro mit der Hand an der Klinke. Es war unklar, ob er sie aufgemacht hatte, um ihr zu Hilfe zu kommen, oder ob er sie schließen wollte. Sie versuchte, ihre Stimme so klingen zu lassen, als sei nichts geschehen, ohne sicher zu sein, ob ihr das gelang.

«Alles in Ordnung.»

Fast hätte sie hinzugefügt, dass der Mann lediglich eine private Andacht hielt, aber irgendetwas hielt sie zurück. Stattdessen ging sie in ihr Arbeitszimmer und schloss die Tür hinter sich. Der Kater war überstanden, aber sie fühlte sich trotzdem nicht in der Laune, mit ihm über das Offenhalten kirchlicher Räume für die Allgemeinheit zu diskutieren. Und übrigens auch über nichts anderes.

Sie machte sich über die Schreibtischarbeit her. Als sie zwischendurch auf die Uhr blickte, war sie sich sicher, dass mehrere Stunden vergangen waren, aber es war nicht später als Viertel nach drei.

Sie blickte aus dem Fenster, der schwarze Wagen war verschwunden. Etwas anderes hatte sie auch gar nicht erwartet, aber seltsamerweise war sie trotzdem enttäuscht.

Von der anderen Seite der Tür hörte sie ein schwaches Murmeln, das in regelmäßigen Abständen durch kurzes Schweigen unterbrochen wurde. Das Telefongespräch musste länger als eine halbe Stunde gedauert haben, als es plötzlich ganz still wurde. Sie wartete darauf, dass das Gemurmel wieder anfangen würde, hörte aber nichts weiter. Ohne erklären zu können, weshalb, wusste sie, dass das Kirchenbüro leer war.

Sie stand auf und öffnete die Tür, um sich zu vergewissern. Ganz richtig, die Computer waren ausgeschaltet und die Schreibtischlampen ebenfalls, offenbar waren die beiden gleichzeitig gegangen. Sie ging wieder in ihr Arbeitszimmer. Schon seit langer Zeit war es ihr gleichgültig, ob die beiden Mitarbeiter sich verabschiedeten oder nicht. Und sie war überzeugt, dass dies auf Gegenseitigkeit beruhte.

Sie blieb untätig am Schreibtisch sitzen. Im Hinterkopf meldete sich immer noch ihre Unruhe Ylva betreffend. In der Reaktion des Mädchens konnte sie sich nicht geirrt haben, die hatte ganz bestimmt mit etwas Sexuellem oder einer anderen Art von Übergriffen zu tun. Da musste man gar nicht seinen Instinkt bemühen. Sie kannte nur zu gut das Bedürfnis, sich abzuschirmen, wenn jemand darauf zu sprechen kam. In den Augen des Kindes hatte sie die Scham und die

Angst so deutlich gesehen, wie sich selbst in einem Spiegel vor … wie lange war das her gewesen? Ein Jahr? Weniger?
Sie zwang sich, die Erinnerung von sich zu schieben. Sie war damals erwachsen gewesen und sexuell durchaus nicht unerfahren. Sie hatte genügend Kraft gehabt, ihre Wut und ihre Rachephantasien allein zu verarbeiten, nicht mal angezeigt hatte sie ihn. Aber bei einem Kind war das anders.
Da wurde ihr bewusst, dass es für sie von Nachteil wäre, wenn bekannt wurde, dass sie selbst Opfer einer Vergewaltigung gewesen war. Sicher konnte das Arne Bergmans viertem Punkt hinzugefügt werden, dem Motiv.
Eine Sekunde lang sah sie sich flüchtig mit sich selbst, der technisch gesehen Verdächtigen, konfrontiert. Aber heute war sie nüchtern und konnte ihr Selbstmitleid im Zaum halten. Jedenfalls beinahe.
Im Zimmer war es so still, dass das Klingeln des Telefons ihr einen Schreck einjagte. Es musste Telepathie gewesen sein, denn bei Bergmans ersten Worten ging es um das bevorstehende Verhör.
«Am Sechsten um zwei.»
Bis dahin waren es noch zwei Wochen. Warum hatte er es gestern dann so eilig gehabt?
«Wir müssen uns Zeit nehmen, um weitere Aussagen und Untersuchungsergebnisse zu sammeln und sie zu sortieren.»
Sie überlegte, wessen Aussagen das wohl sein würden, sagte aber nichts. Stattdessen fragte sie:
«Wie kam Jörgen eigentlich da hinaus nach Vegeholm?»
Er zögerte mit der Antwort eine Sekunde zu lange, sodass sie sich nicht sicher war, ob sie ihm glauben konnte oder nicht.
«Das wissen wir nicht.»
Dann legte er den Hörer auf. Es wurde wieder so still wie

vorher, nur der entfernte Lärm der Autos auf der Landstraße war wie ein unregelmäßiges Brausen zu hören. Der Verkehr begann dichter zu werden, offenbar war es schon nach fünf. Hatte sie tatsächlich so lange dagesessen?

Sie beeilte sich, das Licht auszumachen. An der Außentür schaltete sie die Alarmanlage ein, bevor sie zur Kirche eilte, so schnell das Knie es zuließ. Sie machte die übliche Runde hin zur Sakristei und kontrollierte den Tresor mit dem Kirchensilber, dann warf sie einen schnellen Blick auf den Altar und die Wände entlang. Alles befand sich an seinem Platz, etwas anderes hatte sie auch gar nicht erwartet. Als sie die Kirchentür abschloss, blickte sie auf die Uhr. Halb sechs. Ein Bad und eine Haarwäsche würde sie noch schaffen, bevor es Zeit wurde.

Eine Stunde später rückte sie vor dem Spiegel das Kollar zurecht. Die Bluse sah gut aus, nicht zu elegant und auch nicht zu bieder. Sie zögerte, bevor sie die Hochhackigen anzog, aber die passten so gut zu der weißen Hose, dass sie der Versuchung nicht widerstehen konnte. Und das Knie war beinahe wieder normal, jedenfalls wenn sie den Stützstrumpf trug.

Als sie sich in den Golf zwängte, bedauerte sie doch, diese Schuhe angezogen zu haben, aber jetzt war es zu spät. Sie hatte nicht mehr sehr viel Zeit. Außerdem musste sie noch einen Parkplatz finden.

Das gelang erstaunlicherweise. Und obwohl sie nur eine Treppe hinaufmusste, nahm sie den Fahrstuhl. Es war unnötig, das Schicksal oder in diesem Fall das Knie herauszufordern.

Die meisten Gäste waren bereits erschienen, sie hörte das Gemurmel durch die offene Tür des Saals schon, ehe der Fahr-

stuhl stehen geblieben war. In der Vorhalle sah sie sich neugierig um, sie war zum ersten Mal hier, normalerweise ließen sie Nichtmitglieder nicht über ihre Schwelle.
Sie bewunderte gerade die üppige Stuckatur an der Decke, da hörte sie eine Stimme.
«Ganz schön beeindruckend.»
Als sie sich umwandte, stand vor ihr ein Mann mit einem breiten Ordensband über dem dunklen Jackett und lächelte sie an. Seine Schläfen schimmerten grau, und er streckte ihr die Hand entgegen.
«Greger Hamrin. Willkommen.»
Sie gab ihm die Hand. Mit der anderen machte er eine Geste, und sofort stand ein Kellner neben ihr, der ein Tablett mit vollen Gläsern vor sich her trug. Es kam ihr so vor, als ob sie bei Filmaufnahmen mitwirkte, nur ihre Frage passte nicht dazu.
«Haben Sie etwas Alkoholfreies?»
Der Kellner runzelte die Stirn, aber Greger Hamrin kam ihm mit seiner Antwort zuvor.
«Aber natürlich. Wie wär's mit einem Ramlösa?»
Sie nickte. Seine Worte hatten einen schmeichelhaften Unterton, so als ob er voraussetzte, dass Geistliche keinen Alkohol tranken, und sie hatte nicht die Absicht, ihm diese Illusion zu nehmen. Jedenfalls nicht an diesem Abend.
Mit einer Geste scheuchte Greger Hamrin den Kellner weg und nahm ihren Arm. Bis in den Hauptsaal waren es nur drei Schritte, und der überbot alles, was die Stuckatur im Vorraum versprochen hatte. Sie hatte die Wandspiegel und die vergoldeten Pfeiler noch gar nicht genügend bewundert, als der Kellner mit einem kleinen eleganten Glas zurück war. Er sah immer noch zögerlich aus. Oder besser gesagt unsicher,

denn er schielte hinüber zu dem Ordensgeschmückten, während er das Glas reichte.
«Apfelcider? Alkoholfrei.»
Schnell nahm sie das Glas, ehe Greger Hamrin beanstanden konnte, warum ein anderes als das von ihm bestellte Getränk gereicht wurde.
«Gern, vielen Dank.»
Sie nahm schnell einen Schluck. Ihr Erscheinen war bereits bemerkt worden, auf dem riesigen Parkettboden wimmelte es von Leuten mit Gläsern in den Händen, und sie sah, wie immer mehr Leute die Köpfe in ihre Richtung wandten. Aber etwas war eigenartig. Erst begriff sie nicht ganz, was das war, aber dann ging ihr plötzlich ein Licht auf. Es waren weit mehr als fünfzig Personen im Saal, aber sie war die einzige Frau.
Um ihr Erstaunen nicht allzu deutlich zu zeigen, nahm sie noch einen Schluck, denn sie hatte sich eingebildet, es sei ein gemischter Orden. Sie hatte einen Kommentar auf der Zunge, konnte ihn aber nicht mehr aussprechen. Zum Glück, vermutlich.
Ein Mann stieg umständlich auf ein niedriges Podium am kurzen Ende des eindrucksvollen Saals, und erst jetzt entdeckte sie, dass dort ein Mikrophonstativ aufgebaut war. Er klopfte mit dem Zeigefinger auf das Mikrophon. Das hörte sich wie drei Donnerschläge an, und das Murmeln erstarb sofort. Ihr wurde klar, dass sie in letzter Minute erschienen war, vielleicht hatten die Herren sogar auf sie gewartet.
«Ordensbrüder, wie ihr wisst, haben wir heute Abend einen Überraschungsgast hier bei uns. Und weil wir uns nicht in unserem üblichen Versammlungsraum aufhalten, habt ihr sicher schon richtig vermutet, dass der Gast eine Sie ist.»

Er machte eine kurze Pause, vermutlich, um seine Worte wirken zu lassen, aber im Publikum rührte sich nichts, weder Gemurmel noch Gelächter, also fuhr er fort.
«Lasst uns Pastorin Eva Ström aus Barkåkra herzlich willkommen heißen.»
Jetzt kam der Applaus, höflich und diszipliniert wie bei einer Militärparade. Greger Hamrin stand immer noch an ihrer Seite, sein Beifall war etwas zu eifrig und sein Lächeln zu strahlend.
Sie merkte, dass die Herren sich vorgestellt hatten, den formell wichtigsten Punkt dieses Abends möglichst schnell hinter sich zu bringen, wahrscheinlich, um sich dann bald dem Büfett widmen zu können. Und das war ihr ganz recht.
Sie humpelte über das Parkett nach vorn. Die ordensgeschmückten Herren wichen nach und nach zur Seite, sie kam sich vor wie Moses auf dem Weg durch das Rote Meer und hörte selbst, wie ihre Stimme amüsiert klang, als sie ans Mikrophon trat.
«Danke sehr.»
Sie hatte sich entschlossen, auf die Bemerkung zu den Räumlichkeiten nicht einzugehen, offenbar galt bei ihnen immer noch irgendeine uralte Regel, derzufolge Frauen das Allerheiligste nicht betreten durften. Aber es reichte ein Blick auf die Kostümierung der Männer, dann nahm man den ganzen Unsinn nicht mehr ernst.
Der Herr an ihrer Seite war offensichtlich eine Art Großmeister oder wie das immer heißen mochte. Jedenfalls führte er die feierliche Verleihung durch.
«Für ihr soziales Engagement, nicht zuletzt für die Flüchtlinge in unserer Stadt, haben wir entschieden, Pastorin Eva Ström eine Spende in Höhe von 50 000 Kronen zu überrei-

chen, die für die Fortsetzung der kirchlichen Arbeit gedacht ist.»

Sie kam sich wie ein Jesuit vor, als sie den Scheck in Empfang nahm. Aber mit Blick auf die derzeitige Lage der Kirche hatte sie entschieden, dass hier der Zweck die Mittel heiligen musste. Jedenfalls diesmal.

Der Großmeister würdigte ausführlich ihre Verdienste, sie hörte mit halbem Ohr zu und ließ den Blick über die Männer in dem schönen Raum gleiten. Als er geendet hatte, kam der Applaus, ebenso gemessen wie vorher. Nur zwei Männer drüben an der Wand standen mit reglosen Händen da. Sie kannte die beiden aus dem Kirchenvorstand und konnte sich eine gewisse Schadenfreude nicht verkneifen. Sie gehörten dem fremdenfeindlichen Fortschrittsverband an und hatten versucht, die Arbeit mit den Flüchtlingen zu stoppen, indem sie sich aktiv in die kirchliche Politik einmischten.

Gleich musste ihre Dankesrede kommen. Sie tastete gerade nach ihrem Spickzettel, als sie zufällig auf einen Mann ganz hinten im Raum aufmerksam wurde. Es schien ihr zuerst völlig abwegig, aber es war tatsächlich der Mann, der nur wenige Stunden vorher in der Kirche in Barkåkra gesessen und geweint hatte.

In ihrer Verwirrung fiel ihr der Zettel auf den Fußboden, und als sie ihn aufgehoben hatte, war der Mann verschwunden. Sofern er überhaupt da gewesen war. Beinahe bekam sie Angst, war bei ihr wirklich etwas nicht in Ordnung? Es war das dritte Mal, dass sie glaubte, eine Person gesehen zu haben, an die sie gerade gedacht hatte und die dann plötzlich verschwunden war.

Sie hielt ihre Dankesrede, und dem spärlichen Beifall nach zu urteilen, musste sie einen unkonzentrierten Eindruck gemacht haben. Und die Herren hatten Recht, sie war nicht ganz bei der Sache gewesen.

Das Büfett war an der linken Längswand aufgebaut, und die gesamte Mannschaft driftete plötzlich nach Backbord. Sie drängte sich auch dazwischen, nicht weil sie Hunger hatte, sondern weil sie versuchte, den Mann, den sie gesehen hatte, wiederzufinden. Oder glaubte, gesehen zu haben. Denn sie konnte ihn nirgends ausfindig machen. Aus Höflichkeit legte sie sich einige Scheiben Räucherlachs auf einen Teller und ging zwischen den speisenden Herren hin und her, aber das Resultat war das gleiche. Der Mann war spurlos verschwunden. Oder noch schlimmer: Es hatte ihn natürlich nie gegeben, außer in ihrem Kopf.

Sie wurde von Greger Hamrin beiseite genommen, er stellte sie einem Buchhändler vor, der sich auf religiöse Literatur spezialisiert hatte. Unkonzentriert antwortete sie auf seine Frage nach ihrer Auffassung zu einem katholischen Roman. Daraufhin blickte er sie etwas eigenartig an und entschuldigte sich, vielleicht war er zu dem Schluss gekommen, dass sie sich über ihn lustig machte.

Sie hatte jetzt genug. Sie grüßte hierhin und dorthin, bis sie meinte, ihrer Pflicht Genüge getan zu haben, dann suchte sie schön der Reihe nach den Großmeister und Greger Hamrin. Keiner von beiden schien auch nur andeutungsweise enttäuscht zu sein, dass es Zeit für sie war aufzubrechen. Ganz im Gegenteil. Sie konnte sich vorstellen, dass beide erleichtert waren, denn nun konnten sie zu ihrem gewohnten Ablauf übergehen. Vielleicht konnten sie sogar ihre Geheimtür öffnen, nachdem das unerwünschte Weibsbild verschwunden war?

Als sie in die Vorhalle trat, holte sie erleichtert Luft. Aber mit dem Fahrstuhl schien etwas nicht in Ordnung zu sein, sie drückte mehrmals auf den Knopf, ohne dass er sich rührte. Stand da vielleicht jemand unten und hielt die Tür offen?

Sie rief hinunter ins Treppenhaus, und im gleichen Augenblick begann sich im Fahrstuhlschacht etwas zu bewegen. Es war ein altertümlicher Fahrstuhl mit Schutzgitter. Das klapperte laut, als sie es zur Seite zog, das Geräusch wurde ohrenbetäubend von den Wänden zurückgeworfen, und sie musste das ganze Haus aufgeweckt haben. Dann erinnerte sie sich jedoch daran, dass im ganzen Gebäude nur Büros waren.

Sie mühte sich mit ihrem steifen Bein hinein und drehte sich um, weil sie das Gitter zumachen musste. Und dann starrte sie in ein unbekanntes und doch so vertrautes Gesicht.

«Darf ich auch hinein?»

Es war der Mann aus der Kirche, und ihr erster Gedanke war, dass sie doch keine Gespenster gesehen hatte. Dann bekam sie Angst.

Der Mann wartete keine Antwort ab, er drängte sich an ihre Seite in den kleinen Fahrstuhl und zog das Gitter vor. Er hatte sich an die Seite mit der Schalttafel gestellt, und ohne dass sie etwas dagegen tun konnte, drückte er den Knopf für die Fahrt nach oben.

Einen Moment lang fuhr es ihr durch den Kopf, dass er sie überfallen wollte, und fast hätte sie zu schreien angefangen. Aber dann blickte sie ihm in die Augen und entdeckte darin nichts Bedrohliches, nur Verzweiflung.

Der Fahrstuhl blieb ein Stockwerk weiter oben stehen. Er sprach so leise, dass sie die Worte kaum verstand.

«Ich muss mit jemandem sprechen.»

Irgendetwas signalisierte ihr, dass es am besten war, nicht zu

antworten. Sie bewegte sich auch nicht, war sich nicht sicher, ob ihn das nicht möglicherweise provozieren konnte. Er sprach immer noch sehr leise und sehr schnell.
«Die dürfen uns nicht zusammen sehen.»
Es war, als ob er eine Beschwörung ausgesprochen hatte. Im gleichen Augenblick ging die Treppenbeleuchtung aus, und nur die schwache Lampe in dem alten Lift warf einen gelblichen Schein über sie beide. Der Mann öffnete die Tür und schob das Gitter einen guten Dezimeter zur Seite, genug, damit der Fahrstuhl blockiert war, aber nicht breit genug, um sie hinauszulassen.
Wieder bekam sie Angst. Hauptsächlich, um nicht in Panik zu geraten, stellte sie ihm eine Frage, sie musste sich anstrengen, damit ihre Stimme fest klang.
«Welche die? Meinen Sie Greger Hamrin?»
Nur dieser Name fiel ihr gerade ein, aber der Mann blinzelte erschreckt, sie schien ihn mitten in einem ganz anderen Gedanken unterbrochen zu haben. Dann schüttelte er den Kopf und murmelte:
«Nein, der nicht. Die Macht.»
Sie verstand nicht, was er meinte, sie war sich nicht einmal sicher, ob sie richtig gehört hatte. Hatte er vielleicht Pakt gesagt? Bevor sie fragen konnte, streckte er einen Arm aus und legte ihn auf ihre Schulter. Sie zuckte zurück, aber das schien er gar nicht wahrzunehmen. Er starrte auf ihr Kollar.
«Ich möchte beichten.»
Sie antwortete beinahe automatisch.
«In der schwedischen Kirche gibt es die Beichte nicht.»
Er sah so bestürzt aus, dass sie beinahe damit rechnete, er würde gleich zuschlagen. Daher fügte sie schnell hinzu:
«Aber ein Pastor kann ein vertrauliches Gespräch führen …»

Der Griff um ihre Schulter lockerte sich. Er sah sie fragend an, so als ob er nach einem Strohhalm griff.
«Unterliegt das der Schweigepflicht?»
Sie nickte. Dem Mann waren die Tränen in die Augen geschossen.
«Ich muss die Schuld loswerden.»
Das hörte sich so pathetisch an, dass sie plötzlich von einem Gefühl der Unwirklichkeit überwältigt wurde. Die ganze Situation war irreal: ein still stehender Fahrstuhl in einem dunklen Treppenhaus, ein schwaches Murmeln von einem Fest im Stockwerk darunter und dann noch dies. Sie hörte sich selbst fragen:
«Welche Schuld?»
Die Antwort war kaum zu verstehen.
«Meine.»
Sie schüttelte sich. Sie ahnte nicht, wie sie auf diesen Gedanken gekommen war. Der war plötzlich da.
«Hat es etwas mit dem toten Jungen zu tun?»
Das Gesicht des Mannes sah in dem gelben Licht beinahe hohl aus. Er nickte und starrte auf den Boden.
«Es ist noch viel schlimmer.»
Danach musste er auf einen Knopf gedrückt haben, ohne dass sie es gemerkt hatte. Er schob das Gitter des Fahrstuhls auf und trat mit einem schnellen Schritt hinaus ins Treppenhaus, bevor er es wieder zuschob. Durch das Gitter hindurch blickte er sie an, die tiefe Stimme war plötzlich klar und deutlich.
«Morgen, in der Kirche.»
Dann schloss er die Fahrstuhltür von außen. Der Lift setzte sich sofort nach unten in Bewegung, und sie ahnte mehr, als sie wirklich sah, wie ein Schatten in dem schmalen Fenster oben verschwand.

Sie hörte Schritte, die sich schnell die Treppe hinunter entfernten. Der alte Fahrstuhl glitt knirschend in die gleiche Richtung, aber als er endlich im Erdgeschoss ankam, war es zu spät. Die Haustür schloss sich mit einem metallischen Klicken.

Es zuckte in ihrem Knie, als sie sich nach dem roten Lichtknopf ausstreckte, der ihr im Dunkel entgegenleuchtete, aber das grellweiße Licht half ihr auch nicht. Der Mann war und blieb verschwunden.

KAPITEL 11

Der weiße Golf stand immerhin noch dort, wo sie ihn geparkt hatte. Sie startete den Motor und fuhr mechanisch durch die stillen Straßen der Stadt. Erst als sie draußen auf der dunklen Autobahn war, begann ihr Kopf wieder zu arbeiten.

Sie war auf eine leere Straße hinausgestolpert, der Mann schien sich in Luft aufgelöst zu haben, sie hatte keinen Hauseingang entdeckt, in den hinein er verschwunden sein konnte, und kein Auto gesehen, hinter das er sich geduckt haben konnte. Sie konnte sich nicht mal entsinnen, wie lange sie da gestanden hatte, nur an das Gefühl, etwas Unwirkliches erlebt zu haben.

Jemand hatte über ihr ein Fenster aufgemacht, ein Murmeln von Männerstimmen, das abwechselnd lauter und leiser geworden war.

Die Reaktion des Mannes ging ihr immer wieder durch den Kopf, er hatte genickt, als sie ihn gefragt hatte, ob das, was er mit ihr besprechen wollte, mit Jörgens Tod zu tun hatte. Das war das Wichtigste.

Die weißen Striche auf dem Asphalt sausten im Scheinwerferlicht vor ihr in regelmäßigen Abständen vorbei. Zwei rote Rücklichter weit voraus schienen kleiner und kleiner zu werden, sie blickte auf den Tachometer. Sie fuhr langsam, nur neunzig. Es war ihr völlig egal, auch als sich ihr ein Scheinwerferkegel nach dem anderen auf der Überholspur näherte und wieder im Dunkel verlor.

Aus dem, was der Mann gesagt hatte, wurde sie nicht schlau. Was hatte er eigentlich mit «die Macht» gemeint? Waren das Menschen, auf die er damit anspielte? Dass er Angst davor hatte, dass jemand sie beide zusammen sah, schien ja darauf hinzudeuten.

Wenn er denn überhaupt zurechnungsfähig war. Sie spürte immer noch ein deutliches Unbehagen, wenn sie daran dachte, wie er sie angesehen hatte, als er von der Schuld gesprochen hatte. Oder genauer gesagt: von seiner Schuld.

Sie war so in ihre Gedanken versunken, dass sie beinahe die Abfahrt verpasste. Das blauweiße Schild mit den rechtwinkligen Pfeilen tauchte auf, ehe sie noch den Blinker setzen konnte, glücklicherweise war kein Fahrzeug hinter ihr. Sie bremste und bog gleichzeitig ab. Die Reifen protestierten leise, aber erst als sie auf der Landstraße war, meldete sich die Angst. Sicherheitshalber fuhr sie noch langsamer und konzentrierte sich auf das Fahren, bis das Pfarrhaus in Sicht kam.

Als der Schotter auf der Einfahrt unter den Reifen knirschte, meldete sich etwas in ihr, was sie die ganze Zeit über schon gewurmt hatte. Es war nicht nur möglich, sondern sogar sehr wahrscheinlich, dass sie von jemandem zum Schweigen verpflichtet worden war, der Jörgens Mörder sein konnte oder ihn zumindest kannte.

Zwar hatte der Mann kein Geständnis abgelegt, und es war auch kein vertrauliches Gespräch im üblichen Sinn gewesen. Aber er hatte sie in ihrer Eigenschaft als Pastorin aufgesucht, und sie wusste, wie eng das ausgelegt wurde. Sie konnte der Polizei gegenüber nun nicht einmal mehr andeuten, dass sie etwas wusste, was mit Jörgen zu tun hatte.

Einen Augenblick lang spielte sie mit dem Gedanken, ihre Schweigepflicht bewusst zu verletzen. Sie musste abwägen, entweder niemals mehr als Pastorin arbeiten zu dürfen, oder zur Festnahme desjenigen beizutragen, der Jörgen getötet hatte. Aber im nächsten Moment schämte sie sich, ein Versprechen konnte nicht gegen eine Berufskarriere aufgewogen werden. Sie hatte vor jemandem, den sie Gott nannte, versprochen, niemandem die Hilfe zu verweigern, der in Not war. Körperlich wie seelisch.

Sie humpelte aus dem Wagen bis an die Haustür, der bewölkte Himmel hinterließ in dieser Nacht keinen roten Streifen am Horizont. Oder ging der Sommer bereits zur Neige?

Sie fröstelte in der dünnen Bluse, als sie die Außenlampe einschaltete, um den Schlüssel richtig ins Schloss zu bekommen. Und als sie die Tür hinter sich schließen wollte, kam ein Windstoß und drückte sie mit einem Knall zu. Ein Tiefdruckgebiet kündigte sich offenbar an, das hatte es wochenlang nicht gegeben. Eigenartig.

Sie schüttelte die Hochhackigen von den Füßen und spürte die Erleichterung im Knie. Sie selbst fand unglücklicherweise keine Ruhe. Wer sich im Vertrauen auslieferte, war schutzlos, da gab es nichts abzuwägen.

Aber war Jörgen nicht auch schutzlos gewesen? Ein neunjähriger Junge gegen einen erwachsenen Mann? Hatte er um Hilfe gerufen, ohne dass ihn jemand durch die dicken Ziegelwände gehört hatte? Wie lange hatte das alles gedauert, bis er aufgehört hatte zu atmen?

Sie vermochte den Gedanken nicht weiterzuverfolgen. Die Bilder vor ihrem inneren Auge waren zu grässlich.

Sie versuchte sich einzureden, dass sie die ganze Sache vielleicht doch falsch verstanden hatte. Der Mann hatte nicht ausdrücklich gesagt, er hätte Jörgen umgebracht, er hatte nur genickt, als sie ihn gefragt hatte, ob das, worüber er mit ihr

sprechen wollte, mit dem Tod des Jungen zu tun hatte. Das konnte alles Mögliche bedeuten.
Plötzlich ging ihr auf, dass an der ganzen Sache etwas unlogisch war. Wenn der Mann den Jungen selbst getötet hatte, vor wem musste er sich dann verstecken?
Sie legte die Handtasche auf den Schreibtisch, und im gleichen Augenblick, als sie ihren Terminkalender mit dem eingeringelten Datum für die Vernehmung bei der Polizei sah, fiel ihr Mikkelsen ein. Der Päderast, der diese Bilder verkaufte. Den ermordet zu haben sie selbst verdächtigt wurde.
Vielleicht wusste der Mann etwas über ihn? Er hatte ja gesagt, es handele sich um etwas Schlimmeres als Jörgens Tod. Und dass er morgen in die Kirche kommen würde.
Um mehr zu erzählen? Oder ein Geständnis abzulegen?
Sie wusste nicht, ob sie seine Geschichte hören wollte. Die konnte sie ja nicht weitergeben, sie würde damit zu leben haben und versuchen müssen, sich damit auszusöhnen. So funktionierte das eben.
Zum ersten Mal seit dem Seminar ging ihr auf, dass sie nicht länger Pastorin sein wollte. Der Gedanke überrumpelte sie, er war so gewaltig, das sie stehen blieb und sich fragte, ob das alles noch sie selbst betraf.
Dann schämte sie sich zum zweiten Mal. Sie ging hinaus in die Diele und stellte sich vor den Spiegel. Wer hatte denn gesagt, dass es leicht war, Mensch zu sein. Jedenfalls nicht sie selbst.
Eine ganze Weile betrachtete sie ihr Spiegelbild. Dann nahm sie einen dicken Pullover von der Hutablage. Die hochhackigen Schuhe blieben, wo sie waren, sie schlüpfte in die Botten und ging den Weg quer über den Rasen hinüber zu der schweren Eichentür.

Heute Abend brauchte sie die Stille. Sie kümmerte sich weder darum, dass es schon elf war, noch was eventuell Vorbeifahrende sich dachten, wenn sie das Licht in der Kirche brennen sahen.

KAPITEL 12

Sie hatte den Hörer kaum aufgelegt, als das Telefon schon wieder klingelte. Die Augen des Vikars hingen wie gebannt an dem schwarzen Apparat, es war schon das dritte Mal, dass die Mitarbeiterbesprechung unterbrochen wurde. Und die Stimme war immer noch die gleiche.

«Das ist unsere Lieblingsband. Schon seit wir klein waren.»

Sie wünschte sich, sie hätte die Geduld des berühmten Engels, oder wenigstens die Hälfte davon. Bevor sie ebenso hartnäckig ihren Standpunkt wiederholte, seufzte sie tief.

«Das können wir leider nicht erlauben.»

Sie hörte an der Stimme, dass sie jederzeit von einem bittenden Ton in etwas anderes umschlagen konnte. Und das geschah dann auch.

«Warum denn nicht, verdammt nochmal?»

«Das ist nicht angemessen.»

«Das haben wir jetzt gehört, ist das Ihre Warteschleife?»

Sie antwortete nicht, es fiel ihr schwer genug, nicht aufzulegen. Was sich ganz bestimmt nicht gehörte. Dass ein Mitglied der Gemeinde sich nicht benehmen konnte, war für den Pastor kein Grund, sich ebenso aufzuführen. Jedenfalls nicht, solange der Vikar zuhörte.

«Wir haben schließlich ein Recht darauf, die Musik auszusuchen, die wir haben wollen!»

«Es tut mir Leid, wenn Sie da etwas missverstanden haben. Ein solches Recht gibt es nicht.»

«Wir dürfen also nicht aussuchen, welche Musik auf unserer eigenen Hochzeit gespielt werden soll? Was ist das für eine Scheißdemokratie?»

Sie war drauf und dran zu antworten, dass es hier nicht um Demokratie ging, sondern um Religion, hielt sich aber zurück. Sie sprach mit neutraler Stimme oder versuchte es jedenfalls.

«Sie können sich so viel Black Sabbath aussuchen, wie Sie wollen, aber damit kommen Sie nicht in diese Kirche.»

Sie hörte, wie die Stimme zu einer Antwort ansetzte.

«Verdammte Pastorin, dich werde ich anzeigen.»

Wenigstens brauchte sie nicht als Erste den Hörer aufzulegen. Der Knall musste bis zum Vikar zu hören gewesen sein, aber dessen Pokergesicht war ebenso unergründlich wie stets.

Die Angestellte blickte sie über das Protokoll hinweg unsicher an, sie schien nicht zu wissen, ob sie abwarten sollte, bis das Telefon wieder klingelte, oder nicht.

«Wollen wir weitermachen?»

Eva Ström nickte. Sie hatte keine Lust, sich wegen des unerfreulichen Telefonats zu rechtfertigen. Ebenso wenig, wie sie in der Kirche satanistische Symbole zulassen würde. Manchmal war sie über die Unwissenheit der Leute verblüfft. Oder über deren Unverfrorenheit.

«Wo waren wir stehen geblieben?»

Die Angestellte blickte in ihr Protokoll.

«Sven soll die Trauerfeier am Mittwoch übernehmen. Und den Gottesdienst. Dann kümmern Sie sich um die Hochzeit am Samstag …»

«Daraus wird nichts.»

Der Vikar spitzte die Ohren, aber die Angestellte machte

ohne zu fragen einen Strich auf ihrem Blatt. Nur der Organist protestierte.

«Dann gibt es also kein Orgelspiel?»

Eva Ström schüttelte den Kopf. Sie hatte immer noch keine Lust, Erklärungen abzugeben.

«Genau.»

Es musste an dem Ton in ihrer Stimme gelegen haben. Die restlichen Punkte der Tagesordnung wurden ohne Unterbrechung abgehakt, nicht einmal das Telefon klingelte. Keine mühsamen Diskussionen. Als sie die letzte Aufgabe verteilt hatte und die wirtschaftliche Situation durchgesprochen war, nahm sie ihren Scheck heraus.

«Die sind der Ansicht, dass wir gute Arbeit geleistet haben.»

Während der Scheck von Hand zu Hand ging, fügte sie hinzu:

«Vor allem Sie, Sven.»

Ausnahmsweise ließ der Vikar die Maske fallen. Er fummelte an seiner Brille und wurde tatsächlich rot, nicht sehr, aber doch ein bisschen.

Als sie die Tür hinter sich schloss, konnte sie sich nicht verkneifen, darüber zu sinnieren, was für einen Judaslohn sie für die Gemeinde entgegengenommen hatte. An und für sich musste der Mann im Lift ja nichts mit der Wohltätigkeitsvereinigung zu tun zu haben, oder, richtiger gesagt, der Verein brauchte nicht mit seinem Geständnis in Verbindung gebracht zu werden. Er hatte ja klar und deutlich verneint, dass Greger Hamrin beteiligt war. Trotzdem schien es ihr, als ob sich das Unbehagen, das er um sich herum ausgebreitet hatte, an allem festmachen ließ, was mit dem gestrigen Tage zu tun hatte, die Fünfzigtausend eingeschlossen.

Wo blieb er übrigens? Er hatte gesagt, dass er in die Kirche kommen würde. Nicht dass sie ihn vermisste, es war eher so, dass sein Besuch wie ein Damoklesschwert über ihr hing. Zum ersten Mal hatte die Stille in der Kirche ihr nicht geholfen, sie hatte bis lange nach Mitternacht dort gesessen, ohne Ruhe zu finden. Und sie war immer noch ratlos im Hinblick darauf, was der Mann zu erzählen hatte.

Oder, genauer gesagt, wie sie mit dem, was er ihr erzählte, umgehen sollte.

Sie blätterte in ihrem Terminkalender und stellte erleichtert fest, dass sie Pflichten zu erfüllen hatte. Besuche zum neunzigsten Geburtstag waren sonst nichts, weswegen sie sich die Beine ausriss, am liebsten beauftragte sie damit den Vikar. Aber jetzt sehnte sie sich überraschend nach Keksen und lauwarmem Kaffee.

Sie überlegte einen Moment, entschied aber dann, den anderen nichts von dem Mann zu sagen. Vielleicht war das feige, aber sie glaubte nicht, dass sie viel mit ihm anfangen konnten. Wenn sie die Zeichen richtig deutete, würde er auch mit niemand anderem sprechen wollen als mit ihr. Warum war er sonst zweimal in der Kirche gewesen und hatte ihr im Treppenhaus aufgelauert, bevor er sie ansprach.

Jedenfalls brauchte sie mehr Bedenkzeit. Sie merkte, dass sowohl der Vikar als auch die Angestellte erstaunte Gesichter machten, als sie ihnen sagte, wohin sie fahren würde und aus welchem Grund. Aber keiner von beiden äußerte sich dazu. Eigenartigerweise.

Sie hatte mindestens eine Tasse Kaffee zu viel getrunken, und jetzt musste sie sich entscheiden, als sie an der Kreuzung bei Vantinge hielt. Vermutlich war es ihr Gewissen, das sie ver-

anlasste, nach rechts abzubiegen. Oder wollte sie nur das Unvermeidliche noch eine Weile hinausschieben?
Andererseits war sie ja fast schon in Båstad. Jedenfalls in Förslöv. Die Straße verlief durch das Dorf, und erst als sie langsam hinauf nach Hallandsåsen kam, begann sie zu grübeln. Aber da war sie schon in Nötte, hundertsechzig Meter über dem Meeresspiegel, und danach ging es rasant bergab.
Irgendwo in der Ferne konnte sie noch einen Schimmer des Wassers erkennen, dann musste sie auf die Fahrbahn achten, die sich in einer Doppelkurve dicht am Hang zum Sinarpsdalen entlangzog. Ihr wurde leicht schwindelig, als sie feststellte, dass es keine Leitplanke gab zwischen ihr und den schwarzweißen Punkten da unten, bei denen es sich wohl um weidende Kühe handeln musste.
Sekunden später war das vorbei. Die Landstraße zog sich gefahrlos über den Bahnübergang hin und auf die kleine Stadt zu. Es war ihr etwas peinlich, dass sie unangemeldet kam, außerdem war sie nicht sicher, ob er überhaupt zu Hause war. Aber auf der Agardhsgatan stand der kleine grüne Sportwagen sorgfältig eingeparkt, und als sie mit dem Klopfer an die Tür pochte, hörte sie die wohl bekannte Stimme.
«Komm rein, es ist offen.»
Er putzte Schuhe. Vor ihm standen vier Paar, ein Bruchteil seiner Sammlung. Er blickte von einem schwarz glänzenden Prachtstück auf, der andere stand matt und eingecremt auf einer Zeitung, sie entdeckte den Markennamen Church's in goldenen Buchstaben auf der Innensohle.
«Hej, Åke.»
Er winkte mit dem Schuh, den er in der Hand hatte. Mit viel gutem Willen konnte man das als eine Art Begrüßung betrachten.

«Meine Kirchenschuhe.»
Sie lachte nicht, und er musste ihre Miene gesehen haben, denn sofort wurde er ernst.
«Es ist erst in der nächsten Woche, nicht?»
Sie nickte. Die beiden Pastoren trafen sich einmal im Monat zu Gesprächen, so war es seit ihrem Vikariat gewesen. Aber es gab auch eine Verabredung über außerplanmäßige Aussprachen, wenn sie Hilfe benötigte. Beinahe vergessen zwar, denn in all den Jahren hatte sie nie Gebrauch davon gemacht.
«Dringend?»
Sie nickte wieder. Er legte den Schuh weg, stand auf und machte eine Geste zu dem angrenzenden Zimmer.
«Setz dich schon mal, ich wasch mir nur noch die Hände.»
Sie ging hinein zu dem gewohnten Sessel. Wie oft sie hier gesessen hatte, wusste sie nicht mehr. Meistens hatten sie nur über banale Kleinigkeiten geredet, trotzdem waren die Gespräche auf geheimnisvolle Weise zu einer Art Kraftwerk für sie geworden. Oder wie immer man das nennen wollte.
Sie hörte, wie im Badezimmer Wasser lief. Als er hereinkam, trug er ein Kollar, der Seelsorger des Seelsorgers.
Er setzte sich in den zweiten Sessel, die Zigaretten in Reichweite. Forschend blickte er sie an.
«Ernst?»
Sie nickte zum dritten Mal. Dann schloss sie die Augen und formulierte ihre Frage:
«Wie würdest du dich verhalten, wenn jemand dir sein Vertrauen schenken will, und du kannst es nicht annehmen? Rein hypothetisch?»
Sie konnte sich schon vorstellen, was er antworten würde, wollte es aber von ihm hören. Er blickte sie erstaunt an und hob die Schultern. War das nicht eine Selbstverständlichkeit?

«Das hängt davon ab, welche Gründe man hat, das Vertrauen nicht annehmen zu können.»
«Das hab ich mir gedacht. Der vierte Punkt.»
«Was bitte?»
«Das Motiv.»
Er schien nicht das Geringste zu begreifen. Aber er sagte nichts, sondern steckte sich nur eine Zigarette an und wartete. Wenn es sich um so etwas wie die Schweigepflicht handelte, wurden die Gespräche nicht selten vieldeutig. Nicht einmal unter Pastoren durfte man dagegen verstoßen, sondern war gezwungen, sich vorsichtig an das Thema heranzutasten.
«Wenn du glaubst, dass du etwas erfährst, von dem du weißt, dass du damit nicht leben könntest.»
Er blickte an die Decke, während er einen tiefen Zug nahm.
«Nicht leben, ohne es weiterzuerzählen? Oder nicht damit fertig werden, dass man es überhaupt weiß?»
«Sowohl als auch.»
Seine Stimme wurde jetzt ganz scharf. Sie begriff, dass er sie bereits durchschaut hatte.
«Wie zum Beispiel das Geständnis eines Verbrechens? Eines schweren Verbrechens?»
«Zum Beispiel.»
Er rauchte schweigend. Das Tiefdruckgebiet hatte das lebhafte sommerliche Treiben von den Straßen verscheucht. Nur einzelne Spaziergänger waren aus der schmalen Gasse zu hören, ein Paar Botten klapperten auf den Pflastersteinen, eine Stockholmer Stimme rief nach ihrem Hund.
«Ich gehe, rein hypothetisch, davon aus, dass es aussichtslos ist, die betreffende Person dazu zu überreden, von sich aus zur Polizei zu gehen?»
Sie antwortete nicht. Er drückte die Zigarette aus und finger-

te schon nach einer neuen. Plötzlich schien er sehr weit weg zu sein.

«Hat man das Vertrauen bereits, oder eine Ankündigung davon, kann man sich nicht verweigern. Es hilft nichts, auch Pastoren werden manchmal ausgenutzt.»

Sie konnte sich vorstellen, was er meinte. Sie wusste von einem Pastor, der Zeuge eines Überfalls geworden war, durch ein Geständnis aber zum Schweigen gezwungen wurde.

«Wenn man dem Betreffenden aus dem Weg geht oder sich ganz einfach weigert, mit ihm zu reden?»

«Mit einem Menschen in Not? Der zu einem Pastor kommt?»

«Ja.»

«Das geht nicht.»

Das hatte sie auch gewusst. Trotzdem fühlte sie sich besser, weil sie die Sache wenigstens zur Sprache gebracht hatte. Dass es jemanden gab, der davon wusste, auch wenn er nicht die genauen Zusammenhänge kannte.

Sie wechselte das Thema und wandte sich konkreteren Dingen zu. Weder bei dem, was sie am Strand hinter Sibirien erlebt hatte, noch bei den Gesprächen mit Ylvas oder Jörgens Eltern gab es einen Beteiligten, der durch die Schweigepflicht geschützt werden musste. Da ging es nur um sie selbst und ihr eigenes Dilemma.

Er unterbrach sie nicht, während sie ausführlich darauf einging. Hätte sie ihn nicht so gut gekannt, wäre sie vielleicht auf den Gedanken gekommen, dass er gar nicht zuhörte, aber sie ließ sich Zeit mit ihren Ausführungen. Bis sie die wesentlichen Einzelheiten vorgetragen hatte.

«Und jetzt soll ich also zur Vernehmung bei der Polizei. Das ist alles eine verdammt schwierige Kiste.»

Er machte sich nichts draus, dass sie fluchte, das hatte er noch nie getan. Er steckte sich eine neue Zigarette an – die wievielte, während sie erzählt hatte? Und er sprach langsam, schien gleichzeitig an etwas anderes zu denken.

«Es sieht so aus, als ob die etwas zu verbergen versuchen. Bist du sicher, was deinen Eindruck von dem Mädchen angeht?»

«Dass sie irgendwelchen Übergriffen ausgesetzt ist? Ganz sicher.»

«Sexuellen Übergriffen?»

Sie machte eine weit ausholende Geste mit den Händen. Er hatte Recht, das konnte sie natürlich nicht wissen. Vielleicht waren es ihre eigenen Erinnerungen, die sie aus der Reaktion des Mädchens herauslas, man war vor seinen eigenen Projektionen nie sicher. So viel wusste sie über Psychologie.

«Vielleicht.»

Er nickte langsam, als ob er ihre Gedanken las.

«Ich würde wohl weitermachen, auch wenn es schwierig ist.»

Etwas anderes hatte sie auch gar nicht erwartet. Und sie wusste, dass er das begriff. Dem Mädchen ging es nicht gut, und die Erwachsenen um sie herum benahmen sich eigentümlich. Es war ihre Pflicht, herauszufinden, was sich dahinter verbarg.

«Mir macht das nichts aus. Dass es schwierig ist.»

Er drückte die Zigarette aus und stand auf. Sie konnte sich vorstellen, dass er etwas anderes zu tun hatte, schließlich war sie unangemeldet gekommen. Aber er verschwand ohne ein Wort in die Küche, und deshalb blieb sie sitzen. Sie überlegte, was sie erzählt hatte: Weder hatte sie von dem Mann im Fahrstuhl gesprochen, noch davon, dass der tote Däne Päderast gewesen war. Aber darüber hinaus hatte sie sich das meiste von der Seele geredet, so empfand sie es jedenfalls.

«Schwarz, ein Stück Zucker?»
In jeder Hand hatte er eine Tasse Kaffee. Sie hätte hören müssen, womit er in der Küche zugange war, und entschuldigte sich verschämt.
«Ich habe vergessen zu erzählen, dass ich direkt von einer Geburtstagsfeier komme. Neunzig Jahre.»
Mehr musste sie nicht sagen, er drehte sich auf dem Absatz um. Sie hörte, wie es in der Spüle plätscherte. Mit nur einer Tasse und einem verständnisvollen Lächeln kam er zurück.
«Man gewöhnt sich daran, ist eine Frage der Routine.»
Sie leistete ihm beim Kaffee Gesellschaft. Aber als sie gehen wollte, wurde er wieder ernst.
«Lass uns mal einen Augenblick überlegen: Ein Pastor hört sich ein Geständnis an, weiß, dass er zum Schweigen verpflichtet ist, und wird dann selbst wegen des gleichen Verbrechens verdächtigt. Was kann man da tun?»
Fragte er sie? Sie war so betroffen, dass ihr nichts anderes als eine Gegenfrage einfiel.
«Was kann er da machen?»
Er sah ihr in die Augen. Den Blick würde sie nie vergessen.
«Gar nichts!»

KAPITEL 13

Der Weg über Nötte sah ganz anders aus, wenn man aus der anderen Richtung kam. Das Schwindelgefühl, das sie hatte, als sie den Berg hinauffuhr, war nicht das gleiche wie vorhin auf dem Weg bergab in Richtung Båstad. Aber die Leitplanken fehlten natürlich immer noch. Und die Kühe waren nach wie vor kleine Flecke im Grün weit unten.

Sicherheitshalber blickte sie auf den Hügelkamm. Der Golf brummte angestrengt die Steigung hinauf, einen Moment lang bekam sie Angst, dass der Motor stehen bleiben und der Wagen wieder rückwärts bergab rollen könnte. Aber dann hörte sich das Geräusch wieder normal an, die Landstraße wurde eben, und plötzlich war sie auf der anderen Seite des Bergrückens. Die Aussicht glich der aus einem Flugzeug, die Ackerflächen dehnten sich bis an das bleigraue Wasser von Skälderviken aus, und an der anderen Seite erhob sich der Kullaberg wie eine Silhouette aus grober Pappe. Und war nicht ein weiterer Landstreifen dahinter zu erkennen? Die dänische Küste, flach wie ein Bleistiftstrich.

Vielleicht täuschte sie sich auch bei diesem diesigen Wetter. Åkes Blick hingegen war völlig unmissverständlich gewesen. Mach keine Dummheiten, hatte er signalisiert. Und mit der Warnung gleichzeitig noch etwas anderes. Trauer vielleicht. Oder Mitleid.

Plötzlich wurde ihr klar, was das Pastorengelöbnis von ihr verlangte. Nicht dass sie das früher nicht gewusst hätte,

aber niemals vorher hatte sich die Frage so zugespitzt wie jetzt.
Sie lenkte den Golf durch die schmale Unterführung vor Förslöv. In dem entgegenkommenden Wagen sah sie flüchtig ein starres Frauengesicht und zwei um das Lenkrad verkrampfte Hände. Für den Bruchteil einer Sekunde waren sie zwischen den grauen Betonpfeilern direkt nebeneinander. Überrascht nahm sie beinahe körperlich wahr, wie eng doch die Grenzen waren. Nicht nur im Verkehr.
Unwillkürlich nahm sie den Fuß vom Gas. Als sie an die Kreuzung bei Vantinge kam, blickte sie auf die Uhr. Seit sie hier das letzte Mal vorbeigekommen war, waren zwei Stunden vergangen, aber das waren sinnvoll genutzte Stunden gewesen. Sie war der Lösung zwar keinen Schritt näher gekommen, aber sie spürte, dass sie doch etwas von ihrem Selbstvertrauen zurückgewonnen hatte.
Und eine Sache war ihr auf jeden Fall klar geworden. Sie würde nochmals einen Besuch bei Ylvas Eltern machen. Vielleicht auch bei ihrem Lehrer. Und auch bei Jörgens Vater.

Der Kies prasselte unter ihren Reifen, als sie vor dem Pfarrhaus hielt. Aber einen schwarzen Citroën sah sie nicht.
Sie wusste nicht, was sie sich erhoffte, als sie die Tür zum Kirchenbüro öffnete, es spielte auch keine Rolle. Nichts hatte sich verändert. Der Vikar blickte von seinen Papieren auf, vielleicht der Entwurf der sonntäglichen Predigt. Die Angestellte leckte an Briefumschlägen.
«Irgendwas Besonderes?»
Sie blickten einander an und schüttelten die Köpfe. Die beiden erinnerten sie mit ihren koordinierten Bewegungen an zwei Tandemfahrer.

«Keiner, der nach mir gefragt hat?»
Wieder Kopfschütteln.
«Und ihr habt keinen schwarzen Wagen gesehen?»
«Meinen Sie den, der gestern hier war?»
Die Angestellte hatte die Umschläge zur Seite gelegt. Sie wischte sich die Lippen ab und zog unfreiwillig eine Grimasse, der Leim schmeckte offenbar genau so grässlich wie immer, es war nicht zu begreifen, warum sie nie den Feuchtschwamm benutzte.
«Ja, genau. Ein schwarzer Citroën?»
Sie schüttelte nur den Kopf.
«Nein, heute nicht.»
Das wäre ja auch beinahe des Guten zu viel gewesen. Aber die Angestellte war unsicher.
«Er hat doch gestern nichts gestohlen?»
Sie war drauf und dran zu erklären, dass da etwas viel Schlimmeres im Gange war, hielt sich aber zurück. Sonja war nun mal so, wie sie war. Es gab keinen Grund, sie unnötig zu beunruhigen.
«Nein, sicher nicht, er wollte nur mit mir sprechen. Haben Sie gehört, ob das Telefon geklingelt hat?»
Das war der Fall gewesen. Sie ging in ihr Büro und hörte den Anrufbeantworter ab. Drei Anrufe kamen von Gemeindemitgliedern, die ihre Kinder taufen lassen wollten, die Fruchtbarkeit in der Gemeinde war offenbar ungewöhnlich groß. Als Vierter meldete sich der Kirchenvorstand, eine blasierte Stimme teilte mit, dass eine Anzeige gegen sie eingegangen sei, sagte aber nicht, worum es dabei ging.
Sie blickte auf die Uhr, dann rief sie zurück.
«Darf ich mit Herrn Torstensson sprechen?»
Er hörte sich ebenso von oben herab an wie auf dem Band.

Sie versuchte so gut sie konnte ihre Gereiztheit zu unterdrücken, denn es führte zu nichts, wenn sie ihn brüskierte.
«Was ist das für eine Anzeige?»
Er räusperte sich umständlich, ehe er antwortete.
«Ein paar Jugendliche behaupten, Sie hätten sich geweigert, sie in der Kirche in Barkåkra zu trauen.»
Sie wusste nicht, was sie darauf erwidern sollte, darum schwieg sie. Im Hintergrund schlug eine Uhr mit dumpfem Ton. Dann hörte sie wieder das Räuspern.
«Stimmt das?»
«Wir können uns nicht über die Musik einigen, das ist alles.»
Es schien, als hätte er es nicht recht verstanden, denn er fuhr im gleichen Ton fort.
«Wenn die heiraten wollen, sollten wir sie auch lassen. Es ist gut für unser Image, wenn die jungen Leute den Segen der Kirche erbitten.»
Sie musste sich anstrengen, um unvoreingenommen zu klingen. Ob ihr das gelang, war eine andere Sache.
«Die wollen Hardrock spielen. Black Sabbath.»
«Wir müssen uns der Zeit anpassen. Es schadet doch nicht mit ein wenig moderner Musik.»
Sie überlegte, ob sie ihm erklären sollte, wie modern die war, ließ es aber sein. Stattdessen kam sie direkt zur Sache.
«Diese Musik ist voller satanischer Anspielungen. Die passt nicht in die Kirche.»
Es wurde still, aber nur zwei Sekunden lang.
«Diese Symbolik muss man doch nicht so ernst nehmen. Wichtiger ist, dass wir ein bisschen Goodwill bekommen.»
Sie blieb stumm. Meinte er das wirklich ernst? Bevor sie etwas sagen konnte, fuhr er fort.

«Sie finden sicher eine gute Lösung. Dann ersparen wir uns deswegen viel Ärger.»
Es klickte im Hörer, als er auflegte. Sie stand immer noch sprachlos da, einen Moment überlegte sie, ihn nochmals anzurufen, sah aber ein, dass es zwecklos war. Wenn er nicht begriff, was Gottesdienst bedeutete, hatte es keinen Sinn, mit ihm zu diskutieren. Und sie hatte andere Probleme.
Sie blätterte die Notizzettel auf ihrem Schreibtisch durch, nichts schien besonders dringend zu sein. Bevor sie die Tür öffnete, wappnete sie sich, aber erstaunlicherweise nickte ihr der Vikar nur freundlich zu, als sie durch das Büro ging. Lob war offensichtlich wirkungsvoll, auch wenn es wohlverdient war. Vielleicht gerade dann.
Sie winkte Sonja zu, die immer noch mit ihren Umschlägen beschäftigt war. Dann verschwand sie schnell durch die Außentür, bevor die beiden sie fragen konnten.
Es gab die Möglichkeit, dass der Mann ihre private Nummer angerufen hatte. Sie hoffte immer noch, dass er bereits in der Kirche gewesen und wieder weggefahren war, als er sie nicht angetroffen hatte. Aber sie sah schon von weitem die rote Null auf dem Display ihres Anrufbeantworters. Wenn er dort auch keine Nachricht hinterlassen hatte, gab es keine andere Möglichkeit, als sich hinzusetzen und zu warten.
Sie ging in die Küche und holte Teekanne und Wasserkessel. Gegen den säuerlichen Kaffeegeschmack, den sie wie ein schlechtes Gewissen auf ihrem Gaumen spürte, musste sie ein Gegengift zu sich nehmen. Schuldgefühle hatte sie schon zur Genüge.
Während sie den Tee zubereitete, überlegte sie, ob sie zurück ins Kirchenbüro gehen sollte. Aber eigentlich war sie sich im Klaren darüber, dass es wichtigere Dinge gab, um die sie sich

zu kümmern hatte. Sie wusste nur nicht, wie sie es anstellen sollte, Kraft zu sammeln, um das Geständnis des Mannes entgegenzunehmen.

Schlimmer als Jörgens Tod, hatte er gesagt. Konnte es denn Schlimmeres geben?

Sie wollte sich gar nicht erst vorstellen, was er zu sagen hatte. Sie saß auf jeden Fall in der Klemme.

Im Grunde war sie sich nicht ganz sicher, was Åke mit seinem Beispiel gemeint hatte. Sie wurde ja nicht wegen Jörgens Tod verdächtigt, sondern wegen des Mordes an Mikkelsen.

Er hatte natürlich Recht, vermutlich hingen die beiden Morde miteinander zusammen. Es war mehr als wahrscheinlich, dass derjenige, der etwas über den Tod des Jungen wusste, auch Licht in das Dunkel um den Mord an dem Dänen bringen konnte, und damit sie selbst von dem Verdacht, technisch oder sonst wie, befreien würde.

Allerdings nur, wenn es nicht völlig unmöglich war, der Polizei mitzuteilen, was der Mann ihr anvertraut hatte.

Genauer gesagt, anvertrauen würde. Sofern er denn erschien.

Sie blickte auf die Uhr, und in ihr keimte wieder die schwache Hoffnung, dass er vielleicht gar nicht auftauchen würde. Sie zog es trotz allem vor, dass dieser absurde Verdacht weiterhin auf ihr lastete, statt in ein unlösbares Dilemma zu geraten. Und außerdem mit dem Wissen leben zu müssen, wer Jörgen getötet hatte und auf welche Art und Weise.

Aber dann fiel ihr ein, wie ängstlich der Mann gewesen war, dass jemand sie beide zusammen sehen könnte. Sie schüttelte den Kopf über ihre Phantasielosigkeit. Ganz klar. Sie musste natürlich warten, bis es dunkel wurde.

Die Blasen im Teewasser hatten die richtige Größe, sie nahm

den Topf von der Platte und goss das Wasser über die grünen Blätter. Es war ihr zur Gewohnheit geworden, grünen Tee zu trinken, wenn ihr etwas Unangenehmes bevorstand.
Während das nach Gärfutter riechende Getränk auf trinkbare Temperatur abkühlte, fiel ihr etwas Neues ein, wie sie dem Ganzen entkommen konnte. Vielleicht reichte es aus, wenn sie einige Tage lang unerreichbar war, dann würde er vermutlich aufgeben.
Aber da erinnerte sie sich an Åkes Worte: Ein Pastor konnte einen Menschen in Not nicht allein lassen; es ging einfach nicht.
Das hatte sie zu akzeptieren. Außerdem stand ihr eine Vernehmung bei der Polizei bevor. Sie fragte sich, ob sie dabei ein ähnlich schwaches Bild abgeben würde wie bei den beiden Verhören zuvor. Und wer würde diesmal die Vernehmung leiten? Wieder Arne Bergman? Sie ertappte sich dabei, wie sie darauf hoffte.
Dass sie dabei auch einen unpassenden Hintergedanken hatte, konnte sie nicht verhindern, und sie strengte sich auch nicht an, ihn zu unterdrücken.

Sie hatte Zeit und Stunde vergessen, als die Dunkelheit die Farben vom Hallandsåsen verblassen ließ. Die violetten Töne wurden immer dunkler, und kleine Lichtpunkte leuchteten in unregelmäßigen Gruppierungen weit hinten über den Äckern auf.
Sven und Sonja waren vor langer Zeit nach Hause gegangen, sie hatte deren Autos gehört und gesehen, wie sie auf die Landstraße eingebogen waren. Wann war das gewesen? Vor einer Stunde? Vor vier Stunden?
Ihre Sinne waren aufs Äußerste gespannt, als sich wieder ein

Auto ihrem Fenster näherte, aber es fuhr vorbei, ebenso wie alle anderen. Jedes Mal hatte sie so reagiert. Auf nichts von dem, was sie sich vornahm, hatte sie sich konzentrieren können. Die Notizen für eine Predigt lagen zerknüllt im Papierkorb, das Buch, das sie zu lesen versucht hatte, lag seit einer halben Stunde auf der gleichen Seite aufgeschlagen vor ihr. Der leere Teebecher stand auf dem breiten Fensterbrett, aber sie mochte keinen neuen Tee kochen. Sie hatte alles, was seit Jörgens Tod geschehen war, Revue passieren lassen, ohne einen Zusammenhang erkennen zu können. Sie konnte kein Muster ausmachen, trotzdem schienen sie auf eine seltsame Art und Weise verzahnt zu sein. Der Mord an dem Dänen, seine widerlichen Geschäfte. Ylvas Scheu. Die eigentümliche Gleichgültigkeit der Eltern. Deren Schweigen.

Und dann der Mann, auf den sie wartete. Der seine Schuld loswerden wollte. Warum kam er nicht?

Sie begann sich so rastlos zu fühlen wie am Abend vorher. Vielleicht lag das an all dem Kaffee und Tee, den sie in sich hineingeschüttet hatte? Jedenfalls machte das die Sache nicht leichter. Sie stand auf und lief zwischen den Fenstern auf und ab. Autos fuhren jetzt kaum noch.

Dann blieb sie stehen und starrte hinaus ins Dunkel, während die Unruhe in ihr wuchs. Sie blickte auf die Uhr, es war beinahe elf. Die gleiche Zeit wie gestern Abend. Sie schlüpfte in ihre Botten und zog sich eine Strickjacke über. Die Luft war kühl geworden, sie bibberte, als sie über den Kirchhof ging. Oder war das gar nicht die Abendkühle?

Plötzlich bekam sie Angst. Sie konnte sich nicht erklären, warum, aber sie beschleunigte ihre Schritte bei dem Gedanken, dass jemand sich hinter ihr bewegte.

Erst als sie in den Vorraum gekommen war und die schwere

Eichentür hinter sich geschlossen hatte, wurde sie ruhiger. Sie schaltete die Beleuchtung über dem Altarvorraum ein und setzte sich auf die Bank ganz vorn. Dort hatte er gesessen.
Sie faltete die Hände und wartete. Nach einer Weile schloss sie die Augen und konzentrierte sich auf die Stille, die den ganzen großen Kirchenraum füllte.

Sie musste eingenickt sein. Das schwache Licht um den Altarraum herum hinterließ tiefe Schatten zwischen den Bankreihen. Das Querschiff lag völlig im Dunkel, wenn sich jemand dort versteckte, würde sie ihn nicht sehen können.
War er hier gewesen? Etwas musste sie geweckt haben.
Sie rief leise in das Dunkel hinein. Die Gewölbe warfen den Klang ihrer Stimme zwischen den Wänden hin und her.
«Hallo?»
Niemand antwortete. Es kam ihr so vor, als ob sich in der Sakristei etwas bewegte, aber vermutlich bildete sie sich das ein.
Sie richtete sich in der Bank auf. Die Hände hielt sie immer noch gefaltet, aber es half nichts.
Die Stille, die sie suchte, wollte sich nicht einstellen, dagegen empfand sie eine innere Unruhe. Irgendetwas war nicht so, wie es sein sollte.

KAPITEL 14

Juli 2001

Es war schwerer geworden. Der Tod des Jungen hatte allzu viel Unruhe hervorgerufen, viele hatten ihre Websites geschlossen. Aus Angst vermutlich.

Verständlicherweise, es war nicht schön, einer solchen Tat verdächtigt zu werden. Kindermord.

Dabei hatte ihre Sache ja überhaupt nichts mit physischer Brutalität zu tun, eher im Gegenteil. Der Liebe zu etwas Unerreichbarem. Etwas, was es draußen in der sinnlichen Welt nicht gab, etwas Innerliches. Reinheit vielleicht. Und die Erinnerung.

Er empfand plötzlich tiefe Abscheu gegenüber demjenigen, der das alles besudelt hatte. Seine Welt. Und übrigens nicht nur seine, sie waren viele, obwohl sie sich wie die Ratten verstecken mussten.

Das Netz war ihnen wie ein Geschenk vorgekommen. Sie konnten endlich hinausgehen, Anonymität garantiert, trotzdem sehen und gesehen werden.

Er erinnerte sich an den Tag, an dem er sein Bild ins Netz gestellt hatte. Die Nervosität. Die Erwartungen. Und wie Verbindungen zu ihm aufgenommen worden waren.

Zuallererst hatten sie ihn gewarnt, jetzt verstand er, was für ein Idiot er gewesen war. Welche Risiken er eingegangen war. Aber sie hatten ihn mit hinter ihre Mauern genommen und ihm ganze Stapel von Passwörtern gegeben. Nicht auf einmal natürlich, nach und nach war er immer tiefer eingedrungen,

und er war immer noch nicht sicher, ob es nicht Stufen gab, die ihm vorenthalten waren. Wahrscheinlich war das so, irgendwo gab es den innersten Kreis. Den Pakt selbst.
Sie hatten ihm die Grundregeln beigebracht: Niemals das Gesicht auf einem Bild zeigen. Sein Gesicht. Das der Jungen war etwas anderes. Eine Anweisung für neue Kontakte hinterlassen, aber nicht mehr. Nichts, was nach innen, nichts, was auf eine Spur führen konnte.
Er hatte sich hier in dem dunklen Raum mit den zugezogenen Vorhängen eine eigene Welt eingerichtet. Er und Hunderte anderer. Manchmal musste er an sie denken, wie sie genau wie er vor ihren Bildschirmen saßen und sich im Cyberraum bewegten.
Und jetzt war das Ganze durch einen Verrückten bedroht, der einen Jungen umgebracht hatte. Die Polizei war natürlich schnell dabei, sie stocherte herum, wo immer sie konnte. Er war nicht sicher, wie weit die Vorsichtsmaßnahmen reichten, die Ermittler waren geschickter geworden, hatte er gehört. Oder besser gesagt, gelesen.
Er hatte die Warnmeldung des Paktes erhalten. Der hatte seine Kontakte, natürlich auch bei der Polizei. Die Empfehlung lautete, erst mal Zurückhaltung üben und vermeiden, neue Verbindungen aufzubauen, jedenfalls bis auf weiteres. Das Risiko, entdeckt zu werden, war nicht akut, wuchs aber ständig.
Entlarvung. Undenkbar, ein Fall in einen Abgrund, auf dessen Boden es nur den Tod gab.
Er saß lange im Halbdunkel da und zögerte. Um ihn herum war es absolut still, nur das schwache Surren des Computers war zu hören und erfüllte ihn wie ein pawlowscher Reflex mit Erwartung. So war es immer.

Er warf einen Blick hinüber auf die Wand, an der seine eingerahmten Diplome hingen. Diese Welt hatte er zu verlieren. Dann drückte er die Enter-Taste.

KAPITEL 15

«Guten Morgen.»

Sie murmelte eine Antwort, etwas Gutes konnte sie an diesem Morgen nicht finden. Ganz im Gegenteil. Das Knie tat wieder weh, vermutlich wegen der langen Stunden auf der harten Kirchenbank. Und der Kopf hatte sich den anderen protestierenden Körperteilen angeschlossen, hinter den Schläfen spürte sie einen leichten Schmerz, vermutlich der Mangel an Schlaf. Und alles war umsonst gewesen.

Bis lange nach ein Uhr war sie in der Kirche sitzen geblieben, aber niemand war erschienen. Danach hatte sie nicht einschlafen können. Ein kurzer Schlummer in der Morgendämmerung, das war alles gewesen.

Sie fühlte sich matt und rotäugig, der unergründliche Blick des Vikars war kritischer als jemals zuvor gewesen, das bildete sie sich jedenfalls ein.

Als sie darüber nachdachte, welchen Eindruck sie in letzter Zeit auf ihre Umgebung gemacht haben musste, wurde ihre Stimmung noch schlechter. Wahrscheinlich war es nur noch eine Frage der Zeit, bis das Gerede über Alkoholprobleme oder Gott weiß was losging. Vielleicht durfte sie dem Vikar wegen seiner Haltung gar keinen Vorwurf machen.

Sie rettete sich in ihr Arbeitszimmer und griff nach dem Stapel mit den anstehenden Aufgaben. Die Hochzeit mit der Black-Sabbath-Begleitmusik legte sie beiseite, dann begann sie die Daten für drei Taufen und zwei bevorstehende Trauerfeiern in die Bücher einzutragen. Damit war sie eine ganze Weile beschäftigt, als sie ein vorsichtiges Klopfen an der Tür hörte. Einen Moment lang glaubte sie, es sei der Mann, auf den sie die halbe Nacht lang gewartet hatte, aber dann hörte sie Sonjas Stimme.

«Wollen Sie jetzt die Post haben?»

Das wollte sie. Sonja reichte ihr einen zentimeterdicken Stapel mit Umschlägen, von denen die meisten bereits aufgeschlitzt waren. Ganz zuoberst lag allerdings eine Benachrichtigung über einen Einschreibebrief.

«Der Briefträger wollte eine Unterschrift haben, aber wir wagten nicht, Sie zu stören ...»

Sie nickte, dass war nun ihre eigene Schuld. Und infolgedessen musste sie hinüber zur Post nach Vejbystrand fahren. Aber vielleicht war das gar nicht so verkehrt. Eine halbe Stunde an der frischen Luft konnte nicht schaden.

Sie griff nach der Benachrichtigung, den Rest der Post ließ sie ungelesen auf dem Schreibtisch liegen.

«Ist wohl das Beste, wenn ich den gleich abhole.»

Mit dem Golf dauerte die Fahrt nur fünf Minuten. Aber an der Kreuzung am Postvägen fuhr sie geradeaus runter zum Hafen. Sie stellte das Auto auf dem Parkplatz am Hafenbecken ab und ging hinaus auf den Pier. Das Wasser war immer noch grau, und weit da draußen hatten die Wellen weiße Schaumkämme.

Ganz tief atmete sie die nach Salz schmeckende Luft ein. Ihr Kopf fühlte sich danach gleich besser, nur die Unruhe der Nacht nagte immer noch in ihr. Sie konnte nicht begreifen, warum der Mann nicht erschienen war.

Angerufen hatte er auch nicht, aber vielleicht hatte er Angst davor, abgehört zu werden? Er hatte ja angedeutet, dass er

sich vor jemandem fürchten musste. Oder vor mehreren. Sie hoffte nur, dass er damit nicht die Polizei meinte. Sie hatte auch so schon genügend Schwierigkeiten und verzichtete gerne darauf, mit einem Verbrecher in Verbindung gebracht zu werden, dem die Polizei bereits auf der Spur war.
Der Wind zerrte an ihren Haaren, drüben am Badestrand hatte man die rote Warnflagge gehisst. Aber nicht mal die kräftigen Böen konnten ihre Unentschlossenheit hinwegpusten. Sie konnte sich nicht entscheiden, ob sie nun erleichtert war oder nicht, weil der Mann kein Lebenszeichen von sich gegeben hatte.
Dann fiel ihr plötzlich ein, weswegen sie losgefahren war, sie hatte ja einen Einschreibebrief abzuholen. Sie zog die Benachrichtigung aus der Tasche, der Wind riss ihr den Zettel beinahe aus der Hand. Ihr Name stand in deutlichen Druckbuchstaben auf der Vorderseite.
Sie drehte und wendete ratlos das längliche Formular. Ein Absender stand nicht darauf, das passte ins Bild. Wenn er so große Angst davor hatte, dass sie zusammen gesehen wurden, wollte er natürlich auch nicht an die große Glocke hängen, dass er ihr einen Brief schrieb.
Die Benachrichtigung steckte sie wieder in die Tasche, hielt den Zettel dabei aber krampfhaft mit der Hand fest, damit keine Windbö ihn wegwehen konnte. Danach balancierte sie mit vorsichtigen Schritten auf dem schmalen Absatz des Piers zurück und fuhr mit dem Wagen das kurze Stück hinauf zur Post.
Aber die Frau am Schalter schüttelte den Kopf und blätterte den Stapel zum zweiten Mal durch.
«Der ist nicht dazwischen.»
«Und nun?»

Die Frau zog ihre Brille auf der Nase herunter und musterte sie über den Rand. Eva Ström musste unwillkürlich an den Vikar denken.
«Ist es eilig?»
Sie wusste nicht, was sie darauf antworten sollte. Am liebsten hätte sie den Brief gar nicht entgegengenommen.
«Ich brauche ihn so schnell wie möglich.»
Die Frau schüttelte den Kopf.
«Den hat wohl noch der Landbriefträger. Aber, na klar ...»
Sie vollendete den Satz nicht. Stattdessen schob sie ihr die Benachrichtigung durch den Schlitz unter der Scheibe zu.
«Was ist klar?»
«Sie könnten versuchen, ihn einzuholen.»
Sie konnte sich nicht vorstellen, wie das funktionieren sollte. Aber die Frau schien ihre Ratlosigkeit verstanden zu haben.
«Er macht um zwölf Mittagspause. In Förslöv.»
«Wann kommt er denn zurück?»
«Erst wenn wir schon geschlossen haben.»
Da hatte sie keine Wahl. Es war außerdem schon nach elf, und damit war die Sache entschieden.
Sie bedankte sich und nahm ihre Benachrichtigung. Mit dem Golf war sie in weniger als zwanzig Minuten in Förslöv.
Dorfgemeinschaftshaus, hatte die Frau auf der Post gesagt. Das lag kurz vor der Kirche, und als sie auf den Parkplatz einbog, stand das gelbe Postauto bereits da.
Sie ging in das Restaurant, der Landbriefträger hatte die Posttasche neben sich auf dem Stuhl. Er unterbrach nicht einmal seine Mahlzeit, während er den Brief herauszog.
«Hoffentlich ist er wichtig», murmelte er, während er kaute.
Sie nickte nur und gab ihm die unterschriebene Benachrichtigung.

Auf dem Weg zurück lag der Brief neben ihr auf dem Sitz. Viertel vor zwölf fuhr sie auf den Platz vor dem Pastorat und stellte erstaunt fest, dass er leer war. Heute war offenbar eine zeitige Mittagspause angesagt.
Dagegen hatte sie nichts einzuwenden, sie hatte sowieso den Brief des Mannes vor sich. Den trug sie zu sich hinein, schließlich war er an sie privat adressiert. Außerdem begann sie hungrig zu werden, die Schlaflosigkeit verbrauchte offenbar zusätzliche Energie.
Aber viel war dagegen nicht zu tun. Diesmal enthielt der Kühlschrank nicht mal mehr Reste, alles, was sie zusammenkratzen konnte, war ein halber Becher Joghurt und zwei Scheiben Brot. Sie verspeiste die einfache Mahlzeit und betrachtete dabei den ungeöffneten Briefumschlag neben sich. Es war natürlich nicht sicher, dass er ein Geständnis enthielt. Wahrscheinlicher war, dass der Mann erklärte, warum er die Verabredung nicht eingehalten hatte. Vielleicht nur ein Vorschlag für einen neuen Termin? Oder einen anderen Treffpunkt?
Trotzdem zögerte sie, ihn aufzumachen. Solange sie den Brief nicht gelesen hatte, war sie zu nichts verpflichtet. Einen Moment überlegte sie, so zu tun, als ob der Brief sie nie erreicht hatte, aber dann wurde ihr klar, dass er ihn genau deswegen per Einschreiben geschickt hatte. Und sie hatte ihn ja nachweislich persönlich in Empfang genommen, mit Unterschrift und allem Drum und Dran.
Mit der letzten Brotkante kratzte sie den Rest aus dem Joghurtbecher. Dann riss sie den Umschlag auf und zog die Blätter heraus.
Fassungslos starrte sie auf das erste, dann las sie den einleitenden Satz noch einmal: «Ich habe verstanden, dass du in

deinem Büro nicht vertraulich sprechen konntest, während die anderen dabei waren, aber ich nehme dir das nicht übel, und du brauchst keine Angst zu haben, dass ich dir nicht auch diesmal verzeihe ...»

Weiter las sie nicht. Stattdessen riss sie die Seiten in Stücke und knüllte alles zu einem Ball zusammen, sie kochte vor Wut, als sie ihn in den Abfalleimer warf. Was dachte er sich, verdammt nochmal?

Natürlich war er nicht ganz bei Trost. Das hätte sie von Anfang an einsehen müssen. Die Frage war nur, wie sie ihn ein für alle Mal loswerden konnte. Vielleicht musste sie mit der Drohung ernst machen und ihn tatsächlich anzeigen?

Sie war so aufgebracht, dass sie nicht still sitzen konnte, und ging von einem Zimmer ins andere. Im Sprechzimmer blieb sie stehen. Möglicherweise konnte sie Arne Bergman um Rat fragen. Wenn sie nur das sie ständig belastende Verhör schon hinter sich hätte.

Sie setzte sich in einen der verschlissenen Sessel, stand aber gleich wieder auf. Als sie in die Küche zurückkam, blickte sie auf die Uhr, es war bereits eins. Sie ging hinaus ins Bad und wusch sich mit kaltem Wasser lange das Gesicht. Danach fühlte sie sich jedenfalls etwas besser, und als sie wieder in das Kirchenbüro trat, hoffte sie, dass ihr nichts anzumerken war.

Sie verschanzte sich hinter ihrer Tür und vertiefte sich in ihre Mitteilungen. Dann fiel ihr der Rest der Post ein, vielleicht hatte der Mann einen normalen Brief geschickt? Sie blätterte den Stapel hastig durch, darin lagen drei ungeöffnete Umschläge mit ihrem Namen und dem Zusatz «persönlich», aber keiner davon enthielt eine Nachricht von ihm.

Sie schob den kleinen Stapel Briefe von sich weg und blickte hinaus auf die Felder, immer noch fiel es ihr schwer zu entscheiden, ob sie nun erleichtert sein sollte oder nicht, weil er nichts von sich hören ließ. Vielleicht hatte er es sich ganz einfach anders überlegt? Oder sogar mit jemand anderem als ihr gesprochen. Wenn nicht das Ganze überhaupt krankhafte Phantasien gewesen waren, er hatte sich ja wirklich nicht eben normal verhalten.

Plötzlich war sie die ganze Angelegenheit leid. Sie stützte das Kinn auf die Hände und genoss das weitläufige Panorama vor dem Fenster. Der Hallandsåsen hatte sich nicht von der Stelle gerührt. Er lag immer noch auf den anderen Seite des Flugplatzes, wo die Felder aufhörten. Die lang gestreckte Hügelkette aus Fels und Wald begrenzte den Horizont.

Mit den Augen folgte sie der wellenartigen Silhouette von West nach Ost. Die Kirche von Hjärnarp leuchtete weiß und schwarz inmitten all der grünbraunen Herrlichkeit. Der vierkantige Turm von Tåstarp musste auch zu sehen sein.

Vielleicht weiter rechts?

Gerade als sie ihn gefunden hatte, schrillte das Telefon. Sie war so in Gedanken versunken, dass sie den Hörer mit einem ebenso lauten Krach von der Gabel warf.

Während sie ihn vom Fußboden aufhob, durchzuckte sie der Gedanke, dass sie ja immer noch die Chance hatte, aufzulegen, ohne sich zu melden. Aber es war nicht die Stimme, die sie zwei Tage vorher im Fahrstuhl gehört hatte.

«Ist dort Eva Ström?»

Sie entschuldigte sich dafür, dass sie ihren Namen nicht gesagt hatte und dass sie den Hörer hatte fallen lassen. Dabei vergaß sie ganz zu fragen, wer am Apparat war. Aber die Frau am anderen Ende der Leitung erledigte das in einem Atemzug.

«Hier ist Lotta Karlberg. Ich wollte nur sagen, dass Petra

heute Abend nicht zum Chor kommen kann. Sie hat Mumps bekommen.»

Dann legte sie auf, ohne eine Antwort abzuwarten.

Eva Ström schluckte die Worte hinunter, die sie auf der Zunge gehabt hatte. Am Klang der Stimme hatte sie gespürt, dass die Frau log. Erst konnte sie sich keinen Vers darauf machen, weshalb. Dann ging ihr auf, dass die Mutter ganz einfach Angst davor hatte, ihre Tochter zum Chor zu schicken, nach dem, was mit Jörgen passiert war. Und dass sie nicht weiter mit ihr sprechen wollte, lag vielleicht nicht nur daran, dass sie sich die Krankheit ausgedacht hatte.

Das entschied die Sache. Sie hatte selbst schon überlegt, ob sie die Chorproben absagen sollte, konnte aber nicht zulassen, dass sich auf diese Art Gerüchte verbreiteten.

Einen Augenblick überlegte sie, ob sie alle Eltern anrufen und ihnen sagen sollte, dass die Proben wie immer stattfanden, sah aber ein, dass das vermutlich den gegenteiligen Effekt haben würde.

Sie entschloss sich, nichts zu unternehmen. Aber irgendetwas rumorte in ihrem Hinterkopf. Hatte Petras Mutter davon gesprochen, dass die Chorprobe heute stattfinden sollte? Die Entschuldigung hatte sie so abgelenkt, dass sie nicht sofort reagiert hatte. Sondern erst jetzt. Aber das konnte doch nicht stimmen?

Auf dem Schreibtisch lag ihr Terminkalender, und sie blätterte zwei Tage weiter. Der Eintrag über den Chor war dick durchgestrichen, und plötzlich fiel ihr ein, dass sie den Tag getauscht hatten. Der Erwachsenenchor brauchte den Übungsraum für eine Extraprobe vor dem Konzert am Sonntag. Sie hatte lediglich vergessen, den neuen Termin einzutragen.

Was war eigentlich mit ihr los? Es war ihr einfach unverständlich, begann sie bereits Dinge zu vergessen? Sicherheitshalber schlug sie den Tag für das monatliche Gespräch mit Åke auf. Da war jedenfalls keine Änderung eingetragen. Sie konnte sich genau daran erinnern, dass sie besprochen hatten, den Termin stehen zu lassen, trotz des außerplanmäßigen Treffens aus aktuellem Anlass. Sie unterstrich den Eintrag besonders dick und kringelte das Datum mit einem roten Kreis ein.
Kühl und sachlich hatte sie mit unfreundlichen Mienen sowohl von Sonja als auch dem Vikar gerechnet. Aber erstaunlicherweise hatten beide ihr nur freundlich zugenickt, als sie ihnen die geänderte Zeit mitteilte, und das, obwohl sie zeitig gegangen war und ihnen allen Papierkram hinterlassen hatte. Sie wollte nicht weiter nachforschen, warum, ihr kam der leise Verdacht, die Antwort würde ihr nicht sehr gefallen. Besser keine schlafenden Hunde wecken, konnte man das so ausdrücken?

Die Chorprobe lief besser als erwartet. So gut wie alle Kinder waren erschienen, nur Petras Platz war leer geblieben. Und Ylvas. Allerdings hatte sie mit ihr auch gar nicht gerechnet.
Gut war, dass alles sich jetzt zu normalisieren schien, irgendwie hatte sie das Gefühl, sich endlich rehabilitiert zu haben nach dem Fehlschlag beim letzten Mal, als sie die Kinder mit ihren oberschlauen Ermahnungen verschreckt hatte.
Tatsächlich fühlte sie sich jetzt beinahe wohl. Zum ersten Mal seit Jörgens Tod. Vielleicht hatte sie das Petras Mutter zu verdanken?
Sie sortierte die Liederhefte ins Bord, bevor sie die Stühle wieder richtig hinstellte und hinter sich abschloss. Das Licht im Treppenhaus brauchte sie noch nicht einzuschalten, ob-

wohl es schon dämmerte, und als sie auf die Straße trat, war die Luft ungewohnt mild. Vielleicht zog das Tiefdruckgebiet ab? Das wäre nur zu wünschen.

Langsam ging sie zu ihrem Auto. Das hatte sie wie üblich auf der Norra Kyrkogatan abgestellt.

Sie wendete vor der Bibliothek, fuhr langsam ein großes U um die Kirche herum und vorbei am Stortorget. Von der Östergatan bog sie ab und war plötzlich auf dem Nya Torg. Gleich danach kam sie an dem Haus vorbei, in dem Bertil Nyman wohnte, und es schien ihr, als ob sie ein schwaches Licht in der Küche gesehen hätte, aber ganz sicher war sie nicht.

Bei dem Gedanken wurde sie hellwach. Vielleicht hatte er sie vorbeifahren sehen? So langsam, wie sie fuhr, konnte er tatsächlich denken, dass sie absichtlich an seiner Wohnung vorbeischlich, um ihm nachzuspionieren.

Sie wollte gerade den Platz verlassen, als ein blauer Opel sie an der Kreuzung Sandvångsgatan zum Anhalten zwang. Als sie sich umblickte, sah sie jemanden mit vorsichtigen Schritten den Bürgersteig entlanggehen. Diesmal irrte sie sich nicht, es war zweifelsfrei Ylva. Und irgendetwas stimmte nicht mit ihr.

Das Mädchen ging nur wenige Meter an dem Auto vorbei, aber ohne es zu beachten. Ihr ganze Aufmerksamkeit war auf etwas anderes gerichtet.

Sie schlich mit zaghaften Schritten dicht an der Hauswand entlang. Mehrmals blickte sie über die Schulter zurück, bevor sie sich einen Ruck gab und um die Ecke bog.

Eva Ström versuchte zu wenden und mit dem Golf in die gleiche Richtung zu fahren, aber ein rotgelbes Schild hinderte sie.

Einbahnstraße. Sie fluchte vor sich hin. Jetzt musste sie um den ganzen Häuserblock herumfahren, und danach lag die Straße natürlich öde und leer vor ihr. Ylva war verschwunden.

Sie hielt an. Sicher konnte sie sich auch irren, das mochte einfach ein Spiel gewesen sein. Aber sie sah keine anderen Kinder auf der Straße. Und in einer Sache hatte sie sich ganz bestimmt nicht getäuscht. Das bleiche Kindergesicht sprach es ganz deutlich aus.

Ylva war starr vor Schreck gewesen. Sie hatte Angst vor demjenigen, den sie beobachtete. Wer immer das sein konnte.

KAPITEL 16

Wahrscheinlich war es aussichtslos, aber sie blieb noch eine Weile in der Nähe des Nya Torg. Zum dritten Mal musste sie die Bruksgatan langgefahren sein, bevor sie sich entschloss aufzugeben.

Ihre gute Laune hatte sich verflüchtigt. Das schlechte Gewissen hatte sich wieder ihrer bemächtigt, weil sie noch nichts in Bezug auf Ylva in Angriff genommen hatte. Es war ganz offensichtlich, dass mit dem Mädchen etwas nicht stimmte.

Sie konnte sich nicht mal damit entschuldigen, dass sie zu viel zu tun gehabt hatte. Wenn sie ehrlich war, hatte sie sich die meiste Zeit mit sich selbst beschäftigt. Oder im Klartext: mit ihren Gewissenskonflikten und dem Versuch, sich vor der Verantwortung zu drücken.

Erst gestern hatte sie sich fest vorgenommen, etwas für das Mädchen zu tun. Wie klein war doch der Aufwand, wenn sie zum Beispiel Ylvas Lehrer anrief? Oder einen neuen Versuch mit ihren Eltern unternahm? Vielleicht hatte sie mehr Erfolg, wenn sie mit jedem von ihnen einzeln sprach.

Das schlechte Gewissen ging in Hektik über. Sie sah auf die Uhr, noch war es nicht zu spät. Nicht, wenn sie sich beeilte.

Bis nach Villan war es nicht weit. Sie parkte den Wagen an der gleichen Stelle wie beim letzten Mal und ging quer über die Straße auf das pastellfarbene Haus zu. Aber zu ihrer Überraschung war die Haustür bereits abgeschlossen. Sie blieb vor der dicken Glasscheibe stehen und warf einen Blick

in ein dunkles Treppenhaus, ohne etwas anderes zu sehen als einen schwachen Schatten von sich selbst.
Vielleicht hatte sie zehn Minuten so dagestanden, vielleicht aber auch nur zwei, als das Treppenlicht eingeschaltet wurde. Erst wusste sie nicht, was sie tun sollte. Aber bevor sie sich entschieden hatte, erschien ein etwa sechzig Jahre alter Mann hinter der Tür. Er hatte einen Hund an der Leine und beäugte sie misstrauisch.
«Haben Sie hier etwas zu erledigen?»
Er hielt die Türklinke immer noch fest in der Hand, es sah aus, als ob er entschlossen war, ihr die Tür vor der Nase zuzuschlagen. Aber dann entdeckte er ihren Halskragen und stutzte einen Moment. Sie nutzte sein Zögern sofort aus.
«Ich will einen Besuch machen.»
Zu wem sie wollte, sagte sie nicht, und sie bemerkte seine Neugier, als er sie an sich vorbei ins Treppenhaus ließ.
Geduldig blieb sie hinter der Tür stehen, während diese zuglitt. Der Mann starrte verdutzt hinter ihr her, als sie begann, die Treppe hinaufzusteigen.
Der Gong klang genauso wie beim letzten Mal. Als sie zum dritten Mal geläutet hatte, ging das Treppenlicht aus. In der ungewohnten Dunkelheit verlor sie für einige Sekunden die Orientierung, dann entdeckte sie den roten Lichtknopf und tastete sich mit vorsichtigen Schritten darauf zu. Aber bevor sie draufdrücken konnte, ging die Treppenhausbeleuchtung wieder an.
Sie hörte, wie die Tür unten ins Schloss fiel, und dann eine befehlende Stimme:
«Komm hierher!»
Das war anscheinend nur ein kurzer Spaziergang gewesen. Der Hund war offenbar der gleichen Meinung, denn als sie

um die Biegung der Treppe herumkam, stand er in der Türöffnung, sträubte sich und wollte nicht ins Haus kommen. Sie ging mit einem kurzen Nicken an dem Mann vorbei.
«Guten Abend.»
Er antwortete nicht, jedenfalls hörte sie nichts. Sie trat einige Schritte hinaus auf den Bürgersteig und drehte sich um. In beiden Fenstern war es dunkel, das hätte sie von Anfang an bemerken müssen. Aber andererseits machte es nicht viel aus, niemand hatte gesehen, bei wem sie einen Besuch machen wollte.
Jetzt fühlte sie sich nicht mehr so rastlos, oder hatte sie ihr Gewissen etwas beruhigt? Trotzdem hatte sie keine Lust, nach Hause ins Pastorat zu fahren.
Sie stieg ins Auto, konnte sich aber nicht entscheiden, wo sie hin wollte, und blieb einfach sitzen. Ihr Blick wanderte hinüber zu dem Hauseingang, aus dem sie eben gekommen war. Der Mann mit dem Hund war weg, ob er hinein- oder hinausgegangen war, wusste sie nicht, und es war ihr auch herzlich gleichgültig.
Die Straße lag menschenleer vor ihr. In einigen der hellen Fenster an den pastellfarbenen Fassaden sah sie schnell wechselnde Lichtreflexe von Fernsehern. Sonst regte sich nichts.
Sie beobachtete die zwei dunklen Fenster. Sollte sie ganz einfach sitzen bleiben und warten? Früher oder später musste jemand nach Hause kommen.
Erst da fiel ihr ein, dass sie nicht wusste, was sie sagen sollte, wenn Ylvas Eltern auftauchten. Sie war schon einmal abgewiesen worden, ein zweites Mal konnte sie nicht gut mit der gleichen Frage kommen. Auch wenn die nur zu berechtigt war.
Sie konnte sich auf die eigentümliche Gleichgültigkeit von

Ylvas Mutter keinen Reim machen. An ihrer Haltung war etwas Ausweichendes und gleichzeitig etwas Unbehagliches gewesen, etwas, das überhaupt nicht zu Ylvas eigenem verschreckten Verhalten passte. Etwas Unheilverkündendes.
Was hatte das Mädchen unten am Nya Torg zu suchen gehabt? Zu dieser Abendzeit war es für eine Zwölfjährige ein zu weites Stück von zu Hause entfernt, es sei denn, sie hatte etwas Besonderes zu erledigen. Und es hatte nicht so ausgesehen, als ob sie mit einer Freundin unterwegs gewesen wäre. Ganz im Gegenteil.
Eva Ström wusste nicht, warum, aber aus irgendeinem Grund fielen ihr die Worte des Mannes wieder ein: «Es ist noch schlimmer.» Er hätte ruhig etwas deutlicher werden können.
Aus den Augenwinkeln sah sie, dass in einem Fenster der Fassade gegenüber Licht gemacht wurde. Sie lehnte sich vor und sah genauer hin. Aber es war nicht die richtige Etage. Offenbar war es ein Badezimmerfenster, trotz der Milchglasscheibe sah sie deutlich einen nackten Männerkörper unter einer Dusche. Sie betrachtete ihn nachdenklich. Gab es eigentlich auch Voyeurinnen?
Weiter hier zu sitzen war verlorene Zeit. Insbesondere weil sie keine Ahnung hatte, wie sie vorgehen sollte, wenn trotz allem jemand nach Hause in die Wohnung kam, die sie beobachtet hatte.
Sie suchte sich ihren Weg fort von den stillen Mietskasernen und hinaus auf den Kristian II. Väg, dann brauchte sie nur noch der Straße zu folgen und gelangte geradenwegs hinaus nach Barkåkra. Aber an der nächsten Kreuzung konnte sie nicht widerstehen. Es konnte nicht schaden, wenn sie noch einmal kurz nachsah.

Die Häuserblocks um den Nya Torg herum lagen ebenso öde wie die oben in Villan, mit den gleichen Reihen geparkter Autos und dem bläulichen Widerschein der Fernseher hinter den Fenstern. Sie konnte nicht mal jemanden entdecken, der seinen Hund ausführte, ganz zu schweigen von einem umherschleichenden Mädchen. Wohin Ylva auch gegangen war, sie war weder zu Hause noch hier auf den menschenleeren Straßen.
Nun packte sie der Trotz, noch ein letzter Blick oben in Villan. Danach würde sie nach Hause fahren.
Schon von weitem sah sie, dass die Fenster in der Wohnung immer noch dunkel waren. Sie fuhr ganz langsam an den parkenden Autos entlang, ihr alter Platz war bereits besetzt. Wo immer der Wagen auch herkam, bei ihrer Fahrt war ihr nicht ein einziges Auto begegnet. Abgesehen von dem blauen Opel, mit dem alles angefangen hatte.
Sie landete in einer Sackgasse und war gezwungen, in einem asphaltierten Halbkreis mehrmals vor- und zurückzusetzen, denn der Radius war zu eng für ihren Wendekreis. Als sie endlich damit fertig war, hatte sie keine Lust mehr. Was war das eigentlich für ein idiotisches Vorhaben, auf das sie sich da eingelassen hatte?
Sie entschloss sich, endlich mit der sinnlosen Fahrerei aufzuhören, sich auf den Heimweg zu machen und ein heißes Bad zu nehmen. Es gab ein Morgen, und es gab ein Telefon. Und nichts konnte sie daran hindern, sowohl dem Mädchen zu helfen als auch sich selbst endlich wieder besonnen aufzuführen.
Eine Sackgasse zwang sie zu wenden, und noch einmal kam sie an dem pastellfarbenen Gebäude vorbei. Aber diesmal stand ein Taxi vor der Tür.

Sie musste anhalten, bis das Taxi seine Passagiere entlassen hatte und sich endlich auf den Weg machte. Obwohl der Weg jetzt frei war, dachte sie nun nicht mehr daran, weiterzufahren.
Zwei Männer und eine Frau waren aus dem Taxi gestiegen und gingen in das erleuchtete Treppenhaus.
Den einen der Männer erkannte sie nicht. Aber die Frau war Ylvas Mutter, und der andere Mann war Jörgens Vater.

KAPITEL 17

Sie hatte sich nicht geirrt. Eine halbe Minute später wurde das Licht in der Wohnung eingeschaltet. Sie war im Golf sitzen geblieben, und nun wusste sie nicht, was sie unternehmen sollte.

Oder was sie davon halten sollte.

Alle beide waren gleich abweisend und nicht zu einem Gespräch bereit gewesen, als sie sie unabhängig voneinander aufgesucht hatte. Und ebenso gleichgültig in Bezug auf das, was mit ihren Kindern geschehen war. Aber es schien eine Verbindung zwischen ihnen zu geben, auch wenn sie nicht wusste, worum es sich dabei handelte.

Es machte jedenfalls keinen Sinn, die ursprüngliche Strategie weiterzuverfolgen, so viel war ihr klar. Außerdem hatte sie immer noch keine Ahnung, was sie sagen sollte, wenn sie gegen alle Vermutung hereingelassen werden würde.

Etwas bewegte sich hinter einem der Fenster. Sie konnte nicht feststellen, wer es war, der auf die Straße hinunterschaute, aber sie war sich im Klaren darüber, dass sie nicht mit laufendem Motor stehen bleiben konnte.

Nervös legte sie einen Gang ein und rollte los. Sie hoffte nur, dass keiner der beiden den Golf wiedererkennen würde. Sie konnte sich vorstellen, dass es für sie beim nächsten Besuch nicht leichter werden würde, wenn man ihr unterstellte, sie hätte ihnen nachspioniert.

Was sie ja tatsächlich getan hatte.

Sie sah vor sich, wie der Kirchenvorstand reagieren würde, wenn dort eine Beschwerde gegen sie einging, weil sie abends umherfuhr und die Leute belästigte, noch dazu in Dienstkleidung.
Oder was die Zeitungen schreiben würden.
Die Irritation nahm auf dem ganzen Weg nach Barkåkra noch zu. Sie musste sich vergegenwärtigen, dass es um das Mädchen ging, nicht um sie selbst. Und dass Angriff die beste Verteidigung war. Sie würde gleich morgen einen neuen Versuch bei Ylvas Mutter unternehmen. Danach musste sie den Dingen ihren Lauf lassen.
Oder noch deutlicher, sie war mit ihrem Latein am Ende.
Ihre Wut nahm zu, während das Badewasser die Wanne füllte. Sie dachte an die Fortschrittsverbände. Die würden sicher keinen Moment zögern und die ganze Sache in der Presse hochjubeln, wenn sie eine Chance bekamen. Besonders nicht nach der Auszeichnung durch den Wohltätigkeitsverein. Das hatte man den Mitgliedern von weitem ansehen können.
Die Gedanken reihten sich aneinander, der Mann im Fahrstuhl kam ihr wieder in den Sinn. Vorher hatte sie seine Existenz beinahe eine ganze Stunde lang verdrängen können. Phantasien oder nicht, er war ein Mensch, der ihre Hilfe suchte. Sie entschied sich, ihn bei ihren Vorsätzen für den morgigen Tag mit einzubeziehen. Wie immer das vor sich gehen konnte, wenn er nicht aus freien Stücken von sich hören ließ.
Dann fiel ihr plötzlich ein, dass sie ihren Anrufbeantworter nicht abgehört hatte. Vielleicht hatte er angerufen, während sie in ihrem Auto herumgefahren war und unschuldige Menschen verfolgt hatte? Na ja, jedenfalls Menschen.
Das Wasser konnte weiter einlaufen, während sie zum

Schreibtisch ging. Schon von weitem war zu sehen, dass auf dem Display immer noch eine rote Null leuchtete.

Im Stillen hatte sie nichts anderes erwartet, trotzdem wurde sie nur noch gereizter. Das war absolut unlogisch, und sie begriff, dass sie sich zwingen musste, ruhiger zu werden. Sie schaltete die Stereoanlage ein und drehte die Lautstärke hoch. Allegris *Miserere* vom Badezimmer aus zu hören war ein sicheres Mittel.

Aber wo war die CD? Sie hatte sie mit zur Chorprobe genommen, nur in der Aktentasche war sie nicht mehr, so gründlich sie auch suchte. Schließlich schüttete sie den gesamten Inhalt auf dem Schreibtisch aus. Das Ergebnis war das Gleiche, sie musste sich mit der Tatsache abfinden, dass sie sie in der Stadt vergessen hatte.

Im letzten Augenblick, ehe die Wanne überlief, kam sie ins Badezimmer. Sie zog sich aus und legte sich hinein. Ein kleines Rinnsal Wasser lief über den Rand, aber das war ihr egal. Sie fragte sich, wo das Problem lag.

Oder die Probleme. Sie konnte all das, was da in ihrem Kopf herumschwirrte, nicht mehr richtig sortieren: Jörgens Tod, der dänische Päderast, Ylvas Angst, die Eltern und ihre merkwürdige Gleichgültigkeit. Der Mann, der spurlos verschwunden war.

Vielleicht war es genau diese Gleichgültigkeit, die Ylvas und Jörgens Eltern verband? Oder etwas, was sie verbargen und das die Gleichgültigkeit erst schuf?

Einen Augenblick lang tauchte flüchtig etwas in ihrem Bewusstsein auf, aber es verschwand ebenso schnell, wie es gekommen war.

Dann nahm die Wärme des heißen Wassers ihren Körper in Besitz und bewirkte, dass sie an ganz andere Dinge dachte.

KAPITEL 18

August 2001

Er stand mit den Händen auf dem Rücken am Fenster. Draußen war es dämmerig. Die Vorhänge waren nicht zugezogen, aber das spielte keine Rolle, denn in dem Zimmer war es ebenso dunkel. Niemand konnte ihn von außen sehen.

Er war wie üblich vor den anderen gekommen. Es war, wie es sein musste: als Erster da, als Letzter weg. Eine Geste eigentlich nur, aber mit einem wichtigen psychologischen Effekt. Er war es, der die anderen empfing, daher lag die Initiative bei ihm. Oder wenn man so wollte: die Leitung.

Auch die Verantwortung. Viele hätten das als die Kehrseite der Medaille betrachtet, als eine Last, die es zu tragen galt. Er nicht.

Die Führung zu übernehmen war sein Lebensstil, so war es immer gewesen. Offen oder im Verborgenen.

Trotzdem machte er sich Sorgen.

Er blickte auf die leere Straße vor sich. Den Dänen mit einzubeziehen war ein Fehler gewesen, er war keiner der ihren gewesen. Nicht im eigentlichen Sinne.

Das war ohne Zweifel nicht nur sein Versehen gewesen, jemand anderes hatte ihn empfohlen. Aber er war es selbst gewesen, der den entscheidenden Beschluss gefasst hatte, ihn einzuweihen, und daher war es auch seine Aufgabe, die Sache in Ordnung zu bringen, nachdem sie so schief gegangen war.

Wenn jemand auf die Idee gekommen wäre, ihn zu fragen, wie er die Kunst der Führung gelernt hatte, hätte er keine

Antwort gewusst. Er hatte das immer schon gekonnt, so lange er sich erinnern konnte. Andere befolgten seine Anweisungen, so einfach war das. Aber einen Aspekt konnte er erklären: Wollte man seine Leitungsfunktion behalten, war man gezwungen, an seinen Beschlüssen festzuhalten. Und die Konsequenzen zu tragen.
Gott sei Dank konnte man Fehler korrigieren, das erforderte allerdings, dass man vor neuen Beschlüssen nicht zurückscheute. Das hatte er noch nie getan, und er dachte gar nicht daran, gerade jetzt damit zu beginnen.
Der Däne war Geschäftsmann gewesen. Jemand, der Geld mit dem verdiente, was für sie eine Ehrensache war. Keiner von ihnen hatte jemals einen Profit daraus geschlagen, ganz im Gegenteil.
Genau da war die Grenze: zwischen dem, dessen Motiv der Gewinn war, und dem, der keine andere Wahl hatte. Der nicht anders leben konnte.

Er warf einen letzten Blick auf die Straße, ehe er die Vorhänge zuzog und die schwache Beleuchtung einschaltete. Auf den Bürgersteigen war immer noch kein Mensch zu sehen. Auf eine eigenartige Weise war das schade. Es lag ein besonderer Reiz darin, sich anzusehen, wie sie ihr normales Leben führten, ohne etwas von seinem Leben zu ahnen. Die Leute auf der Straße eben.
Er lächelte vor sich hin. Die Bezeichnung war inzwischen zu einer stehenden Redensart der Politiker geworden, aber er hatte sie zuerst benutzt. Das hörte sich natürlich kindisch an, aber die Phrase vermittelte ihm ein Gefühl der Überlegenheit. Die Fähigkeit, über ihren Vorurteilen und ihrer beschränkten Kleinbürgerlichkeit zu stehen.

Er blickte auf die Uhr, bald war es so weit. Sie würden getrennt voneinander kommen, zuerst der Blonde und der Holländer, dann der Glatzköpfige allein. Aus Sicherheitsgründen.
Besprechungen wie diese bargen eigentlich ein viel zu großes Risiko, darum fanden sie nur in Ausnahmefällen statt. Dies war jetzt ein solcher, eine extreme Ausnahme, konnte man sogar sagen. Eine Krisensitzung. Um die Wahrheit zu sagen, sie waren dabei, völlig die Kontrolle über das Geschehen zu verlieren.
Der Tod des Dänen hatte eine Reihe von Ereignissen in Gang gesetzt, die nicht mehr aufzuhalten war. Oder genauer gesagt, der Tod des Jungen war der Auslöser gewesen. Damit hatte alles begonnen. Aber der Däne hatte einen Spalt hinterlassen, der quer durch das gesamte Netzwerk bis in dessen Herz verlief. Worauf es jetzt ankam, war, diesen Spalt zu verschließen, ehe es zu spät war.
Er hörte den Fahrstuhl schon, als er sich im Erdgeschoss in Bewegung setzte. Das Klopfsignal an der Tür war das verabredete, und die beiden standen im Flur und warteten, als er aufmachte. Keiner sagte etwas, es gab auch gar nichts zu sagen, bevor sie alle versammelt waren.
Der Glatzköpfige musste ganz in der Nähe gewartet haben. Es dauerte nicht länger als drei Minuten, bevor das Klopfen wieder zu hören war, auch diesmal das richtige.
Sie setzten sich auf die bequemen Stühle um den Rauchtisch herum, obwohl niemand von ihnen rauchte. Einen PC brauchten sie nicht, das Gespräch war vertraulich. Es würde kein Protokoll geben, in dem später nachzulesen war, welche Beschlüsse gefasst worden waren und von wem.

KAPITEL 19

Die Waffe lag in der Hand, wie es sich gehörte, fest, aber gleichzeitig entspannt.

Ein tiefes Ausatmen, dann den Atem anhalten. Korn und Kimme fixiert, das Ziel ein wenig undeutlicher ein Stück entfernt. Druckpunkt halten und auf die Gelegenheit warten, aber nicht so lange, dass man zu zittern beginnt. Und dann schießen.

Der Rückstoß erfolgte genau nach hinten. Der Revolverlauf wurde hochgerissen und der Arm mit ihm. Es war ein guter Treffer.

Eva Ström legte die schwere Waffe ab und beugte sich nach vorn über das Fernglas.

«Scheiße!»

Eine Neun unten, sechs Uhr. Direkt unter dem Ring der Zehn, wo die anderen vier Löcher weiß auf der schwarzen Scheibe leuchteten.

«Auf die Knie mit euch, Leute, jetzt lädt sie nach!»

Sie konnte den Spaß nicht mal mehr kommentieren, inzwischen hatte sie ihn hundertmal gehört, mindestens.

«Neunundvierzig.»

«Du machst dich.»

Sie nahm den Ohrenschutz ab, die mit Plastik bezogenen Ohrenklappen waren warm und reizten die Haut. So nahe war sie der höchsten Punktzahl lange nicht gewesen, die anderen Serien waren deutlich bescheidener ausgefallen, eine Sechsundvierziger und eine Vierundvierziger.

«Das muss für heute reichen.»
Sie klappte die Revolvertrommel heraus und entnahm die fünf leeren Hülsen, eine Patronenkammer hatte sie leer gelassen. Sie hatte den Revolver immer der Pistole vorgezogen. Die automatisch nachladenden Waffen hatten etwas Unberechenbares an sich, sie erinnerten an Rattenfallen, die jederzeit losgehen konnten. Bei einem Revolver wusste man, was man hatte. Zumindest, wo sich die Patronen befanden.
Der, mit dem sie geschossen hatte, war ein französischer Manuhrin Kaliber .38 special, der dem Club gehörte. Sie hatte früher mal so einen besessen, aber das war lange her.
«Du siehst, dass es vorangeht. Du müsstest nur etwas mehr trainieren.»
Sie schüttelte den Kopf, dies reichte ihr. Eine Weile Entspannung, oder besser gesagt, Konzentration.
Sportschießen erinnerte an Meditation, fand sie, machte den Kopf frei und förderte gleichzeitig den Denkprozess. Jedenfalls hinderte es sie daran, weiter darüber nachzugrübeln, was sie am Abend vorher gesehen hatte. Und darüber, was sie nicht gesehen hatte: Der Mann, dem so sehr daran gelegen gewesen war, ihr gegenüber ein Geständnis abzulegen, war immer noch spurlos verschwunden. Jetzt am dritten Tag.
«Ich habe keine Lust, wieder mit Wettkämpfen anzufangen, das weißt du.»
Der weißhaarige Mann schüttelte den Kopf.
«Schade, du könntest es weit bringen.»
Das hatte sie auch schon hundertmal gehört, ließ es aber auf sich beruhen. Sie wusste, dass es nicht böse gemeint war, wie nörgelnd sich das auch immer anhörte.
«Kümmerst du dich um die Waffe?»
Er antwortete nicht. Sie war sich nicht sicher, ob er sie über-

haupt gehört hatte, ein langes Leben auf Schießständen hatte sein Gehör in Mitleidenschaft gezogen. Aber er nahm den Revolver auf und begann automatisch, den Lauf für sie zu reinigen. Vielleicht aus alter Gewohnheit.

«Lass die Zielscheibe stehen, es reicht, wenn du den Spiegel austauschst.»

Sie nickte, stapfte die fünfundzwanzig Meter zu dem Zielscheibengestell und tauschte den losen Mittelteil mit dem schwarzen Richtpunkt aus. Auf dem Weg zurück betrachtete sie ihr Trefferbild, das sah wirklich nicht schlecht aus, trotz der Neun.

Sie ließ es zwischen ihren anderen Sachen liegen und ging ins Clubhaus. Vergeblich hatte sie versucht, sich den Gedanken, der ihr gestern Abend in der Wanne blitzartig gekommen war, wieder ins Gedächtnis zu rufen. Einen kurzen Moment lang hatte sie geglaubt, einen Zusammenhang bei all dem zu erkennen, was seit Jörgens Tod geschehen war. Eine Art Muster. Oder vielleicht eine Verkettung?

Sie drehte und wendete ihre Puzzlestücke, ohne sie zusammenfügen zu können. Sie sah nur ein vages und flüchtiges Bild, das im gleichen Moment zerfloss, wie es sich aufbaute. Nur eins war klar, eigentlich war nichts geschehen, seit der dänische Päderast getötet worden war. Nichts weiter als ihre eigenen sonderbaren Begegnungen.

Trotzdem spürte sie intuitiv, dass Jörgens und Ylvas Eltern den Schlüssel zu etwas darstellten, das ihr bis jetzt höchst undurchsichtig erschien. Eine Weile überlegte sie, ob die drei den Dänen gemeinsam umgebracht haben konnten, aber dann erinnerte sie sich an Arne Bergmans Vortrag und den vierten Punkt: das Motiv. Wo lag der gemeinsame Nenner für alle drei, den Dänen umzubringen?

Und der Mann im Fahrstuhl, der gesagt hatte, er wüsste von etwas, was schlimmer sei als Jörgens Tod? Auch hier fühlte sie intuitiv, dass das etwas mit Bertil Nyman und Ylvas Mutter zu tun hatte. Oder direkt mit Ylva.

Was war Intuition wert? Sie seufzte tief. Heute war ihr freier Tag, und sie war zu dem Schießstand nach Sibirien hinausgefahren, um ihre Gedanken auszulüften. Der Platz lag ganz in der Nähe der Stelle, wo sie sonst joggte. Das heißt, wenn das Knie sich nicht wie ein eingerostetes Scharnier anfühlte.

Die Tür schlug zu, dann tauchte Edvin mit seinem weißen Haar auf. Er warf ihr einen schnellen Blick zu.

«So schlecht ist es heute doch gar nicht gegangen?»

Sie nahm den Zeigefinger aus dem Mund. Ohne sich dessen bewusst zu sein, hatte sie auf dem Nagel gekaut, wie sie es immer tat, wenn sie in Gedanken weit weg war. Sie hatte schon lange begriffen, dass andere Menschen den Eindruck bekamen, sie sei verzagt, je mehr sie sich auf etwas konzentrierte.

«Ach, das war etwas ganz anderes.»

Er schüttelte den Kopf.

«Weshalb bist du eigentlich Pastorin geworden?»

Darauf hatte sie keine passende Antwort, wenn es denn überhaupt eine Frage gewesen war.

«Du weißt es. Aber darum geht es auch gar nicht.»

Er fragte nicht weiter, nahm das Holzetui des Revolvers, legte ihn sorgfältig hinein und schloss den Deckel. Es roch nach Waffenfett und immer noch ein wenig beißend nach Pulverdampf.

«139 ist nicht schlecht für einen, der nicht trainiert. Wann warst du das letzte Mal hier?»

Sie brauchte nicht lange zu überlegen. Beim letzten Mal waren ihr auch chaotische Gedanken durch den Kopf gegangen.

«Vor drei Wochen.»

Motorgeräusche waren zu hören, und dann schlugen Autotüren zu. Edvin zeigte mit dem rechten Daumen auf den Schießstand.

«Du solltest vielleicht deine Sachen holen.»

«Wer sind die denn?»

Er zog ein Gesicht, das nicht missverstanden werden konnte.

«Die Polizei. Die haben heute ihren Übungstag.»

Sie verstand, was er meinte. Einmal im Jahr mussten die Polizisten zum Test, damit sie ihre Waffen behalten durften. Wenn man das denn Test nennen wollte: Es galt, eine Pappscheibe, die den Oberkörper eines Menschen darstellte, auf einen Abstand von sieben Metern zu treffen. Erstaunlicherweise gab es trotzdem Polizisten, die das nicht schafften.

Sie zögerte ein wenig zu lange, und ehe sie sich auf den Weg gemacht hatte, hörte man schon die ersten Schüsse. Sie entschied sich, noch einen Moment zu warten, bis sie eine Pause machten, um die Treffer zu markieren.

«Hier sind wir am sichersten.»

Edvin grinste, während er den Revolverkasten in den alten Safe einschloss. Sie stellte sich ans Fenster und blickte in den Staatsforst. Der Sommer neigte sich dem Ende zu, das Grün verblasste. Wie jedes Mal fragte sie sich, wo die Zeit geblieben war. War es wirklich schon August?

Das Krachen wurde weniger. Ein Nachzügler knallte in der Stille hinterher. Sie wartete sicherheitshalber noch ein wenig, die Ohrenschützer hatte sie draußen in der Halle gelassen und hörte deshalb deutlich, dass es sich um großkalibrige Waffen handelte.

Edvin schien ihre Gedanken gelesen zu haben, denn er sagte beiläufig:
«Sig Sauer, neun Millimeter. Die haben aufgerüstet.»
Sie murmelte etwas als Antwort, so etwas interessierte sie nicht wirklich. Für sie hatte Schießen nichts mit Bewaffnung zu tun. Sie öffnete die Tür und trat in den Schießstand. Erstaunt entdeckte sie Arne Bergman zwischen denen, die da draußen vor ihren Pappkameraden standen und ihre Treffer zählten.
Ein tolles Ergebnis war das nicht. Als er sich umdrehte und langsam zu seinem Platz zurückging, sah sie, dass die weißen Klebepunkte mehr als einen halben Meter auseinander über die ganze Figur verteilt waren. Er sah sie so überrascht an, dass ihr die Bemerkung herausrutschte: «Man darf nur ein Auge zukneifen.»
Was er zur Antwort murmelte, konnte sie nicht verstehen, aber dass war wohl auch gut so. Sie sammelte ihre Sachen zusammen und ging auf den Ausgang zu, aber als sie an Arne Bergman vorbeikam, starrte er so lange auf ihre neunundvierzig Punkte, dass sie stehen blieb.
Was den Mann für sie von Anfang an so anziehend gemacht hatte, konnte sie sich nicht erklären, aber ganz bestimmt war es nicht seine grobe Art.
«Haben Sie das geschossen?»
Er hörte sich zweifelnd, ja beinahe unverschämt an. Doch sie nickte nur und sah ihm in die Augen.
«Wieso?»
«Das ist verdammt gut.»
Er bereute den Ausdruck im selben Augenblick, als er ihm herausgerutscht war, und sie konnte sich ein Lächeln nicht verkneifen. Mit der freien Hand zeigte sie auf seine siebartige

Mannscheibe, während sie ihm immer noch tief in die Augen blickte.

«Wenn Sie Privatstunden brauchen, müssen Sie es nur sagen.»

Blitzte da etwas in seinen blauen Augen auf? Sie war sich nicht sicher.

«Vielleicht.»

Noch einmal lächelte sie ihn an, bevor sie ihm den Rücken zuwandte und wegging. Sie verstaute das Fernglas und die Ohrenschützer im Kofferraum und rollte auf den asphaltierten Waldweg hinaus.

War sie zu weit gegangen? Jetzt war es jedenfalls zu spät, es ungeschehen zu machen. Sie konnte ja immer so tun, als sei es ein Missverständnis gewesen, wenn sie sich das nächste Mal trafen.

Das würde vermutlich das bevorstehende Verhör sein, sie begriff nicht, dass sie daran nicht gedacht hatte, aber es war nun mal geschehen. Gott sei Dank.

Sie war noch nicht bis zum Eisenbahnübergang im Süden der Stadt gekommen, als ihr einfiel, dass sie vergessen hatte, sich von Edvin zu verabschieden. Das Zusammentreffen mit Arne Bergman hatte sie offenbar doch mehr erfreut, als sie sich eingestehen wollte. Sie überlegte einen Moment, ob sie zurückfahren sollte, ließ es dann aber. Es war besser, sein Glück nicht auf die Probe zu stellen. Außerdem würde Edvin ihr das nicht übel nehmen, das wusste sie.

Sie kam hinaus auf den Weg nach Kullen und fuhr mit ihrem Golf in ruhigem Tempo auf die Stadt zu. An der Feuerwache hielt sie vor einer roten Ampel, und während sie wartete, fiel ihr ihre CD ein. Vielleicht war es am besten, wenn sie vorbeifuhr und sie holte, ehe jemand anderes sie an sich nahm.

Die Räume waren abgeschlossen, aber sie hatte einen Schlüssel an ihrem Bund, und seit gestern Abend schien niemand hier gewesen zu sein. Jedenfalls sah alles so aus, wie sie es verlassen hatte. Sie ging zum CD-Spieler hin und drückte die Eject-Taste. Ihre Allegri kam behutsam herausgefahren, und die Plastikhülle lag wartend auf dem Verstärker.
Zufrieden steckte sie die Scheibe an ihren Platz und legte sie in die Aktentasche. Sicherheitshalber sah sie sich um, ehe sie den Raum verließ, vielleicht hatte sie am Abend vorher noch mehr vergessen?
Alles schien in Ordnung zu sein, aber dann wurde sie auf einen Schnipsel aufmerksam, der aus dem Spalt zwischen der Wand und dem Bücherregal ganz hinten in der Ecke hervorlugte.
Sie erinnerte sich daran, dass dort hinten, kurz bevor sie gehen wollte, gekichert und geflüstert worden war, aber sie war so froh, dass die Probe wieder wie immer verlaufen war, dass sie sich nicht weiter darum gekümmert hatte.
Aus reiner Neugier ging sie hinüber zum Bücherregal. Das kleine glänzende Papierstückchen war nicht viel größer als eine Briefmarke, aber als sie mit Daumen und Zeigefinger daran zog, kam aus dem Versteck eine ganze Zeitschrift hervor.
Und was für eine. Vom Umschlag starrte sie eine Frau mit halb offenem Mund und leeren Augen an, deren nackte Brüste den größeren Teil des glatten Papiers bedeckten. Die Schlagzeilen ließen keinen Zweifel mehr über den Inhalt aufkommen. Und auch nicht über die Talente der Frau: «Ich mache es überall und jederzeit.»
Verdammte Gören! Saßen da und sahen sich Pornohefte an, während sie ihnen eins der besten Chorstücke der Welt vorspielte! Sie fühlte sich beleidigt, bezog das sowohl auf sich als

auch auf Gregorio Allegri. Diese Zeitschrift hatten die Kinder jedenfalls zum letzten Mal gesehen.
Die Frage war nur, wohin damit. Sie warf noch einmal einen Blick darauf. Es handelte sich um eins der üblichen Herrenmagazine, die in den Ständern der meisten Kioske zu finden waren. Und trotzdem.
Ohne eigentlich zu wissen, warum, begann sie darin zu blättern. Vielleicht war es Neugier. Gleich auf den ersten Seiten war wieder die Frau vom Umschlag zu sehen, wie sie mit der gleichen Leere im Blick Oralsex praktizierte. Das machte wenigstens das debile Schmollen mit dem halb geöffneten Mund unmöglich.
Eva blätterte sich durch das Heft. Sie konnte sich nicht daran erinnern, Sex jemals als so langweilig empfunden zu haben, wie man es dem Aussehen der Frau nach vermuten musste. Immer die gleichen stumpfen Blicke, die gleichen halb geöffneten Münder. Etwas genauer sah sie sich lediglich die Werbung an, die Rasierapparate für den Intimbereich anpries. Dass das so beliebt war, hatte sie nicht gewusst.
Plötzlich stutzte sie.
Da waren die Seiten mit den privaten Kontaktanzeigen. Den Überschriften nach zu urteilen, unterschieden sie sich nicht sehr vom übrigen Inhalt des Heftes, lediglich die eingeschickten Fotos waren primitiver. Die Texte konnten von jeder beliebigen Seite mit professionellen Pornomodellen abgeschrieben sein.
Aber was sie veranlasste, sich mit der aufgeschlagenen Zeitschrift an den Tisch zu setzen, war nicht die Anzeige, mit der eine sechsunddreißigjährige Frau gut bestückte Männer für ungewöhnliche Sexspiele suchte.
Es war das Bild, das zu der Anzeige gehörte.

Der nackten Frau, die die Beine zur Kamera hin spreizte, war zwar ein schmaler schwarzer Strich über die Augen retuschiert worden, aber das half nichts. Eva erkannte sie, vor nicht mal vierundzwanzig Stunden hatte sie sie zusammen mit zwei Männern in ein Haus hineingehen sehen.

KAPITEL 20

Eva Ström starrte das Heft vor sich an, als ob es vergiftet wäre. Es gab überhaupt keinen Zweifel daran, dass die Frau auf dem Bild Ylvas Mutter war. Durch den schmalen Balken wurde nichts Wesentliches verdeckt. Der Mund und die Stirn waren zweifelsfrei zu erkennen, ebenso das kurz geschnittene schwarze Haar. Sogar der Nagellack auf den Zehen stimmte.

Im Haus war es unnatürlich still, die einzigen Geräusche kamen von der Straße davor, ein Moped fuhr vorbei, zwei Mädchen stritten sich über irgendetwas. Unwillkürlich hörten sich die beiden Stimmen für sie beinahe obszön an, wie sie da saß, mit dem pornographischen Bild der Mutter eines der Kinder aus dem Chor vor sich.

Sie las den Text noch einmal, kam aber nicht weiter als bis zu den Worten «ungewöhnliche Sexspiele». Wie ungewöhnlich waren die? Konnte ein minderjähriges Mädchen daran beteiligt sein?

Irgendwo hatte sie im Hinterkopf, dass sie einmal etwas darüber gelesen hatte, dass Annoncen eine Art Code enthielten. Oder hatte das jemand erzählt, sie wusste es nicht mehr genau.

Aber die eigene Tochter?

Eva überflog noch einmal den Text, ohne eine Andeutung zu finden, die auf andere Personen hindeutete als die Frau selbst. Das reichte an sich auch völlig aus. Von den in allen Einzelheiten beschriebenen erotischen Wünschen fühlte sie sich

eigenartig geniert. Vielleicht weil sie sich wie ein Voyeur vorkam, der durch ein Schlüsselloch jemanden beobachtete, den er kannte.
Sicher hatten auch andere die Frau auf dem Bild erkannt. Sie hoffte beinahe, dass Ylva deshalb nicht zum Chor gekommen war und nicht aus einem anderen Grund. Sie wollte sich gar nicht vorstellen, aus welchem.
Sie drehte das Heft um und sah sich das Titelblatt an, einen Monat alt. Was das zu bedeuten hatte, darüber war sie sich nicht im Klaren. Allerdings war sie sich jetzt sicher, dass es keinen Sinn hatte, noch einmal mit Ylvas Mutter zu sprechen. Jedenfalls nicht, solange sie den Verdacht hegte, Ylva sei einem sexuellen Übergriff ausgesetzt gewesen.
Sie stand vom Stuhl auf und blieb einige Sekunden lang unschlüssig stehen, dann entschied sie sich und stopfte die Zeitschrift in ihre Aktentasche.
Nachdem sie abgeschlossen hatte, trat sie hinaus in den Sonnenschein. Da drinnen in dem stillen Raum war sie kaum zum Nachdenken gekommen, jetzt plötzlich ging ihr manches durch den Kopf.
Hatte Ylva Angst vor den Männern gehabt, die ihre Mutter begleitet hatten? Einer davon war Jörgens Vater, aber wer war der andere gewesen? Jemand, der auf die Anzeige geantwortet hatte?
Sie ging zu ihrem Golf, entschied sich aber anders, noch ehe sie den Schlüssel ins Schloss gesteckt hatte. Eigentlich hatte sie vorgehabt, nach Villan zu fahren, nachdem sie ihre CD geholt hatte, aber der Besuch machte jetzt keinen Sinn mehr. Und welche Lehrer Ylva hatte, wusste sie nicht. Auch nicht, was sie mit denen besprechen sollte.
Jetzt hätte sie jemanden gebraucht, um sich auszusprechen,

aber Åke war mit seinen Konfirmanden in einem Lager auf Hallands Väderö, vermutlich kam er erst am übernächsten Tag zurück. Und mit ihren anderen Freunden konnte sie über solche Dinge nicht sprechen.
Einen Moment lang überlegte sie, ob sie wieder hinaus nach Sibirien fahren und nach Arne Bergman suchen sollte, schließlich war das ja eine Angelegenheit, die die Polizei interessieren musste. Oder etwa nicht?
Aber sie sah ein, dass sie nichts vorzuweisen hatte als ihre Befürchtungen und vagen Beobachtungen: ein verängstigtes Mädchen, eine Anzeige in einer Pornozeitschrift, ein übernervöser Mann, der zudem noch verschwunden war.
Sie konnte sich ganz gut vorstellen, was Bergman sagen würde. Und in welchem Ton.
Sie seufzte tief, es schien ihr, dass sie die Sache allein durchstehen müsste. Oder doch nicht?

Bis zum Stortorget war es nur einen Steinwurf und zwei Straßenecken weit. Sie ging an der kantigen und grob behauenen Granitskulptur vorbei, die vor der Bibliothek in der heißen Sonne thronte. Ihr war jemand eingefallen, den sie um Rat fragen konnte. Oder dem sie zumindest von ihrem Verdacht erzählen konnte.
An der Ecke, an der das *Café Continental* einem Optikergeschäft hatte Platz machen müssen, ging sie schräg über die Fahrbahn. Dann eilte sie am Schnapsladen und an einem Beerdigungsinstitut, die praktisch Tür an Tür nebeneinander lagen, vorbei und blieb vor dem niedrigen gelben Haus Nr. 12 B stehen.
Eine halbe Sekunde zögerte sie, ehe sie klingelte. Irgendwo weit drinnen im Haus musste es zu hören sein, aber sie war

sich nicht sicher. Jedenfalls kam niemand an die Tür. Sie klingelte noch einmal. Aber auch jetzt kam niemand, um ihr zu öffnen.

Ein paar Sekunden überlegte sie, dann beugte sie sich vor und versuchte, durch das rhombenförmige gelbliche Milchglas der Haustür hineinzuschauen. Aber obwohl sie die Augen mit der Hand beschattete, sah sie nichts anderes als ein verzerrtes Spiegelbild ihres Gesichts.

Unschlüssig trat sie von der niedrigen Treppenstufe zurück. Wo die gelbe Fassade des Hauses endete, öffnete sich eine enge Einfahrt zu einem ebenso engen Hof. Eine kleine Birke mit ihrem weißen Stamm war zu erkennen, aber ein Auto stand nicht da.

Martin Olsson war offensichtlich nicht zu Hause. Daran war nichts zu ändern.

Weiter als bis hierher hatte ihr neuer Plan nicht gereicht. Da ihr nichts anderes einfiel, bummelte sie die Storgatan entlang. An ihrem Ende blieb sie einen Moment stehen, dann ging sie weiter quer über die Straße und zur weißen Brücke über dem Fluss.

In den Parkanlagen am Fluss gab es Bänke, und nicht alle waren von den Alkoholikern besetzt. Sie nahm auf einer davon Platz und ließ ihren Blick über das schwarze Wasser schweifen. Vor einer schweren Steinbrücke wurde das Flussbett schmaler, und es bildete sich eine kleine Stromschnelle.

Die Wirbel verliefen sich dort, wo der Fluss breiter wurde, und tauchten als leichte Wogen weiter hinten wieder auf. Wie sie sich unter der Wasseroberfläche auf ihrem Weg dahin veränderten, konnte man nur ahnen.

Um Ylva herum bewegte sich etwas Unsichtbares auf die glei-

che Art und Weise wie die Strömungen im Wasser. Und sie musste dahinter kommen, was das war.
Die Frage war nur, welche Möglichkeiten ihr noch blieben. Ylvas Mutter hatte sie bereits abgeschrieben. Vielleicht auch Bertil Nyman, die Chance, ihn zum Reden zu bringen, schien nicht sehr groß zu sein. Wenn er denn überhaupt etwas über das Mädchen wusste. Der Mann, der die beiden begleitet hatte, war ebenfalls außen vor, aus dem einfachen Grund, weil sie nicht wusste, wer er war. Blieben Ylva selbst, ihre Freunde und die Lehrer in der Schule. Große Chancen rechnete sie sich bei keinem davon aus. Erst recht nicht, wenn sie in Betracht zog, dass man in der Schule noch nicht einmal bemerkt zu haben schien, wie schlecht es dem Mädchen ging.
Und dann war da der Mann im Fahrstuhl.
Wenn sie es sich richtig überlegte, gab es tatsächlich eine Verbindung, wenn auch eine vage. Eine Verbindung zwischen Jörgen und Ylva über deren Eltern.
Der Mann hatte angedeutet, dass er von etwas wusste, was mit Jörgens Tod zu tun hatte, und Jörgens Vater hatte seinerseits eine Art Verhältnis mit Ylvas Mutter. Was immer das zu bedeuten hatte.
Vielleicht war der Hintergrund von Jörgens Tod auch der Anlass für Ylvas Angst?
Sie merkte, dass ihre Phantasie mit ihr durchging. Es gab nur eins zu tun: den Mann zu finden, der sich ihr hatte anvertrauen wollen. Sonst würde sie nicht zur Ruhe kommen.

Sie stand von der Bank auf und stieg die Treppe zur Storgatan hinauf. Die Alkoholiker starrten ihr verwundert nach. Als sie an dem gelben Haus vorbeikam, sah sie einen grünen Saab drinnen in dem engen Hof stehen, aber das war jetzt egal. Sie wusste sowieso nicht, was sie ihm hätte sagen sollen, ihr Verdacht war eigentlich immer noch nicht mehr als ein ungutes Gefühl.

Als sie bei ihrem Golf ankam, überlegte sie, womit sie die Suche beginnen sollte. Sie hatte den Mann bereits in dem Festsaal gesehen, als sie die Spende entgegennahm. Vielleicht war er ja Mitglied in dem Wohltätigkeitsverein?

Aber wen konnte sie danach fragen? Zum einen waren da auch Gäste aus verschiedenen anderen Vereinen eingeladen gewesen, sogar vom Fortschrittsverband. Und zum anderen hatte er vor einigen Leuten, die offenbar auch auf der Veranstaltung waren, Angst gehabt. Todesangst. Wenn er wirklich Grund dazu hatte, dann war es sicher nicht klug, wenn sie ahnungslos die falsche Person fragte.

Konnte sie ihn überhaupt beschreiben? Es war eine Sache, jemanden auf einem Foto zu erkennen, und etwas ganz anderes, eine brauchbare Personenbeschreibung zustande zu bringen. Aus dem Halbdunkel des Fahrstuhls erinnerte sie sich nur noch an seine schreckensstarren Augen und die flüsternde Stimme. Und als er in der Kirche gewesen war, hatte sie sich kaum um ihn, sondern vor allem um das Kirchensilber gekümmert.

Sie parkte den Golf wie immer vor dem Pfarrhaus und ging ins Kirchenbüro. Sowohl Sonja als auch der Vikar starrten sie erschrocken an.

«Ist was passiert?»

Sonjas Stimme lag eine halbe Oktave höher als sonst. Sie beeilte sich, sie zu beruhigen, indem sie ihr erklärte, dass sie nur mal hereinschauen wollte, aber das schien die Angestellte eher zu verwirren.

«An Ihrem freien Tag?»
Der Vikar hatte den Bleistift weggelegt, er saß regungslos da, aber es war kaum zu übersehen, wie er die Ohren spitzte. Ihr fiel nichts weiter ein, als die Worte zu wiederholen:
«An meinem freien Tag.»
Sie hatte keine Lust, weitere Erklärungen abzugeben. In ihrem Rücken spürte sie die Blicke der beiden, als sie in ihr Büro ging und die Tür hinter sich schloss.
Was sie im Kirchenbüro eigentlich wollte, wusste sie selbst nicht ganz genau, dort gab es auch nicht mehr Hinweise zu dem verschwundenen Mann als nebenan in ihrer Wohnung. Der Unterschied war möglicherweise psychologisch. Es war eine andere Sache, hinter dem offiziellen Schreibtisch zu sitzen als hinter dem privaten.
Sie griff nach dem Telefon, blieb aber mit dem Hörer in der Hand sitzen. Wen wollte sie überhaupt anrufen? Ihre Überlegung war, trotz allem mit dem Büro des Vereins zu telefonieren, jemand musste ihn ja eingeladen haben. Aber irgendetwas in ihrem Inneren sagte nein. Wie konnte sie sicher sein, dass nicht der falschen Person bekannt wurde, dass sie nach ihm suchte? Oder dass die falsche Person sogar am Telefon war?
Sie legte den Hörer auf, nahm ihn aber gleich wieder hoch. Sie hatte eine andere Idee. Mit dem Hörer auf der Schulter schlug sie in den Gelben Seiten die Nummer des zentralen Fahrzeugregisters auf.
Natürlich landete sie in der Warteschleife. Die weibliche Stimme, die die Musik unterbrach, hörte sich freundlich und effektiv an. Jedenfalls zu Anfang.
«Ein Citroën?»
«Ja, ein schwarzer.»

«Haben Sie die Nummer nicht?»
«Nein, leider. Aber ich muss den Besitzer finden, es ist ... sehr wichtig.»
Sie war drauf und dran gewesen zu sagen, dass es um Leben und Tod ging, stutzte aber im letzten Moment. Es hätte sowieso nicht geholfen.
«Ohne Nummer geht das leider nicht.»
«Ich dachte, dass ich eine Liste bekommen kann, die ich dann durchgehe.»
Mehrere Sekunden lang war es still.
«Rufen Sie aus einer Behörde an?»
«Aus dem Kirchenbüro in Barkåkra. Das liegt in Skåne.»
Sie redete sich ein, dass sie die Wahrheit um des guten Zwecks willen etwas strapazieren durfte, und kreuzte die Finger, in der Hoffnung, dass keine Rechnung an das Kirchenamt geschickt wurde.
«Um welchen Typ von Citroën geht es denn?»
«Das weiß ich nicht, können Sie die, die es gibt, nicht auflisten?»
«Das sind mehrere tausend.»
Daran hatte sie auch nicht gedacht. Außerdem konnte es sich um jedes beliebige Baujahr aus den letzten zehn Jahren handeln. Sie wusste nicht, was sie sagen sollte, und spürte deutlich die Ungeduld am anderen Ende der Leitung.
«Da müssen Sie schon genauere Angaben machen, sonst können wir Ihnen nicht helfen.»
Nun blieb ihr nichts anderes übrig, als den Rückzug anzutreten. Sie strengte sich an, so geschäftsmäßig wie möglich zu klingen.
«Ich melde mich später noch mal. Vielen Dank für Ihre Hilfe.»

Sie legte den Hörer auf, ohne abzuwarten, was die Frau dazu sagte. Eine Weile blieb sie regungslos an ihrem Schreibtisch sitzen. Wie sehr sie auch auf das Telefon starrte, ihr fiel nicht ein, wie sie jetzt weitermachen sollte. Sie konnte sich nicht mal daran erinnern, ob er etwas gesagt oder etwas hinterlassen hatte, als er in der Kirche gewesen war.
Vielleicht erinnerte sich Sonja? Die war ja in der Kirche gewesen, als der Mann dort gesessen hatte. Fragen kostete nichts.
Sie stand auf und ging in das andere Zimmer. Alle beide sahen sie fragend an.
«Erinnern Sie sich an den Mann, der in der Kirche gesessen hat?»
Obwohl sie sich an Sonja gewandt hatte, spürte sie das Schweigen hinter sich, wie immer hörte der Vikar gespannt zu.
«Der mit dem schwarzen Auto?»
«Ja, der. Ich muss mich mit ihm in Verbindung setzen, aber ich weiß nicht wie. Haben Sie zufällig mit ihm gesprochen, oder ist Ihnen etwas aufgefallen, wodurch wir ihn ausfindig machen können?»
Sonja blickte sie mit großen Augen an. Beinahe flüsterte sie: «Hat er etwas aus der Kirche gestohlen?»
«Nein, das nicht, ich muss nur etwas mit ihm besprechen.»
«Er saß einfach nur da und hat nichts gesagt.»
Eva nickte enttäuscht. Eigentlich nur, um überhaupt etwas zu sagen, wandte sie sich an den Vikar.
«Und Sie, Sven, ist Ihnen irgendetwas aufgefallen?»
Er antwortete nicht. Wie vorher saß er da, aber der Blick wich ihr aus, als ob er sich für etwas schämte.
Sie wurde aus ihm nicht klug, zumindest konnte er doch ant-

worten. Sie zuckte mit den Schultern und wollte gerade wieder in ihr Büro gehen, als er sich räusperte.
«Ich hab mir die Nummer aufgeschrieben.»
Abrupt drehte sie sich um. Hatte sie richtig gehört?
«Was haben Sie gesagt?»
«Ich hab sie hier.»
Er zog die Schreibtischschublade auf und nahm einen Zettel heraus. Widerwillig reichte er ihr den hinüber, so als ob er sich nicht davon trennen wollte. Sie nahm ihn wortlos in die Hand, ihr fiel nichts ein, was sie dazu sagen sollte. Erst in der Tür zu ihrem Büro drehte sie sich um.
«Danke.»
Er nickte und nahm die Brille ab. Er war wirklich ein Eigenbrötler. Wenn sie denn jemals einen getroffen hatte. Aber dies einzige Mal war seine Manie von Nutzen.
Sofort wählte sie die Nummer des Zentralregisters und bereitete sich auf eine Revanche für das letzte Mal vor. Aber diesmal meldete sich eine ganz andere Stimme.
Von dem Zettel las sie die Nummer ab und bekam fast sofort sowohl einen Namen als auch die Adresse in Åstorp. Erleichtert bedankte sie sich für die Unterstützung.
«Keine Ursache, viel Glück beim Kauf.»
Sie legte den Hörer auf. Es bestand kein Grund, ihm zu erklären, dass es nicht um den Kauf eines Gebrauchtwagens, sondern um die Suche nach einer Person ging, die vielleicht etwas über den Mord an einem Jungen wusste. Oder über etwas noch Schlimmeres.

KAPITEL 21

August 2001

Die Besprechung hatte schon zu lange gedauert. Er warf einen beunruhigten Blick auf die zugezogenen Vorhänge. Das Risiko, entdeckt zu werden, war zwar verschwindend gering, aber der Preis einer solchen Aufdeckung war so hoch, dass man sich kaum eine Vorstellung davon machen konnte. Normalerweise machte er sich deswegen keine Gedanken, im Gegenteil. Der Grad der Verantwortung stand in direktem Verhältnis zum Ausmaß der Folgen. Allerdings unter der Voraussetzung, dass man die volle Kontrolle sowohl nach innen wie auch nach außen hatte. Und beide Bereiche drohten ihm zu entgleiten.

Nach dem Tod des Dänen schien es kein Halten mehr zu geben, niemand wusste, was noch auf sie zukommen würde. Oder genauer gesagt, wie weit zu gehen sie gezwungen waren. Er verabscheute es, keinen Spielraum zu haben. Jeder beliebige Dummkopf konnte einen Entschluss fassen, wenn es keine Handlungsalternative gab. Die Kunst bestand darin, verschiedene Möglichkeiten zu kalkulieren und Risiken gegen Vorteile abzuwägen. Und hier konnte er seine Überlegenheit ausspielen.

«Wir wissen alle, dass Mikkelsen uns keine Wahl gelassen hat. Es ging darum, er oder wir.»

Er hörte selbst die Irritation in seiner Stimme. Mit Widerspruch hatte er nicht gerechnet, nun war er gezwungen, wie ein Papagei Selbstverständlichkeiten zu wiederholen.

Der Holländer schien seine Ungeduld nicht einmal zu bemerken, oder sie war ihm gleichgültig. Er zuckte mit seinen kräftigen Schultern, als ob sie jede Menge Zeit hätten.

«Es geht um die Sicherheit.»

Die anderen beiden nickten zustimmend.

«Haben wir irgendwelche Garantien dafür, das alles wasserdicht ist?»

Er wartete absichtlich mit der Antwort. Sein Gespür sagte ihm, dass es an der Zeit war, zum Angriff überzugehen, wenn sie überhaupt zu einem Beschluss kommen sollten. Jetzt oder nie.

«Hat es für uns jemals Garantien gegeben?»

Die Frage hatte den beabsichtigten Effekt. Die drei Männer sahen sichtlich betroffen aus. Der Blonde hatte heftig zu schwitzen begonnen. Der Augenblick war gekommen, um sich freie Hand zu verschaffen. Sobald er sich nur der Zustimmung der anderen sicher sein konnte. Aber der Holländer kam ihm zuvor.

«Wie konnte Mikkelsen aufgenommen werden, obwohl wir wussten, dass er vorbestraft war? Haben wir noch mehr solche Leute?»

Das waren zwei Fragen. Er nahm sich die schwerste zuerst vor, es war immer zweckmäßig, den Stier bei den Hörnern zu packen.

«Er hatte Empfehlungen. Und wir wussten, dass er vorbestraft war. Aber das war nicht der Fehler.»

«Sondern?»

Der Holländer ließ offenbar nicht locker, er war auch nicht so aufgeregt wie die beiden anderen. Aber noch war die Situation unter Kontrolle, auf diese Frage hatte er gewartet.

«Dass es für ihn ein Geschäft war. Er war nicht wie wir.»

Die drei Männer nickten. Es gehörte zum Ehrenkodex, dass man damit kein Geld verdiente. Neunzig Prozent der Bilder, die im Netz zirkulierten, waren Amateurfotos im besten Sinne. Der Sinn des Netzes war Austausch, nicht Profit. Solidarität mit anderen Verschworenen, die ebenso wie sie selbst der Intoleranz und den Vorurteilen der Gesellschaft ausgesetzt waren.

Er spürte, wie er die Gruppe wieder in den Griff bekam. Er hatte immer schon das Talent gehabt, Stimmungen kurz vor allen anderen zu erahnen.

«Auch eine Widerstandsbewegung muss manchmal für bestimmte Ziele Außenstehende zu Rate ziehen. Der Däne hatte ein ungewöhnliches Kontaktnetz, nicht zuletzt international. Und dann die Reisen, wer hätte die so gut organisieren können wie er?»

Er sah ihnen an, dass der Vergleich mit einer Widerstandsorganisation genau das Richtige gewesen war. Wieder sein Instinkt. In einem anderen Zusammenhang oder mit anderen Leuten hätte er vielleicht den genau entgegengesetzten Effekt erzielt. Der Holländer hörte sich jedenfalls sogleich eher fragend als zweifelnd an:

«Hat Mikkelsen den Jungen umgebracht?»

Er sah sie ernst an, er wusste, dass es jetzt darauf ankam, seine Worte sorgfältig zu wählen, und dass es jetzt nur eine Möglichkeit gab: die Wahrheit sagen.

«Wahrscheinlich nicht.»

Er wusste um die Wirkung seiner Worte und beeilte sich, ehe sie sich gefasst hatten:

«Wir hatten trotzdem keine Wahl. Er war registriert, und sowohl er als auch wir wussten, dass er vernommen werden würde. Er hatte Angst vor dem Gefängnis.»

Er sah ihnen an, dass sie verstanden hatten. Für jeden von ihnen war es ein ständiger Albtraum. Alle wussten, was mit ihnen in den Gefängnissen geschah.

«Mikkelsen war entschlossen, uns zu verkaufen. Er stellte ein Ultimatum.»

Er stutzte, er begann sich ja so anzuhören, als ob er sich hier entschuldigte. Das ging natürlich nicht, wenn er seine Autorität nicht gefährden wollte. Er beugte sich im Stuhl vor und blickte sie einem nach dem anderen an.

«Könnt ihr euch die Folgen vorstellen? Die sozialen Katastrophen. Nicht alle haben vielleicht die gleiche gesellschaftliche Stellung wie wir hier im Zimmer, aber ich kann garantieren, dass die persönliche Katastrophe für jeden von uns ebenso groß ist. Sei er nun Bäckermeister oder Arzt.»

Das klärte die Perspektive. Er sah, wie der Blonde wieder zu schwitzen begann, und sogar der Holländer hatte einen Kloß im Hals.

«Wer hat denn nun den Jungen umgebracht? Einer von uns?»

Er hatte das Spiel gewonnen.

«Wissen wir noch nicht.»

Der Glatzköpfige hatte die ganze Zeit über schweigend dagesessen. Jetzt rückte er seine Brille zurecht, er hatte etwas zu sagen.

«Wir wissen selbstverständlich, dass es keine Garantien gibt. Aber ich möchte trotzdem eine Antwort zu einer Sache haben.»

Er nickte vorsichtig. Der Glatzköpfige war derjenige unter ihnen, der Kontakte bei der Polizei hatte, und sie hatten allen Grund, seine Einwände ernst zu nehmen.

«Natürlich.»

«Ich gehe davon aus, dass du irgendeine Form der Aufsicht über die … ausführende Gruppe hast?»
Er nickte wieder.
«Alle drei werden überwacht.»
«Denn es kann ja die gleiche Sache passieren wie mit dem Dänen …»
«Ich weiß.»
«Es ist nicht leicht, wenn man dabei war, auch wenn es auf Befehl geschehen ist. Jemand ist dem Druck vielleicht nicht gewachsen.»
Er wusste nur zu gut, was der Mann meinte. Einer von den dreien konnte sehr wohl einen Zusammenbruch erleiden und zur Polizei gehen, um sein Gewissen zu erleichtern. Und vielleicht versuchen, eine Absprache zu erreichen, um dem Gefängnis zu entgehen. Aber das war ein Risiko, mit dem er gerechnet hatte.
«Deshalb brauche ich freie Hand, um einen Schritt weiter zu gehen, falls es notwendig wird.»
Der Blonde starrte ihn an, er war weiß im Gesicht und sah aus, als ob ihm übel war.
«Ihr sprecht doch nicht von weiteren … Hinrichtungen?»
Er machte sich nicht die Mühe zu antworten. Alles war sowieso entschieden, die beiden anderen waren mit allen notwendigen Maßnahmen einverstanden. Jetzt war es Zeit, zur Sache zu kommen, die Frage, derentwegen die Besprechung überhaupt einberufen worden war.
«Es handelt sich um eine Pastorin, die möglicherweise etwas erfahren hat, was sie nicht wissen darf.»

KAPITEL 22

Nichts unterschied Åstorp von anderen Kleinstädten in Skåne oder in ganz Schweden überhaupt. Die verschiedenen Haustypen waren in großen einförmigen Blocks wie Jahresringe um den alten Ortskern herum gebaut worden und spiegelten die verschiedenen Epochen von Eigenheimträumen wider.

Eva Ström konnte mühelos die wechselnden Baustile aus vier Jahrzehnten unterscheiden. Oder handelte es sich hier um die Ambitionen und Marotten von Stadtplanern?

Sie hatte die Nummer angerufen, die sie vom Zentralregister erhalten hatte, aber schon nach dem zweiten Klingeln hatte sie den Hörer aufgelegt. Was sie mit dem Mann aus dem Fahrstuhl zu besprechen hatte, war kein Thema für ein Telefonat. Außerdem war da so ein Gefühl, das ihr sagte, es sei besser, ihn zu überraschen, denn dann hatte er keine Chance, noch einmal zu verschwinden.

Aus einer Siedlung der späten Neunziger kam sie in ein Gebiet mit typischen Häusern aus den siebziger Jahren. Die sahen nicht ganz so einförmig aus, und die Obstbäume in den Gärten hatten seit langem eine stattliche Größe erreicht. Eine scharfe Biegung brachte sie in die richtige Straße, in der die geraden Hausnummern auf der gegenüberliegenden Straßenseite lagen.

Sie zählte rückwärts von 24 bis 12 und merkte, dass sie unruhiger wurde, je näher sie kam. Würde er immer noch mit ihr

sprechen wollen? Oder war etwas geschehen, was ihn bewogen hatte, sich anders zu entscheiden?
Vor der Garage war kein Auto zu sehen, aber das Tor war zu, und dahinter konnte sehr wohl ein schwarzer Citroën stehen. Sie hielt an und ging über die Straße. Was sie von dem Gespräch erwartete, konnte sie nicht sagen, nur dass sie etwas erfahren sollte, was mit Jörgen zu tun hatte. Vielleicht auch mit Ylva. Die Frage war allerdings, ob sie wirklich bereit war, sich anzuhören, was er mitzuteilen hatte. Sie spürte einen leicht ziehenden Schmerz in der Magengegend, als sie auf die Türklingel drückte.
Aber das entfernte Signal verklang, ohne dass jemand kam und die gepflegte Eichentür aufmachte. Sie versuchte es noch zweimal, jedoch mit dem gleichen Resultat.
Vielleicht war es doch nicht klug gewesen, hier unangemeldet aufzutauchen. Was sollte sie nun machen? Warten?
Zum vierten Mal drückte sie auf die Klingel. Danach drehte sie sich um und blickte entnervt zum Nachbarhaus hinüber. Sie stellte fest, dass sich hinter den Gardinen in einem Fenster etwas bewegte, aber niemand war zu sehen.
War es eine Überlegung wert, dort zu klingeln und die Leute drüben zu fragen, wo ihr Nachbar zu finden war? Ihr Gefühl sagte ihr, dass sie das besser bleiben lassen sollte. Nachdenklich betrachtete sie ihren Golf. Im Auto zu sitzen und zu warten war wohl auch keine Lösung, insbesondere wenn sie an den heimlichen Beobachter hinter der Gardine dachte.
Sie hatte sich gerade entschlossen, später wieder zurückzukommen, als sie ein unbestimmtes Geräusch hinter sich hörte. Ihr Puls schlug heftig, als sie sich hastig umdrehte.
«Habe ich Sie erschreckt?»

Die Frau mochte in den Sechzigern sein, vielleicht war sie auch schon älter. Sie hatte eine Harke in der Hand.
«Ich war auf der Rückseite des Hauses.»
Sie sagte das zur Erklärung, aber Eva Ström begriff nicht gleich, weshalb. Sie hatte sich kaum gefangen, als die Frau eine Hand vor den Mund legte und die Augen aufriss, als ob sie eine Spukgestalt gesehen hätte.
«Ist er tot?»
Eva verstand gar nichts mehr. Aber dann sah sie, dass die Frau ihr Kollar anstarrte. Das hatte sie für alle Fälle umgebunden.
Die Frau sprach im gleichen Atemzug weiter, offenbar hatte sie die ausgebliebene Antwort als Bestätigung genommen.
«Ist Birger tot? Ich habe doch noch vor einer Stunde mit ihm telefoniert.»
Dann ließ sie die Harke fallen und schlug beide Hände vors Gesicht. Jedenfalls schwieg sie so lange, dass Eva zu Wort kommen konnte.
«Ich weiß von keinem Verstorbenen. Ich suche Birger Karlsson.»
Die Frau nahm die Hände vom Gesicht und starrte sie wieder an. Sie blinzelte verständnislos.
«Birger liegt im Krankenhaus. Schon lange.»
Sie wies auf das Kollar.
«Ich habe geglaubt ...»
«Nein, nein, sicher nicht ...»
Sie wollte gerade sagen, dass sie gekommen war, um etwas Wichtiges mit dem Mann zu besprechen, aber da begriff sie, was die Frau gesagt hatte.
Wenn er längere Zeit im Krankenhaus gelegen hatte, wie konnte er dann einige Tage vorher an dem Wohltätigkeitsessen teilgenommen haben? Oder hatte sie einen falschen Na-

men vom Zentralregister bekommen? Vielleicht auch die falsche Autonummer von ihrem Vikar?

«Entschuldigung, aber haben Sie einen schwarzen Citroën?»

Die Frau schüttelte den Kopf.

«Den haben wir vor beinahe einem Monat verkauft, Birger meinte, es sei das Beste. Einer aus dem Krankenhaus kam und hat ihn abgeholt.»

Sie machte eine kurze Pause. Vielleicht meinte sie, das erklären zu müssen, denn sie fügte hinzu:

«Ich habe keinen Führerschein.»

Eva überlegte scharf. Wo war das Auto jetzt? Oder genauer gesagt, der Mann, der das Auto gekauft hatte.

«Vom Krankenhaus? Hier in der Stadt?»

Die Frau blickte sie fragend an, vielleicht gab es in Åstorp gar kein Krankenhaus. Jedenfalls hörte sie sich so an, als ob die Antwort eine Selbstverständlichkeit war.

«In Ängelholm.»

Eva überlegte. Es konnte nicht schwer sein, den Mann zu finden. Was sie nicht verstand, war, warum das Zentralregister ihr nicht dessen Namen genannt hatte.

«Sie können sich nicht daran erinnern, wie er heißt? Also der, der das Auto gekauft hat?»

Die Frau sah sie erstaunt an, ihr Blick blieb immer wieder an dem Kollar hängen.

«Ist das wichtig?»

Eva nickte. Sie musste sich beinahe anstrengen, um mit ruhiger Stimme zu antworten:

«Ja, das ist wichtig.»

Die Frau seufzte tief und wischte sich die Hände an den Seiten ihrer Arbeitsbluse ab. Die war grau und aus grobem Stoff, offensichtlich für die Arbeit im Garten gedacht.

«Ich hab mir den Namen aufgeschrieben. Kommen Sie mit.»
Sie ging um das Haus herum, und Eva folgte ihr durch einen dicht belaubten Garten. Eine überdachte Terrasse ragte wie eine Insel zwischen den mannshohen Büschen hervor. Die Frau trat auf den mit Klinkern gepflasterten Boden und ging auf die offene Terrassentür zu. In der Tür drehte sie sich um.
«Achten Sie auf die Stufe.»
Eva kam in eine gelb gestrichene Küche, in der ein langer Tisch aus massiver Kiefer fast den ganzen Raum einnahm. Sie blieb an der Schmalseite stehen, die Frau war bereits in einem der angrenzenden Zimmer verschwunden. Der Zettel musste jedoch schnell zu finden gewesen sein, denn schon nach einigen Sekunden war sie zurück und legte ihn auf den Tisch.
«Da steht der Name. Ich meine, er hätte gesagt, er sei Krankenschwester, aber da habe ich mich wohl verhört?»
Eva antwortete nicht. Sie hatte sich schon viel zu oft törichte Kommentare darüber anhören müssen, dass sie Pastorin und nicht Frau Pastor war. Stattdessen nahm sie das Formular vom Tisch und überflog es. Es war ein Mitteilung über den Eigentümerwechsel, und ganz oben war zu lesen, dass es vom Verkäufer auszufüllen und innerhalb von sieben Tagen nach dem Verkauf einzuschicken war. Das erklärte, warum das Register ihr den falschen Namen genannt hatte. Viel wichtiger war aber, dass der richtige Name mit voller Adresse klar und deutlich geschrieben auf dem Formular stand.
Sie durfte sich Papier und Stift ausleihen und schrieb ab, was sie brauchte, während die Frau sie sorgfältig beobachtete, so als ob sie sich ihr Aussehen genau einzuprägen versuchte. Vielleicht hatte sie zu viele Zeitungsartikel über Diebe gelesen, die sich mit verschiedensten Tricks bei allein stehenden Rentnern Zugang verschafften.

Als sie sich alles aufgeschrieben hatte, streckte sie die Hand aus und bedankte sich, aber die Stimme der Frau hörte sich jetzt wirklich argwöhnisch an.
«Wo sind Sie denn Pastorin?»
«In Barkåkra, in der Nähe von Ängelholm. Entschuldigen Sie, ich vergaß ganz, mich vorzustellen. Ich heiße Eva Ström und bin die Gemeindepastorin.»
Sie war sich nicht sicher, ob die Frau ihr das abnahm oder nicht. Auf dem Weg hinaus auf die Terrasse drehte sie sich in der Türöffnung noch einmal um und sagte:
«Schicken Sie das Formular möglichst bald ab. Das hätten Sie schon vor drei Wochen tun sollen.»
Sie konnte nicht hören, ob die Frau antwortete, sah aber, dass sie das Formular vom Tisch nahm und es anstarrte, als ob sie es zum ersten Mal in der Hand hätte.

Die Adresse lag in Vejbystrand, aber sie konnte sich nicht erinnern, den Namen des Mannes schon einmal gehört zu haben. Das war an sich nichts Ungewöhnliches. Das ehemalige Fischerdorf wuchs von Jahr zu Jahr, und es war ihr nicht möglich, alle Einwohner persönlich kennen zu lernen. Außerdem war es für die Leute schon lange keine Selbstverständlichkeit mehr, Mitglied in der schwedischen Staatskirche zu sein. Dass der Mann sie gefragt hatte, ob er bei ihr beichten könnte, bewies eigentlich, dass er nicht Mitglied einer Kirchengemeinde war. Zumindest nicht aktiv.
Der Besuch in Åstorp hatte zwar mehr als zwei Stunden in Anspruch genommen, aber das Kirchenbüro konnte gut noch etwas warten. Für einen Pastor gab es wichtigere Aufgaben, als Formulare auszufüllen.
Wenn man es genau nahm, hatte der Mann sich in seiner Not

an sie als Geistliche gewandt und war dann nicht zu dem verabredeten Gespräch erschienen. Es war ganz einfach ihre Pflicht, festzustellen, was da geschehen war. Selbst wenn nichts anderes dahinter steckte.

Irritiert stellte sie fest, dass sie dasaß und nach einer Erklärung für ihr eigenes Handeln suchte. Wem gegenüber musste sie sich verteidigen? Vor einem gelben Einfamilienhaus hielt sie an und empfand ein leichtes Kribbeln in der Magengegend, als sie den schwarzen Citroën im Carport stehen sah.

Daneben stand ein größerer Van, und erst als sie an der Haustür geklingelt hatte, entdeckte sie einen handgeschriebenen Zettel neben dem zweiten Klingelknopf. Die Frau, die ihr öffnete, war Mitte dreißig und blickte sie fragend an.

«Entschuldigen Sie, ich habe den falschen Knopf gedrückt. Ich möchte zu Lennart Jörlund.»

Das Gesicht der Frau war gleichermaßen erstaunt und unsicher. Eva fuhr sich automatisch mit der Hand an das Kollar, aber diesmal war es offenbar etwas anderes, weswegen die Frau sich wunderte.

«Der hat die Einliegerwohnung gemietet, aber ich habe ihn schon seit drei Tagen nicht mehr gesehen.»

Sie sprach ein korrektes Schwedisch, aber mit spanischem Akzent, alle H-Laute hörten sich wie ein stummes Räuspern an. Bevor Eva weiter fragen konnte, fuhr sie in der gleichen, ein wenig stockenden Sprachmelodie fort:

«Am besten fragen Sie im Krankenhaus. Er ist ja Krankenpfleger. Aber vielleicht …»

Sie brach abrupt ab und schob die Unterlippe vor, während sie gleichzeitig die Augenbrauen hob. Die Miene gab zu verstehen, dass alles Mögliche geschehen sein konnte. Eva hatte

das dunkle Gefühl, als ob sie etwas wusste, über das sie nicht sprechen wollte.
«Was vielleicht?»
Die Frau zuckte mit den Schultern.
«Ich weiß ja nichts. Die Polizei ist hier gewesen und hat seine Zimmer durchsucht, die haben aber nicht gesagt, warum.»
«Die Polizei?»
Wieder zuckte sie mit den Schultern. Dann zog sie die Haustür zu sich heran und wiederholte den Satz von vorhin.
«Am besten fragen Sie im Krankenhaus.»
Sie sagte nicht, in welchem Krankenhaus, in Vejbystrand gab es schließlich auch eins. Aber die Frau in Åstorp hatte ja vom Krankenhaus in Ängelholm gesprochen.
Auf dem Weg zurück nach Barkåkra versuchte Eva sich vorzustellen, was da passiert war, aber es fiel ihr nichts anderes ein, als dass die Polizei ihn festgenommen haben konnte. Warum hatte die Frau dann gesagt, sie solle an seinem Arbeitsplatz nach ihm fragen? Ihr ganzes Auftreten hatte den Anschein gehabt, als ob etwas unausgesprochen blieb, oder hatte sie sich das nur eingebildet?
Als sie mit dem Golf auf den Schotterplatz vor dem Pfarrhaus einbog, war sie immer noch nicht zu einem klaren Schluss gekommen. Ohne zu wissen, warum, scheute sie sich davor, ins Kirchenbüro zu gehen, stattdessen setzte sie sich an ihren privaten Schreibtisch und wählte die Nummer der Vermittlung im Krankenhaus.
Aber die Telefonistin konnte ihr keine Auskunft geben, und sie kannte auch Lennart Jörlunds Dienstplan nicht. Nicht mal der Personalchef konnte ihr sagen, ob er an seinem Arbeitsplatz war oder nicht. Oder er wollte nicht mit der Sprache heraus.

Eine Möglichkeit gab es noch. Vielleicht war das ja der berühmte Strohhalm.

«Kann ich mit dem Krankenhauspastor sprechen?»

Es klingelte zweimal, dann hörte sie die bekannte Stimme.

«Ulf Skoog.»

«Hier ist Eva Ström. Ich brauche deine Hilfe.»

«Wichtig?»

«Ich versuche einen gewissen Lennart Jörlund zu erreichen, der bei euch arbeitet, aber niemand will mir sagen, wo er ist.»

Es wurde still im Hörer. Beinahe fünf Sekunden lang.

«Der ist tot, wusstest du das nicht?»

«Tot?»

«Er hat sich vor drei Tagen das Leben genommen. Er sprang von einer Autobahnbrücke, direkt vor einen Fernlaster.»

KAPITEL 23

Mit dem Hörer in der Hand blieb sie sitzen, obwohl das Gespräch längst unterbrochen war. Sie konnte sich nicht entschließen aufzulegen und auch nicht, jemand anderen anzurufen, obwohl sie das jetzt am liebsten getan hätte.

Ihre erste Reaktion war Enttäuschung darüber gewesen, dass ihre Suche so kurz vor dem Ziel gescheitert war. Das war nicht gerade das angemessene Gefühl, insbesondere nicht für eine Pastorin. Aber noch schlimmer war, dass daraus eine absolut unpassende Wut geworden war. Sie war ganz einfach rasend wütend auf diesen Lennart Jörlund, weil er sich das Leben genommen hatte.

Sie warf den Hörer auf die Gabel und starrte mit leeren Augen aus dem Fenster. Der Nachmittagsverkehr hatte eingesetzt, und auf der Landstraße fuhren die Autos in dichter Folge vorbei. Erst als ein großer Fernlaster die Schlange unterbrach, weil er links nach Vejbystrand abbiegen wollte, erwachte sie aus ihrer Apathie. So einer musste es gewesen sein, vor den er sich geworfen hatte.

Woran hatte er gedacht, als er auf der Brücke stand und auf den richtigen Augenblick und das richtige Auto wartete?

Einen Laster, der groß genug war, um ihn sicher zu zermalmen, und der so schnell herankam, dass er nicht mehr rechtzeitig anhalten konnte.

An seine Schuldgefühle, die er hatte loswerden wollen?

Egal, worum es da ging. Sie war sich klar darüber, dass sie das nie erfahren würde. Aber sie sah auch ein, dass ihre Wut nicht nur daher rührte, dass sie so kurz vor dem Ziel ins Nichts gelaufen war. Wenn alles zusammenkam, drehte es sich ja um Ylva, ihretwegen war sie hinter Lennart Jörlund her gewesen, aus keinem anderen Grund.

Dieser Gedanke ließ sie etwas ruhiger werden. Jedenfalls so weit, dass sie sich zusammenreißen und in das Kirchenbüro gehen konnte. Sonja sah aus, als ob sie nur dagesessen und darauf gewartet hatte, dass sie zur Tür hereinkam. Eifrig fuhr sie aus ihrem Stuhl hoch.

«Er ist heute wieder hier gewesen. Also draußen.»

Eva war immer noch nicht richtig zu sich gekommen. Sie hörte die Worte, verstand aber nicht, was sie bedeuteten.

«Wer?»

«Der Mann, der neulich schon mal hier war.»

Einen Moment wurde ihr schwindelig, so als ob ihre Angestellte gerade die Naturgesetze aufgehoben hätte.

«Der mit dem schwarzen Auto?»

Sonja blickte sie erstaunt an und schüttelte den Kopf.

«Nein, der nicht. Der andere.»

Sie schielte hinüber zu dem Vikar und senkte die Stimme, ehe sie fortfuhr:

«Der, den Sie anzeigen wollten.»

Jetzt fiel der Groschen, aber das machte sie nicht froh. Instinktiv blickte sie zum Fenster hinüber. Das hatte gerade noch gefehlt.

«Ist er noch da?»

Sonja schüttelte wieder mit dem Kopf.

«Nein, er war heute früh hier. Als Sie unterwegs waren.»

«Was wollte er? War er hier drin?»

Sonja blickte sie unglücklich an. Sie rieb sich nervös die Hän-

de, es schien, als ob sie nicht wusste, welche der Fragen sie zuerst beantworten sollte.
«Nein, er ging nur da draußen umher. Er hat nichts gesagt, aber er ist einmal herangekommen und hat durch die Scheibe geguckt.»
Sie sah erleichtert aus, als sie das losgeworden war, offenbar hatte sie an einer schweren Bürde zu tragen gehabt. Sie hörte sich jedenfalls bedeutend ruhiger an, als sie hinzufügte:
«Als wir zum Essen gegangen sind, habe ich zugeschlossen.»
Eva legte ihr die Hand auf die Schulter. Die fühlte sich derb und kräftig an, trotz ihrer ängstlichen Art.
«Gut gemacht.»
Sie nickte dem Vikar zu und ging in ihr Büro. Die Wut hatte sich gelegt, an ihre Stelle war ein ebenso intensives Schuldgefühl getreten. Vielleicht hätte sie Lennart Jörlund daran hindern können, Selbstmord zu begehen? Wenn sie nur nicht so misstrauisch und langsam gewesen wäre. Sie hätte ihn schon vor einigen Tagen ausfindig machen können, wenn sie sich angestrengt hätte, er hatte ja wirklich nur einige Autominuten vom Pfarrhaus entfernt gewohnt. Und er war zweimal in der Kirche gewesen, ohne dass sie sich die Mühe gemacht hatte, ihn anzusprechen.
Sie setzte sich an den Schreibtisch und schaltete den Computer ein. Erfolglos versuchte sie, sich auf den Text auf dem Bildschirm zu konzentrieren. Ein anderer Gedanke beschäftigte sie. Wem gegenüber war sie jetzt zum Schweigen verpflichtet, nachdem Lennart Jörlund tot war?
Eigentlich hatte er es ja gar nicht geschafft, ihr etwas zu erzählen, und wenn man es genau nahm, konnte es nicht der Schweigepflicht unterliegen, dass er die Absicht gehabt hat-

te. Oder doch? Wenn sie den Mann richtig verstanden hatte, so hatte er sich das Leben genommen, als direkte Folge der Angelegenheit, in die er verstrickt war, die Sache, die er selbst als seine Schuld bezeichnet hatte. Dann würde es doch in seinem Sinne sein, der Polizei zu sagen, was er angedeutet hatte, und dadurch dazu beizutragen, den Fall aufzuklären. Egal, worum es sich handelte.

Sie blickte wieder aus dem Fenster. Der Verkehr war weniger geworden, jedenfalls sah sie keine Fernlaster mehr. Aber sie konnte nicht entscheiden, ob ihr Gedankengang ethisch richtig war oder nicht. Vielleicht war sie nur dabei, ihr eigenes Gewissen zu beruhigen?

Jedenfalls konnte sie nur gewinnen, wenn sie alles weitergab, was sie wusste. Vielleicht versuchte sie sich nur darum zu drücken, was Åke den Moment zweiundzwanzig genannt hatte, indem sie den Selbstmord des Mannes für ihre eigenen Zwecke nutzte?

Bei ihrer Selbstprüfung kam sie nicht weiter. Sie schlug im Terminkalender nach, obwohl sie sehr gut wusste, dass bis dahin noch mehrere Tage hin waren. Doch dann hob sie den Hörer ab und wählte Åkes Nummer. Er meldete sich nach dem zweiten Klingeln, und offensichtlich hörte er sofort, wie ihr zumute war.

«Du kannst gern jetzt gleich herkommen, wenn du willst.»

Sie zögerte einige Sekunden. Aus irgendeinem Grund mochte sie heute nicht mehr nach Båstad fahren, vielleicht weil sie an diesem Tag schon genug im Auto gesessen hatte.

«Ich habe nur eine Frage zur Ethik. Über die Schweigepflicht.»

Sie trug ihm ihr Problem und ihre Überlegungen vor und hörte, wie es raschelte, als er sich eine Zigarette ansteckte. Es

wurde eine lange Pause, eine halbe Minute musste vergangen sein, dann kam die Stimme wieder.
«Ich finde, du hast Recht. Du kannst es weitergeben. Wir beide werden dann zu Jesuiten.»
Ein Stein fiel ihr vom Herzen, und das sagte sie ihm. Aber sie spürte trotzdem, dass er sich nicht ganz froh anhörte, als er das Gespräch beendete. Sofern sie sich das nicht nur einbildete.

Sollte sie Arne Bergman gleich anrufen? Oder war es besser, wenn sie direkt ins Polizeihaus fuhr?
Sie hatte jedenfalls keine Lust, bis zum nächsten Tag zu warten; je eher sie der Polizei mitteilen konnte, was sie wusste, umso besser. Wenn sie sich dabei gleichzeitig von einem Verdacht, technisch oder sonst wie, befreite, konnte das nicht schaden.
Sie kaute eine Weile an ihrem Zeigefingernagel, bevor sie sich für einen Kompromiss entschied. Aus dem Telefonbuch suchte sie sich die Nummer der Polizei heraus. Mindestens neunmal klingelte es, dann hörte sie eine Männerstimme.
«Polizei. Bitte warten Sie.»
Es dauerte lange, bis die Stimme zurückkam. Sicherheitshalber beeilte sie sich, bevor sie wieder verschwand:
«Ich möchte wissen, ob Arne Bergman heute im Dienst ist.»
«Wer?»
«Arne Bergman. Ich weiß nicht, welchen Dienstgrad er hat, aber er gehört wohl zur Kriminalpolizei.»
«Tut mir Leid, so jemanden haben wir hier nicht.»
«Ist dort nicht die Polizei in Ängelholm?»
Man hörte einen Seufzer, so etwas war wohl schon öfter vorgekommen.

«Hier ist die Polizei in Helsingborg, nach vier Uhr werden die Gespräche automatisch hierher umgeleitet. Aber ich kann es mal bei seiner Durchwahl versuchen.»
Sie hörte, wie Papier raschelte, vielleicht eine Telefonliste oder ein Personalverzeichnis. Aber sie wartete nicht.
«Danke, lassen Sie nur.»
Sie legte den Hörer auf, ehe er verbinden konnte. Gerade hatte sie sich erspart, nach Båstad zu fahren, jetzt war sie doch wieder gezwungen, sich ins Auto zu setzen. Auf gut Glück noch dazu. Sie hörte, wie die Tür hinter Sonja und dem Vikar zuschlug. Wenn es schon nach vier war, konnte es gut sein, dass Arne Bergman auch schon Feierabend gemacht hatte. Sofern Kriminalpolizisten nicht ganz andere Arbeitszeiten hatten.

Die hatten sie zum Glück. Sie hatte nicht viel mehr als fünfzehn Minuten bis zu dem aluminiumgrauen Polizeigebäude am Klippanvägen gebraucht. Dann hatte es etwa genauso lange gedauert, bis sie eine kafkaeske Prozedur am Türtelefon, das auch nach Helsingborg geschaltet war, überstanden hatte. Und schließlich war sie gezwungen gewesen, eine weitere Ewigkeit zu warten, bis es Arne Bergman höchstselbst gefiel, herunterzukommen und sie hereinzulassen. Mit der in seiner kurz angebundenen Brummigkeit beinahe einstudiert wirkenden Begrüßung:
«Was wollen Sie?»
Sie wusste nicht, was sie darauf antworten sollte. Erstaunlich genug, wechselte er den Tonfall, als er ihre Miene sah.
«Wir können uns in meinem Büro unterhalten.»
Sie folgte ihm hinüber zum Lift, vielleicht erinnerte er sich an das kranke Knie. Im seinem Büro bat er sie einen Moment

zu warten, während er einen dicken Stapel mit Unterlagen von dem einzigen einigermaßen erreichbaren Stuhl nahm. Die Kaffeemaschine stand immer noch auf dem Fensterbrett, verbreitete aber zum Glück nicht mehr den gleichen Geruch. Sei es nun, weil sie ausgeschaltet worden war oder ganz ihren Geist aufgegeben hatte.

«Was wollten Sie denn nun?»

Eva setzte sich auf den Stuhl, es war der gleiche wie beim letzten Mal. Bergman hörte konzentriert zu, er unterbrach sie nicht. Sie stockte fast, als sie merkte, wie reglos seine blauen Augen waren, beinahe so, als ob er niemals zu blinzeln brauchte.

«Es gelang ihm also nicht mehr, Ihnen zu sagen, worum es ging?»

Sie schüttelte den Kopf.

«Er sah wohl nur den Tod als letzten Ausweg.»

Er starrte sie misstrauisch an. Einen Augenblick lang hatte sie den Eindruck, als ob er ihr nicht glaubte.

«Warum haben Sie nicht eher was gesagt, verdammt nochmal?»

«Ich bin Pastorin. Ich war zum Schweigen verpflichtet.»

Er antwortete nicht, vielleicht hatte er vergessen, dass er versucht hatte, sie zum Bruch der Schweigepflicht zu veranlassen, als sie das letzte Mal hier war.

«Jetzt haben Sie jedenfalls eine zusätzliche Information zu verarbeiten.»

Auch das schien an ihm abzugleiten. Vergaß er denn alles, was er so von sich gab? Plötzlich hatte sie einen Einfall.

«Übrigens kann ich den Dänen nicht umgebracht haben, jedenfalls nicht allein. Man kann keinem Menschen eine Plastikröhre in den Hals stecken, wenn nicht ein anderer ihn da-

bei festhält. Machen Sie sich eine Notiz darüber für das Verhör.»
Er strich sich über das Kinn und sah verlegen aus.
«Das Verhör findet nicht statt, haben wir vergessen, Ihnen das mitzuteilen?»
Sie starrte ihn an. Meinte er das ernst?
«Wann haben Sie das beschlossen?»
Er machte eine vage Geste. Aber er hatte zumindest so viel Anstand, dass er so aussah, als ob er um Entschuldigung bat.
«Der Mann, mit dem Sie gesprochen haben, hatte eine weiche Plastikröhre in der Tasche. Und er war Krankenpfleger.»
Vor drei Tagen hatte er sich das Leben genommen. So lange hatten sie es gewusst. Aber sie war viel zu benommen, um sich deswegen zu beschweren.
«Hat er den Dänen umgebracht?»
Bergman strich sich wieder über das Kinn. Er murmelte leise vor sich hin: «Das Ding ist ihm untergeschoben worden. Aber das spielt keine Rolle, damit haben wir trotzdem die Verbindung zwischen ihnen. Allerdings vielleicht nicht so, wie sie sich das vorgestellt haben.»
«Untergeschoben?»
Er blickte sie an, schien zu überlegen, ob er antworten sollte oder nicht. Sie konnte sich daran erinnern, dass er das schon einmal getan hatte. Offenbar kam er zu dem gleichen Ergebnis.
«Ein Bauer hatte da draußen in seiner Mähmaschine eine Thermoskanne vergessen. Es war schon dunkel, als er hinging, um sie zu holen, trotzdem sah er aber, dass oben auf der Brücke neben dem Acker drei Personen standen. Das war nur wenige Minuten, bevor der Fernlaster kam.»

«Und bevor er sprang?»
«Er sprang nicht. Die beiden anderen warfen ihn hinunter.»

Sie saßen beide minutenlang schweigend da. Jetzt wusste sie jedenfalls, warum der Mann nicht in die Kirche gekommen war. Arne Bergman blickte sie mit einer Falte auf der Stirn an, plötzlich herrschte eine andere Stimmung in dem unaufgeräumten Zimmer. Er merkte das offensichtlich auch, denn er wich verlegen ihrem Blick aus.
Er suchte nach Worten, aber es fiel ihm nichts ein. Sie konnte immer noch nicht begreifen, was an ihm so anziehend war.
Vielleicht las er das in ihren Augen. Er räusperte sich hilflos, oder hatte das einen anderen Grund?
«Wie war das mit den Privatlektionen? Ich muss die Prüfung morgen wiederholen.»
Hatte er das wörtlich genommen? Sie wusste nicht, was sie antworten sollte. Aber klar.
Sie richtete sich im Stuhl auf und versuchte so sachlich wie möglich zu klingen. Wenn es ein Ablenkungsmanöver war, warum nicht.
«Wie halten Sie die Waffe?»
«Wie alle anderen. Mit zwei Händen.»
«Mit zweien?»
«Die hat einen heftigen Rückschlag.»
«Zeigen Sie mal.»
Er zögerte, dann schnitt er eine Grimasse und streckte beide Arme vor sich aus. Das sah sehr seltsam aus.
«Sie müssten mal aufstehen.»
Er blickte sie an, als ob er fand, dass das Ganze langsam zu weit ging.

«Holen Sie die Waffe raus und zeigen Sie's mal.»

Er zuckte mit den Schultern und streckte sich zu einer Schreibtischschublade aus. Die zog er auf und nahm eine blauschwarze Pistole heraus. Es war eine schwere Sig Sauer.

«So!»

Er umfasste den Kolben mit beiden Händen und hielt die Waffe gerade vor sich. Sie konnte sich ein Lachen nicht verkneifen, denn er sah aus wie ein amerikanischer Cop im Fernsehen.

Dann stand sie von ihrem Stuhl auf und ging zu ihm hin.

«Versuchen Sie's mal so.»

Sie zeigte ihm die korrekte Schützenstellung: die Seite zum Ziel gewandt und einen Arm lang ausgestreckt, die Beine breit auseinander.

«Schwerpunkt auf dem hinteren Bein.»

Er tat, wie sie sagte, aber der Lauf der schweren Pistole zitterte wie ein Blatt im Wind. Sie stellte sich dicht neben ihn und legte die Hand auf seinen Arm. Unter dem dünnen Oberhemd konnte sie die angespannten Muskeln fühlen.

«Nicht die Muskeln benutzen, der Arm soll nur in den Sehnen und Bändern hängen.»

Sie korrigierte seinen Arm und spürte, wie er sich entspannte, der Lauf der Pistole hörte auf zu zittern. Aber die Ziellinie sah nicht richtig aus.

Sie legte den anderen Arm um seinen Hals und führte den Kopf vorsichtig in die richtige Position. Das war einem Streicheln so nahe, dass sie sich zusammenreißen musste.

«Genau so.»

Sie selbst fand, dass ihre Stimme unnatürlich klang, aber er schien das nicht zu bemerken. Sicherheitshalber sah sie ihm in die Augen. Glänzten ihre ebenso?

«Dann kommt es darauf an, den Druckpunkt zu fühlen und schön weich abzuziehen.»
Sie stand immer noch mit einer Hand auf seinem Arm und der anderen auf seinem Genick ausgestreckt da. Ihr Körper war seinem so nahe, dass sie sich beinahe streiften. Sie entdeckte den Ring an seinem Finger, aber es half nichts, sie fühlte, dass sie es nicht würde bleiben lassen können. Wenn sie nicht an etwas anderes dachte.
Sie holte tief Luft und zwang sich, den Kopf wegzudrehen. Das unaufgeräumte Büro brachte sie zur Vernunft, und sie sah das Absurde der Situation: ein Polizist mit gezogener Waffe in der Hand zwischen all den Aktenbergen und eine Pastorin, die eifrig versuchte, ihn zu verführen. Denn so war es doch?
Sie trat einen Schritt zurück und nahm die Hände herunter.
«Ganz ausatmen und den Atem anhalten, wenn man zielt.»
Er nickte. Hatte er überhaupt etwas gemerkt?
«Wie kommt es, dass Sie das alles beherrschen?»
«Schwedische Juniorenmeisterin einundachtzig.»
«Donnerwetter.»
«Und zweiundachtzig.»
Er sagte nichts mehr. Stand da und hob und senkte den Arm mit der schweren Pistole zweimal. Dann murmelte er wieder vor sich hin.
«Ist ja toll.»
Das hörte sich so an, als ob er auf etwas anderes anspielte als die Übung selbst, aber sicher war sie sich nicht. Er ging zum Schreibtisch zurück und verstaute die Waffe. Dann blickte er ihr in die Augen, sie glänzten nicht mehr so wie eben, aber war da nicht etwas anderes, was sie vorher nicht an ihm bemerkt hatte?

Vielleicht war es nur Einbildung. Er schien seine mufflige Art jedenfalls nicht abgelegt zu haben, denn er nahm ein paar Schnellhefter und fragte ohne Vorwarnung:

«Finden Sie zum Fahrstuhl?»

Das tat sie, aber fast hätte sie mit Nein geantwortet, nur um seine Reaktion zu sehen.

«Es findet also keine Vernehmung statt? Am Siebten, meine ich?»

Darauf hatte er bereits geantwortet, aber sicherheitshalber wollte sie es noch einmal hören.

«Nein, kein Verhör am Siebten.»

Der ironische Tonfall ließ sie erröten, jedenfalls kam es ihr so vor. Hastig stand sie auf und machte sich auf den Weg zum Fahrstuhl, aber in der Türöffnung hörte sie seine Stimme hinter sich:

«Wir sehen uns doch gelegentlich?»

Sie war sich nicht sicher, ob das eine Frage war oder nicht, und jetzt war es zu spät, sie konnte sich nicht mehr umdrehen und sich vergewissern. Sie trat in den Fahrstuhl und drückte die Taste, aber in der Eingangshalle musste sie feststellen, dass die Außentür mit einem Codeschloss versehen war. Und die Rezeption lag leer und dunkel hinter der kugelsicheren Glasscheibe.

Sie blieb stehen und wusste nicht, was sie jetzt tun sollte. Gerade als sie einsah, dass es keine andere Möglichkeit gab, als wieder mit dem Fahrstuhl hinaufzufahren, hörte sie, wie er sich in Bewegung setzte. Sie blieb stehen und wartete. Als Erstes sah sie seine Schuhe und die dunkelblaue Hose, die hinter der schmalen Fahrstuhltür zum Vorschein kamen.

Er hatte eins seiner Aktenbündel in der Hand und sah sie erstaunt an. Dann schien ihm ein Licht aufzugehen.

«Ach ja, klar.»
Er ging zur Tür und drückte einige Ziffern. Man hörte einen Klick im Schloss. Zumindest hielt er ihr die Tür auf. Und tatsächlich gelang ihm auch ein Lächeln.
«Viel um die Ohren.»
Sie lächelte zurück, als sie in der engen Tür an ihm vorbeikam. Einen Augenblick lang spürte sie wieder die körperliche Nähe, aber sie machte sich nichts vor. Als sich die Tür hinter ihr schloss, sah sie aus den Augenwinkeln, dass er immer noch im Foyer stand und ihr nachblickte.
Erst als sie schon auf dem Klippanvägen war, überlegte sie, was er eigentlich gemeint hatte. Aber sie schlug sich auch diesen Gedanken aus dem Kopf, sie hatte nicht die Absicht, jetzt damit anzufangen, Zeichen zu deuten oder Stimmlagen zu interpretieren. War er nicht interessiert, dann war das eben so.
Sie setzte sich in den Golf. Und bedauerte sofort, dass sie mit ihm nicht über Ylva gesprochen hatte, als die Chance dazu gewesen war. Aber irgendetwas an seiner kurz angebundenen Art hatte sie gehindert. Oder war es etwas anderes gewesen? Wie dem auch sei, sie hatte immer noch keine konkreten Anhaltspunkte vorzuweisen. Daran konnte auch der Tod Lennart Jörlunds nichts ändern.

KAPITEL 24

August 2001

Er lehnte sich vor und stellte das Autoradio ab. Die still stehende Fahrzeugschlange machte ihn ungeduldig. Oder war es die laute klassische Musik, die ihn daran hinderte, Ordnung in seine Gedanken zu bekommen?
Der Däne hatte sie gezwungen, drastische Maßnahmen zu ergreifen. Sie hatten sich alle Mühe gegeben, ihm entgegenzukommen, aber seine Forderungen waren unangemessen gewesen. Ebenso seine Drohungen.
Das war die eine Sache. Mikkelsen war ein Schwachpunkt im Netz gewesen, durch seine Verbindungen hatte er sich viel zu viele Informationen über die Mitverschworenen und ihre Rangstufen verschafft. Er hatte den Jungen nicht umgebracht, aber sein Hintergrund hatte ihn verletzlich gemacht und damit auch sie alle.
Nicht mal er selbst wusste alles. Das tat niemand, das war ja gerade das Geniale. Die Loyalität war ausgezeichnet, aber die Erfahrung zeigte, dass sie eine Tendenz hatte, unter Druck zu zerbrechen. Wer nichts wusste, konnte auch nichts verraten.
Er stellte sich das Netzwerk als eine organische Einheit vor, bei der die einzelnen Zellen jede für sich wuchsen und lebten, jedoch von einer Art Generalplan gesteuert wurden. Irgendwie erinnerte das an eine DNA-Kette oder das kunstvolle autonome Nervensystem im Körper eines Menschen.
Nüchtern betrachtet, konnte man den Pakt natürlich auch als Interessenorganisation bezeichnen, aber er wusste, dass er

mehr als das war. Es handelte sich um eine Widerstandsgruppe gegen die beschränkten und bigotten moralischen Vorstellungen dieser Zeit. Ein Freiraum für jene, die ebenso wie er selbst außerhalb des Normsystems der Gesellschaft standen. Oder, wie er es vorzugsweise sah, die darüber standen.

Seine Aufgabe war es, den Freiraum zu verteidigen, und das tat er mit allen Mitteln. Dabei war es wichtig, die Grenzen nicht zu überschreiten, denn immer gab es jemanden, der einen Ausschluss herbeiführen konnte.

Oder vielleicht noch Schlimmeres. Es stand sehr viel auf dem Spiel, dachte man an die Karrieren oder sozialen Katastrophen. Er wusste nicht genau, wie viele sie waren, aber das Netz war weit verzweigt. Es ging quer durch die Gesellschaft, es war in allen sozialen Schichten vertreten, in Schulen, bei der Polizei, in der Wirtschaft.

So gesehen, war die Eliminierung des Dänen richtig gewesen. Aber damit hatte etwas begonnen, das eine Art Dominoeffekt zu entwickeln schien. Nach dem Dänen der Krankenpfleger. Danach die Pastorin. Und dann?

Er befürchtete, dass sie da etwas in Gang gesetzt hatten, über das sie schnell die Kontrolle verlieren konnten. Sofern das nicht schon der Fall war.

Unwillkürlich fiel ihm die Hydra der Antike ein, der immer zwei Köpfe wuchsen, wo einer abgeschlagen worden war. Der Einsatz war bereits so groß geworden, dass man nicht mehr zurückkonnte: Zwei Morde gingen schon auf ihr Konto.

Und dann der Junge. Dessen Tod hatte alles ausgelöst. Immer noch hatten sie keine Ahnung, wer das Kind umgebracht hatte. Das musste durchaus nicht jemand aus dem Netzwerk gewesen sein, aber so oder so musste der Täter gefunden werden. Derartiges durfte nicht noch einmal geschehen, Aufmerksamkeit dieser Art war das Letzte, was sie brauchen konnten. Die gesellschaftlichen Repressalien setzten sie so schon genug unter Druck.

Die Fahrzeugschlange begann sich langsam zu bewegen, und er nahm den Fuß von der Bremse, sein Wagen mit Automatikgetriebe rollte im Schritttempo vorwärts. Aber die Freude war kurz, die Schlange hielt nach wenigen Metern schon wieder. Vielleicht war weiter vorn ein Unfall passiert?

Er stellte das Autoradio wieder an, die Musik war weicher und harmonischer geworden. Ein ruhiges Klavierstück, es konnte Mendelssohn sein.

Seine Gedanken folgten den langsam schwebenden Tönen. Aber die Zweifel, die ihm gekommen waren, konnte er damit nicht wegschieben. Die drei, die die Liquidation von Mikkelsen durchgeführt hatten, waren überwacht worden, und er selbst hatte sich persönlich davon überzeugt, dass Jörlund dem Druck nicht standgehalten hatte.

In der Kantine des Krankenhauses hatte er sich diskret neben ihn gesetzt und deutlich alle Symptome eines bevorstehenden Zusammenbruchs gespürt. Als der Beobachter danach von seinem plötzlichen Interesse für Kirchenbesuche berichtet hatte, musste man nur zwei und zwei zusammenzählen. Dazu brauchte man kein Psychiater zu sein.

Jörlund war es gewesen, der die eigentliche Intubation durchgeführt hatte, daher bekam er das Plastikröhrchen auch mit auf seine letzte Reise. Über seine Quelle im Polizeihaus hatte er erfahren, dass der Pathologe ihren Trick durchschaut hatte. Das war sowohl geschickt als auch professionell, musste er zugeben. Jedenfalls mehr, als er erwartet hatte.

Den beiden anderen hatte er zu verstehen gegeben, dass Jör-

lund drauf und dran war, sie anzuzeigen, das machte es für sie leichter, ihm beim Sprung von der Brücke zu helfen.
Er hatte eigentlich keine Bedenken, dass die zwei ebensolche Gewissensbisse haben würden, die waren aus anderem Holz geschnitzt. In der Sprechstunde würde er ihnen vermutlich ein psychopathologisches Borderlinesyndrom bescheinigen. Bei ihnen bestand ein anderes Risiko: Deren Gefühlsdefekte konnten eher dazu führen, dass sie wie der Däne reagierten. Von jemandem, dem das Einfühlungsvermögen fehlt, kann man keine Loyalität erwarten, dagegen die hoch entwickelte Fähigkeit, seine eigene Haut zu retten. Einen besonderen Hang zum Verrat, wenn man so wollte.
Mit diesem Faktor musste er jedenfalls rechnen, blieb nur die Frage, ob das weitere Eingriffe erforderlich machte. Und was mit demjenigen zu tun war, der sich dieser Sache annahm.
Wieder sah er die Hydra vor sich, und er begriff, dass er eine Sache nach der anderen in Angriff nehmen musste, wenn er weiterhin effektiv und rationell agieren wollte. Die erste Aufgabe war zweifellos, wie mit der Pastorin zu verfahren war. Oder mit den Pastoren. Der letzte Bericht hatte von einem über eine Stunde lang dauernden Besuch bei einem Kollegen in Båstad gesprochen. Das brauchte nichts zu bedeuten, Pastoren waren auch Menschen, und beide lebten, so lautete die Information, allein. Außerdem wusste er von der Schweigepflicht der Pastoren und glaubte zu wissen, dass die wesentlich ernster genommen wurde als bei den Ärzten.
Aber ihm war auch bekannt, dass ein Pastor ebenso wie ein Therapeut seinen eigenen Seelsorger hatte. Was in solchen Situationen alles zur Sprache kam, war ihm bestens vertraut.
Er blickte mit einer kummervollen Falte auf der Stirn durch die Scheibe, die Aussicht war die gleiche wie vorhin, die

Schlange hatte sich nicht bewegt. Er saß, wo er saß. Bildlich gesehen außerdem zwischen Skylla und Charybdis: Wenn er verhindern wollte, dass die Spirale der Gewalt sich verselbständigte, musste er ihr ein Ende setzen, ehe es zu spät war. Und wenn er das Risiko der Aufdeckung des Netzwerkes aus der Welt schaffen wollte, musste er andererseits dafür sorgen, dass etwas gegen die Pastoren unternommen wurde, ehe die beiden ihr Wissen weitergaben.
Er hatte stets nach dem Prinzip gelebt, die Sicherheit der Unsicherheit vorzuziehen. Wenn er sich jetzt nicht anders entschied, und dafür gab es keinen Grund, hatte er keine Wahl. Dann war die zweite Alternative die einzig sinnvolle.
Plötzlich stellte er eine Veränderung um sich herum fest, es dauerte einige Sekunden, ehe er merkte, dass die Autoschlange sich rührte, und im gleichen Moment kam ihm eine Idee. Eine Idee für einen Unfall. Aber vorher musste er seine Informationen über die Pastorin in Barkåkra vervollständigen.

KAPITEL 25

Eva Ström saß immer noch in ihrem Auto auf dem Parkplatz vor dem Polizeigebäude. Oder genauer gesagt, sie blieb sitzen und konnte sich nicht entschließen loszufahren.

Das Nachdenken hatte sie eingeholt, ebenso die Vorwürfe, die sie sich machte. Was war da drinnen eigentlich in sie gefahren?

Blamiert hatte sie sich auch früher, das wussten die Götter. Aber so etwas war ihr wirklich noch nicht passiert. Verheiratet war er außerdem. Sie hatte zwar schon davon gehört, dass psychische Schockzustände unkontrollierte Gefühle für irgendetwas ganz anderes auslösen konnten, aber so schockiert war sie nun doch nicht gewesen, dass Lennart Jörlund nicht Selbstmord begangen hatte, sondern vor einen Fernlaster geworfen worden war.

Sie konnte nur hoffen, dass sie in Bergmans Verhalten zu viel hineininterpretiert hatte und dass er tatsächlich nicht gemerkt hatte, wie es um sie stand. Aber mittlerweile hatte sie auch erfahren, dass er sensibler auf die Gefühle anderer Menschen reagierte, als sein hemdsärmeliges Benehmen vermuten ließ.

Wenn sie sich doch nur zusammengerissen, sich an ihren Plan gehalten und ihm von ihrem Verdacht Ylva betreffend erzählt hätte, egal, ob es sich dabei nun um Fakten oder Befürchtungen handelte. Jetzt hatte sie in doppelter Hinsicht verspielt, jedenfalls konnte sie vorerst nicht noch einmal zu ihm gehen.

Sie warf einen Blick zurück auf das Polizeigebäude. Die graue

Aluminiumfassade sah vermutlich ganz bewusst ungastlich aus, aber sie entdeckte eine Bewegung in einem der Fenster. Ob das Bergman war oder nicht, konnte sie nicht feststellen, vielleicht stellte er seine übel riechende Kaffeemaschine an? Sofern die nicht nur dazu gedacht war, Besucher von allzu langen Gesprächen abzuhalten.
Plötzlich ging ihr auf, dass er ja sehen konnte, dass sie im Auto sitzen blieb. Glaubte er vielleicht, sie würde auf ihn warten?
Eilig drehte sie den Zündschlüssel um. Erst als sie auf dem Klippanvägen war, fiel ihr ein, dass sie gar nicht wusste, wohin sie fahren wollte. Sie fühlte sich viel zu unruhig, um nach Hause zu fahren und sich in das Pfarrhaus zu setzen. Oder besser gesagt, viel zu reumütig.
Sie musste sich in Gedanken mit etwas anderem beschäftigen. Ohne besonderes Ziel bog sie nach links ab, in Richtung Innenstadt. Wenn das Knie nicht so wehgetan hätte, wäre sie joggen gegangen, das half meistens. Aber dann fiel ihr ein, was beim letzten Mal dabei herausgekommen war.
Vielleicht sollte sie ins Kino gehen? Aber ihr fiel niemand ein, mit dem sie sich so kurzfristig verabreden konnte. Bis auf Lise.
Sie bremste beim Stadtpark und fand erstaunlicherweise den gleichen freien Parkplatz wie beim letzten Mal, direkt vor dem Telefonladen. Das Telefonhäuschen war umringt von ein paar Jugendlichen, die intensiv damit beschäftigt zu sein schienen, nichts zu tun zu haben. Wie durch ein Wunder war das Telefon heil. Sie zog die Brieftasche heraus, aber trotz intensiver Suche konnte sie keine Telefonkarte finden.
Ob ihr jemand möglicherweise eine Karte leihen könnte? Selbstverständlich gegen Bezahlung. Die Jugendlichen blick-

ten sie an, als ob sie etwas Ehrenrühriges gesagt hätte. Dann hörte sie eine Mädchenstimme:
«Wir haben Handys.»
Das klang so, als ob das Mädchen ihr gleichzeitig klar machen wollte, dass sie und ihre Freunde auf einer bestimmten sozialen Stufe standen, was wohl auch der Fall war.
Eva seufzte tief und ließ die Tür des Telefonhäuschens hinter sich zufallen. Sie war nur wenige Schritte gegangen, als sie merkte, dass jemand sie einholte.
«Sie können meins leihen.»
Er war deutlich älter als die anderen. Fast schon zwanzig, und vielleicht gehörte er gar nicht zu den anderen. Aber er hatte ein Handy in der ausgestreckten Hand.
«Darf ich?»
«Kein Problem.»
Er sah sie erwartungsvoll an, während sie die Nummer wählte. Einige leise Signale waren zuhören, dann kam Lises Stimme und teilte mit, dass sie nicht zu Hause war. Sie zog eine Grimasse und gab das Gerät zurück.
«Anrufbeantworter. Trotzdem vielen Dank.»
Er nahm das Handy mit einem Nicken. Sie begann zum Auto zu gehen, stellte aber erstaunt fest, dass er an ihrer Seite blieb. Er schien etwas sagen zu wollen, daher ging sie langsamer.
«Wolltest du noch etwas?»
Er zeigte auf das Café auf der anderen Seite des Parks.
«Hätten Sie nicht Lust … auf einen Kaffee?»
Er hörte sich artig und respektvoll an, gleichzeitig aber auch so, als ob er einen Kloß im Hals hätte. Sie konnte sich ein Lächeln nicht verkneifen.
«Nein, danke. Vielleicht ein anderes Mal.»
«Na gut.»

Er stopfte beide Hände in die Hosentaschen und drehte sich um, dabei versuchte er lässig und gleichgültig auszusehen. Dann lief er in Richtung Café.

Sie ging weiter und setzte sich ins Auto. Immer noch konnte sie sich ein Lachen kaum verkneifen, als sie sich im Rückspiegel betrachtete. War sie gerade von einem Jugendlichen angemacht worden?

Jetzt ging es ihr jedenfalls besser. Sie fuhr rückwärts aus der Parklücke und bog in die Lärkgatan ein.

Sie war nicht dazu gekommen, Bergman von Ylva zu erzählen, aber nichts hinderte sie daran, selbst herauszufinden, was da eigentlich los war. Dass da irgendetwas nicht so war, wie es sein sollte, davon war sie überzeugt. Und dass Lennart Jörlund nicht mehr lebte, änderte nichts daran.

Es war übrigens überhaupt nicht gesagt, dass das, worüber er mit ihr hatte sprechen wollen, mit Ylva zu tun hatte. Das hatte sie selbst sich zusammengereimt, streng genommen konnte sie nicht erklären, wie sie darauf gekommen war. Wohl nur ihr Instinkt, was immer das war.

Schnell lenkte sie den Wagen hinauf nach Villan. Die pastellfarbenen Häuser waren ihr schon vertraut, aber sie bedauerte, dass sie das Kollar nicht mitgenommen hatte. Vielleicht war es Feigheit, aber sie fühlte sich stets sicherer, wenn sie sich hinter dem kleinen weißen Stück Stoff verstecken konnte.

Diesmal war die Haustür mit der dicken Glasscheibe nicht abgeschlossen. Sie trat in den Flur, aber ehe sie an die Treppe kam, wurde überraschend eine der Türen im Erdgeschoss geöffnet, und ein Mann steckte seinen Kopf heraus. Sie erkannte ihn sofort, obwohl der Hund nicht dabei war. Er machte ihr mit zwei Fingern ein Zeichen, dass sie näher kommen sollte.

Sie blieb zögernd stehen. Es sah so aus, als ob er auf sie gewartet hatte oder als ob er sie hatte kommen sehen. Dann entdeckte sie den kleinen runden Spion in der Tür. Seine Stimme war gedämpft, beinahe flüsterte er:

«Ich hab gehört, wie jemand durch die Tür kam. Da habe ich nachgeguckt, wer es war.»

Sie antwortete nicht, er hatte beim letzten Mal keinen besonders sympathischen Eindruck gemacht, und das war diesmal nicht anders.

«Sie waren neulich abends hier, stimmt's?»

Sie nickte abwartend. Es gab keinen Grund, das abzustreiten. Ihr war nur nicht klar, was er von ihr wollte.

«Sie sind doch Pastorin?»

Plötzlich hörte er sich unsicher an. Sie bemerkte, dass sein Blick auf ihr Bündchen gerichtet war.

«Ja, das bin ich.»

Er öffnete seine Tür noch ein wenig mehr. Aus der Wohnung war ein dumpf gurgelnder Laut zu hören, vielleicht ein Knurren.

«Still!»

Der Mann machte eine Bewegung mit einem Bein, so als ob er etwas hinter sich zur Seite schob. Dann öffnete sich die Tür noch ein wenig mehr. Er hörte sich beinahe entschuldigend an.

«Das ist Jock. Er mag keine Fremden.»

Etwas sagte ihr, dass der Hund wohl selten die Möglichkeit hatte, fremde Leute kennen zu lernen. Überraschend trat der Mann zur Seite und machte wieder eine Handbewegung, mit der er sie heranwinkte.

«Bitte kommen Sie doch rein, ich möchte nicht hier an der Treppe mit Ihnen sprechen.»

Eine Sekunde lang überlegte sie. Er machte keinen gefährli-

chen Eindruck, und soweit sie sich erinnern konnte, hatte der Hund auch nicht besonders blutdürstig ausgesehen.
Sie machte einen vorsichtigen Schritt über die Schwelle. Der Hund stand am anderen Ende der schummerigen Diele und sah sie verwundert an. Sie blickte zurück, worauf der Hund dem Blick auswich und mit eingezogenem Schwanz aus der Diele schlich. Der Mann schloss sorgfältig die Wohnungstür hinter ihnen, als ob er Angst hätte.
«Gibt es etwas, was Sie mit mir besprechen wollen?»
Der Mann nickte. Er ging einen Schritt weiter in die Diele hinein, bat sie aber nicht in eins der angrenzenden Zimmer. Vielleicht war es in diesen Häuserblocks üblich, alle Gespräche in der Diele zu führen?
«War das möglicherweise bei Henrikssons, wo Sie neulich Abend einen Besuch machen wollten?»
Sie wusste nicht, was sie antworten sollte. Er hatte ja im Grunde nichts mit der Sache zu tun, und auch wenn das der Fall gewesen wäre, war sie als Pastorin an die Schweigepflicht gebunden.
«Wie kommen Sie darauf?»
«Man will sich ja nicht einmischen ...»
Der Satz und die folgende kurze Pause waren rhetorisch gemeint. Eva brauchte auf die Fortsetzung keine drei Sekunden zu warten.
«Man weiß ja nicht mal, mit wem man darüber reden kann, die Polizei anrufen geht auch nicht. Aber da fiel mir ein, dass eine Pastorin vielleicht ...»
Er nickte ihr zu, so als ob er eine Art Bestätigung erwartete. Aber wirklich notwendig war die wohl nicht, denn als sie nicht reagierte, fuhr er fort:
«Irgendwas stimmt da oben nicht.»

Er zeigte nach oben, gegen die Decke, und sie begriff, dass seine Wohnung genau unter der lag, die sie zweimal ohne Erfolg zu besuchen versucht hatte. Und vielleicht hatte sie ihn doch falsch eingeschätzt, er sah tatsächlich besorgt aus.
«Was sollte das denn sein?»
Er senkte die Stimme. Vermutlich unbewusst, es war niemand anders da, der sie hören konnte, und ganz bestimmt nicht seine Nachbarn in der Wohnung über ihm.
«Es ist ein eigenartiges Kommen und Gehen da oben.»
Er schüttelte den Kopf, als ob es ihm missfiel, darüber zu sprechen, möglicherweise weil ihm plötzlich bewusst wurde, dass es eine Pastorin war, mit der er sprach.
«Männer. Ständig andere. Aber das ist eigentlich nicht das Schlimme daran. Das ist das Mädchen.»
Eva starrte den Mann an. Dann hatte sie vielleicht die ganze Zeit über Recht gehabt?
«Was hat sie damit zu tun?»
Der Mann blickte sie an und zögerte. Seine Stimme hatte einen eigentümlichen Klang angenommen, so als ob er Angst vor irgendetwas hatte.
«Das weiß ich nicht. Aber die machen etwas mit ihr.»
Ihr Magen zog sich zusammen.
«Machen? Was denn?»
Wieder schüttelte er den Kopf, diesmal gab er damit zu verstehen, dass er es nicht wusste.
«Man hört nur, wenn sie schreit.»
«Schreit? Misshandeln die sie?»
Er zuckte mit den Schultern, sah sie fragend an, als ob er von ihr eine Erklärung erwartete.
«Erst schreit sie, dann wird es ganz still. Danach hört man, wie sie die Spülung zieht. Jedes Mal.»

Eva stolperte auf die Straße und starrte zu den beiden Fenstern im zweiten Stock hinauf. Sie hätte nicht sagen können, was sie dort zu sehen erwartete, aber beide Fenster sahen völlig normal aus, nichts regte sich.
Vielleicht war niemand zu Hause, sie hatte sich nicht überwinden können, hinaufzugehen und zu fragen. In Wirklichkeit war ihr nur daran gelegen, so schnell wie möglich aus der schummerigen Diele herauszukommen. Und draußen im Treppenhaus angekommen, wollte nur noch hinaus an die frische Luft, so schnell ihr krankes Knie es ihr erlaubte.
Das Gespräch mit dem Hundebesitzer hatte sie bedrückt, unabhängig davon, was er ihr erzählt hatte. Da war etwas mit der Stickigkeit in seiner dunklen Wohnung und seiner aufdringlichen Neugier, das ihr unter die Haut ging. Zum Glück war sie darum herumgekommen, sich mit dem Hund beschäftigen zu müssen, der hatte mit seiner Angst vor Schlägen genug über das Verhältnis zwischen sich und seinem Herrn zu verstehen gegeben.
Sie hatte ihn nicht gefragt, wie oft und wie lange er die eigentümlichen Geräusche in der Wohnung über ihm gehört hatte, aber sie hatte das Gefühl, was immer sie zu bedeuten hatten, so konnten sie noch nicht besonders lange zu hören gewesen sein. Jedenfalls war ihr selbst erst vor kurzem aufgefallen, dass es Ylva nicht gut ging.
Nicht dass sie das Mädchen besonders beobachtet hatte. Schließlich konnte es ja tatsächlich auch mit Jörgens Tod zusammenhängen, dass sie aufmerksamer geworden war. Wenn sie es sich genau überlegte, war ihr erst aufgefallen, dass mit Ylva etwas nicht stimmte, als sie mit den Kindern im Chor über das Thema Missbrauch gesprochen hatte.
An und für sich spielte das keine Rolle. Ein Mal war schlimm

genug, aber sie konnte zufrieden sein, weil ihr sofort aufgefallen war, dass da etwas vor sich ging. Und nicht erst nach Monaten oder noch längerer Zeit.

War das so? Wenn sie es sich richtig überlegte, hatte sie überhaupt nichts festgestellt. Immer noch hatte sie keine Fakten in der Hand. Nichts, was der Polizei helfen konnte.

Konnte sie selbst sich eigentlich darauf verlassen, was der Mann gesagt hatte? Nach allem, was sie wusste, konnte er sich ebenso gut alles aus den Fingern gesogen haben. Egal, welche Gründe er dafür hatte.

Sie wusste plötzlich weder aus noch ein. Nur dass sie von dort weg wollte. So schnell wie möglich.

Sie war sich klar, dass sie nun mit einer Behörde sprechen musste, der Schule oder dem Jugendamt. Als Pastorin konnte sie sich einer Familie nicht aufdrängen, wenn sie nicht darum gebeten wurde, aber für die Ämter war das etwas anderes. Das Problem war nur, dass dort längst geschlossen war. Und wenn sie den Bereitschaftsdienst des Sozialamtes anrief, musste sie handfeste Beweise dafür haben, dass die Situation akut war.

Sie warf den beiden Fenstern einen letzten Blick zu, dann ging sie zum Wagen. Sie fuhr auf direktem Weg zum Stortorget. Irgendwann musste er doch zu Hause sein.

Ganz richtig, ein schwacher gelblicher Schein war durch das rhombenförmige Milchglas der Haustür zu sehen. Sie klingelte.

Martin Olsson sah sie überrascht an, in der Hand hatte er ein Buch.

«Entschuldigen Sie, störe ich?»

Sie sah ihm an, dass es so war, obwohl er den Kopf schüttelte. Aber da war noch etwas anderes, was man an der Art erkannte, wie er sie anblickte. Vielleicht Neugier?

«Geht es um den Jungen?»
Sie kriegte beinahe einen Schreck. An Jörgen hatte sie tagelang nicht gedacht. Jedenfalls so gut wie gar nicht. Sie hatte ihn nicht direkt vergessen, sondern lediglich vorläufig im Hinterkopf behalten. Bis sie dahinter kommen würde, was denn nun mit Ylva war.
«Nein, um ein Mädchen.»
Sie konnte nicht feststellen, ob er zögerte oder nicht. Jedenfalls trat er zur Seite und ließ sie in die kleine Diele treten. Er zeigte in das Zimmer, in dem zwei Sessel an einem niedrigen Tisch standen. Dort hatte sie früher schon einmal gesessen.
«Sie wissen, dass ich nicht mehr bei der Polizei bin?»
Sie nickte und setzte sich gleichzeitig hin. Er blieb stehen und sah sie misstrauisch an.
«Und dass ich kein Privatdetektiv bin?»
«Ich brauche nur einen Rat.»
Er ließ sich in dem anderen Sessel nieder. Sie bemerkte, dass er sorgfältig die Klappe des Schutzumschlages in die Seite schob, die er gerade aufgeschlagen hatte, bevor er das Buch weglegte.
«Aha.»
Sie erzählte, worum es ging, dass sie den Verdacht hatte, Ylva würde sexuell missbraucht, und dass es sich vielleicht sogar um eine Art Prostitution handelte. Und dass das Ganze vielleicht auch irgendwie mit Jörgen zu tun hatte. Er hörte geduldig zu, aber als sie fertig war, schüttelte er nur den Kopf.
«Warum gehen Sie nicht zur Polizei?»
Sie antwortete ausweichend, denn sie schämte sich, zuzugeben, warum sie nicht noch einmal mit Arne Bergman sprechen wollte.
«Ich habe keine Beweise. Nur Indizien.»

«Viele sind schon aufgrund von Indizien verurteilt worden.»
Darauf fiel ihr keine Antwort ein. Er hatte natürlich Recht, es war nicht seine Sache, sich in die Angelegenheiten der Polizei zu mischen. Auch nicht ihre. Was ihr zu tun übrig blieb, war, den nächsten Tag abzuwarten und mit dem Kurator der Schule zu sprechen. Oder mit dem Jugendamt. Vielleicht reichte das Bild in der Zeitschrift aus, damit die Behörden die häuslichen Verhältnisse des Mädchens überprüften.
Sie stand aus dem Sessel auf. Martin Olsson erhob sich ebenfalls, sie fand, dass er verlegen aussah.
«Tut mir Leid, aber das ist der einzige Rat, den ich habe.»
Sie nickte und hoffte, dass sie nicht so blöd aussah, wie sie sich vorkam. Er brachte sie zur Tür. Es war dunkel geworden. War das das Ende des Sommers? Oder der Beginn des Herbstes?
Martin Olsson blieb stehen und sah dem kleinen weißen Auto nach, das die Storgatan hinunter verschwand. Erst als es nicht mehr zu sehen war, ging er wieder hinein und schloss die Tür.
Irgendetwas an der Geschichte, die er da eben gehört hatte, bereitete ihm Kopfschmerzen. Und nicht allein des Mädchens wegen.
Regungslos saß er einige Minuten da, dann stand er auf und ging zum Telefon. Er wählte die Nummer und wartete. Es läutete dreimal, dann wurde geantwortet.
«Hier ist Martin Olsson. Ich möchte mit Arne Bergman sprechen.»
Die Frauenstimme verschwand aus der Leitung, und ein brummiger Bass meldete sich. Olsson begann ohne Umschweife.

«Ich habe Besuch gehabt. Von Eva Ström.»
Arne Bergman schwieg, nachdem Olsson ihm die ganze Sache erzählt hatte. Olsson gab ihm eine halbe Minute, dann fuhr er fort.
«Da sind zu viele Leichen um sie herum, findest du nicht?»
Bergman murmelte etwas, das wie Zustimmung klang. Olsson begriff, dass er nicht gerade erbaut davon war, dass Eva mit ihrem Verdacht zu ihm gegangen war, statt sich gleich an die Polizei zu wenden. Aber da war auch etwas anderes, etwas, das er nicht beschreiben konnte. Bei Eva war ihm das auch aufgefallen. Lagen sich die beiden vielleicht in den Haaren? War sie deswegen zu ihm nach Hause gekommen? Damit hatte er jedenfalls nichts zu tun. Er schmunzelte, aber das konnte Bergman nicht sehen. Und dann wurde er deutlicher:
«Erst stolpert sie buchstäblich über eine Leiche, dann wird sie von einem Mann angesprochen, der umgebracht wird, ehe er sich von der Seele reden kann, was er ihr zu sagen hat. Und vergiss nicht, dass der Junge in ihrem Chor war. Das sind dann drei.»
«Und?»
«Wie gesagt, ganz schön viele Tote»
Olsson ging davon aus, dass Bergman sehr wohl wusste, worauf er hinauswollte. Man konnte nicht direkt gegen die Familie des Mädchens vorgehen, nicht aufgrund von vagen Ahnungen und dem Hörensagen eines Dritten. Aber im Gegensatz zu dem Verdacht der Kinderprostitution waren die drei Todesfälle harte Tatsachen. Und abgesehen davon, ob die drei Fälle nun zusammenhingen oder nicht, war nicht nur das Mädchen gefährdet.
Eva befand sich offensichtlich mitten in einer Sache, von der

nur die Konturen zu erahnen waren, einem Fall, bei dem man vor regelrechten Hinrichtungen nicht zurückschreckte. Aber sie schien sich der Gefahr nicht richtig bewusst zu sein.
Bergman murmelte etwas Unverständliches, dann wurde seine Stimme klar und deutlich.
«Ich werde sie im Auge behalten. Alle beide.»
Olsson nickte. Das war alles, was er für Eva tun konnte. Gerade wollte er sich bedanken, als Bergman fortfuhr:
«Obwohl ich ihr keinen richtigen Personenschutz bieten kann. Ein Schwanz muss reichen.»
Olsson wusste, wie die Möglichkeiten der Polizei beim Personenschutz eingeschränkt worden waren. Oder war der Bedarf gestiegen? Wie auch immer, offene Beschattung konnte ebenfalls effektiv sein. Technisch funktionierte das so, dass man dem Betreffenden so sichtbar wie möglich folgte. Selbst versierte Gewaltverbrecher hüteten sich davor, jemanden zu überfallen, wenn ein Polizist als Augenzeuge in der Nähe war.
«Ich glaube, ich kann Ingvarsson entbehren. Jedenfalls die halbe Woche. Und den blauen Volvo.»
Olsson nickte vor sich hin. Olle Ingvarsson war beinahe in seinem Alter, jedenfalls deutlich älter als fünfzig. Aber er war zu einer Legende geworden, was die versteckte oder offene Beschattung betraf. Der blaue Volvo war das einzige zivile Fahrzeug der Polizei in Ängelholm, und sein Zweck war hinreichend bekannt, jedenfalls bei denen, die öfter mit der Polizei zu tun hatten.
«Hört sich gut an.»
Im Hörer war es einige Sekunden lang still. Möglicherweise dachten beide an die gleiche Sache. Aber Arne Bergman war schneller.
«Ist lange her.»

«Da hast du Recht.»
«Wir sollten uns mal wieder treffen.»
Das sagten sie immer, taten es aber nicht, selbst damals nicht, als sie noch Kollegen gewesen waren. Olsson lächelte vor sich hin, als er das Ritual weiterführte.
«Das sollten wir.»
Sie legten gleichzeitig auf. Olsson blickte zu den dunklen Fenstern und empfand eine merkliche Unruhe wegen der Dinge, die Eva ihm erzählt hatte.

KAPITEL 26

Bestimmt gelb, vielleicht eine Ahnung von Grün. Aber nicht mehr empfindlich. Jedenfalls wieder so weit geheilt, dass sie sich als gesund betrachten konnte.

Eva Ström betrachtete ihr Knie mit kritischem Blick, während das Wasser vom Duschen auf ihrem Körper trocknete. Das Knallen einzelner Wassertropfen, die zwischen der Platte des Elektroherdes und dem Boden des Teekessels verdampften, irritierte sie mehr als sonst. Sie hob den Kessel hoch und trocknete die Unterseite ab, gleich gingen die Explosionen in ein leises Zischen über. Schon mal besser.

Sie zögerte einen Augenblick, bevor sie sich nach der grünen Pappverpackung mit Zoegas-Kaffee ausstreckte. Jetzt brauchte sie Kaffee, keinen Tee. Wie viele Stunden hatte sie geschlafen? Jedenfalls nicht lange genug.

Sie hatte wach gelegen und sich ausgemalt, welche Szenen sich hinter den scheinbar unschuldigen Fenstern in dem pastellfarbenen Haus in Villan abspielten. Ihre Phantasie hatte nicht ausgereicht, um sich die Geräusche zu erklären, von denen der Mann erzählt hatte, und das machte die Sache nicht besser.

Wütend zog sie sich an, während der Kaffee durchlief. Schon der Duft, der sich aus der Küche in die ganze Wohnung verbreitete, machte sie richtig wach.

Während sie sich eine Scheibe Brot mit echter fetthaltiger Butter schmierte, entschied sie sich, mit der Kuratorin der Schule zu sprechen, sobald sie die Tagesplanung drüben im

Kirchenbüro erledigt hatten. Vielleicht würde sie auch noch mit Åke telefonieren.
Sie hatte das Butterbrot halb aufgegessen, als das Telefon klingelte, und kaute noch, als sie Sonjas Stimme hörte, die sich vor Angst beinahe überschlug.
«Sie müssen sofort herkommen, hier ist eingebrochen worden.»
Eva hörte auf zu kauen, sagte aber nichts. Sonja hörte sich nicht so an, als ob sie zu irgendwelchen Erklärungen imstande sei.
«Eine Minute, ich bin gleich da.»
Sie trank die Kaffeetasse leer, bevor sie sich eine Strickjacke über die graue Bluse zog. Diesmal vergaß sie das Kollar nicht, aber als sie in die flachen Halbschuhe schlüpfte, überlegte sie, wie dort drüben eingebrochen worden sein konnte, ohne dass sie etwas gehört hatte.
Der Einbruch musste also in der Kirche erfolgt sein, das war früher schon mal passiert. Einmal war sogar die geschnitzte Holztaube über der Kanzel verschwunden. Aber als sie auf den Schotterplatz hinaustrat und den gewohnten Weg schräg über den Rasen gehen wollte, sah sie Sonja und den Vikar schon vor der Tür des Kirchenbüros stehen. Beide blickten sie ängstlich an, so als ob sie von ihr erwarteten, dass sie ihnen aus einer unbekannten Gefahr half.
Der Kies knirschte unter ihren Füßen, als sie zum Büro ging. Dort entdeckte sie, dass jemand ein rundes Loch in die Glasscheibe der Tür gebohrt hatte. Es war wie mit einem Zirkel angerissen und so groß wie eine Untertasse.
«Die haben das ausgeschnitten, die Glasscheibe liegt auf dem Fußboden innen vor der Tür.»
Sonja hörte sich wie ein aufgeschrecktes Kind an. Eva begut-

achtete die Tür sorgfältig. Mehr als diese Beschädigung war nicht festzustellen.
«Warum ist die Alarmanlage nicht zu hören gewesen?»
Zu ihrer Überraschung antwortete der Vikar. Er hörte sich mehr verwundert als ängstlich an.
«Die haben die Kabel durchgeschnitten.»
Ganz richtig, direkt unter dem Kasten, an dem sie selbst den Alarm einzuschalten pflegte, hing ein Bündel farbiger Kabel wie ein kleiner Blumenstrauß. Sie schloss die Tür wieder und blickte durch das runde Loch.
«Das haben die von hier aus gemacht. Mit einer Stange.»
Sie stellte sich ein entsprechendes Schneidwerkzeug vor, vielleicht eine Gartenschere?
Gerade wollte sie Sonja und den Vikar darauf hinweisen, dass sie nichts anfassen sollten, ehe die Polizei da war, als ihr ein Gedanke kam.
«Von wo aus haben Sie angerufen?»
Sonja blickte sie fragend an.
«Natürlich aus dem Kirchenbüro.»
Eva seufzte. Die beiden waren also schon drin gewesen, waren herumgelaufen und hatten alles Mögliche angefasst. Und alle Fingerabdrücke verwischt.
Sie schluckte ihren Ärger herunter. Um Sonja nicht noch mehr zu verängstigen, versuchte sie so ruhig wie möglich zu klingen.
«Lasst uns mal nachsehen, was sie gestohlen haben.»
Sie ging vor ihnen durch die Tür. Eigenartigerweise lag alles sauber und ordentlich an seinem Platz, und der Schrank mit den Schlüsseln war unversehrt.
Das Erstaunen nahm zu, je genauer sie alles kontrollierte. Nirgendwo schien etwas verschwunden zu sein, nicht mal auf

ihrem eigenen Schreibtisch. Lediglich der Kalender war zur Seite geschoben worden.

«Das ist komisch.»

Der Vikar meinte wohl, er sei angesprochen worden. Er kam heran und stellte sich mit fragender Miene in die Türöffnung, als sie gerade ihre Aktentasche hochhob.

Soweit sie wusste, befand sich darin nichts Besonderes. Aber offenbar hatte sie vergessen, das Schloss zuzumachen, denn als sie die Tasche am Griff hochhob, ging sie auf, und etwas landete mit einem Klatschen direkt vor den Füßen des Vikars. Das Pornoheft, natürlich. Es lag nun mit dem Bild der Frau, die eifrig Oralsex praktizierte, obenauf. Der Vikar starrte wie gebannt auf die eindrucksvollen Bilder. Dann errötete er und verschwand ohne ein Wort auf den sicheren Platz hinter seinem Schreibtisch.

Eva hob das Heft schnell auf und schob es zurück in die Aktentasche. Was sie jetzt dazu sagen sollte, wusste sie nicht, also folgte sie dem Beispiel des Vikars und verschanzte sich hinter dem Schreibtisch.

Dort hatte sie vielleicht zwei oder drei Minuten gesessen, als sie ein diskretes Räuspern an der Tür hörte. Hastig blickte sie auf, aber kaum hatte sie sich gesammelt, als sie Sonjas ängstliches Gesicht in der Türöffnung sah.

«Sollten wir nicht die Polizei anrufen?»

Eva überlegte kurz. War das wirklich sinnvoll? Die Spuren waren vermutlich ohnehin seit langem verwischt, und es fehlte nichts. Viel wichtiger war es, einen Glaser anzurufen und einen Elektriker zu bestellen, damit die Alarmanlage schnell repariert wurde.

Sie schüttelte den Kopf. «Es wurde doch nichts gestohlen.»

Aber Sonja nickte eifrig. «Doch, Pontus Kallén!»

Eva begriff nichts. Pontus Kallén war ihr Vorgänger als Pastor in Barkåkra gewesen. Inzwischen pensioniert.
«Er ist verschwunden.»
Sie trat aus der Türöffnung zurück, und Eva war gezwungen, ihr in das große Büro zu folgen. Sie richtete sich auf, als sie an dem Vikar vorbeiging, sagte aber nichts. Sonja war an der gegenüberliegenden Wand stehen geblieben.
«Sehen Sie hier.»
In der langen Reihe von alten Fotografien ihrer Vorgänger klaffte eine leere Stelle. Das Bild neben ihrem Porträt war tatsächlich verschwunden.
Zuerst begriff sie gar nichts. Das Bild an sich war keinen Pfifferling wert und der Rahmen höchstens ein paar Kronen. Deswegen machte doch niemand einen Einbruch? Einen ziemlich professionellen Einbruch noch dazu.
Sie schüttelte wieder den Kopf und ging in ihr Büro zurück. Sonja folgte ihr. Sie senkte die Stimme, sodass es sich beinahe wie ein Flüstern anhörte.
«Kann das der gewesen sein, der hier gewesen ist? Er war ja mehrere Stunden lang da und schielte immer wieder durch die Fenster!»
Sie musste völlig verständnislos ausgesehen haben, denn Sonja hakte nach, es hörte sich wie eine Wiederholung an:
«Der, den Sie anzeigen wollten.»
Das hatte sie vergessen. Oder besser, sie hatte es verdrängt. Vielleicht war er hinter ihrem Foto her gewesen und hatte in der Dunkelheit daneben gegriffen?
Sie seufzte tief und setzte sich an ihren Schreibtisch.
«Die Polizei lassen wir mal sein. Versuchen Sie den Hausmeister zu erreichen und bitten Sie ihn, er soll sich darum kümmern, dass die Tür repariert wird.»

Sonja verschwand, und sie stand auf und schloss die Tür hinter ihr. Sie konnte sich nicht konzentrieren, solange sie wusste, dass der Vikar ihre Telefonate mithörte.
Mit dem Hörer in der Hand zögerte sie trotzdem. Was sollte sie dem Schulkurator sagen? Oder besser gesagt, wie viel von dem, was sie wusste oder befürchtete, konnte sie weitergeben, ohne Ylva zu schaden, wenn sich herausstellte, dass sie im Unrecht war?
Sie entschied sich, mit Åke anzufangen. Selbst wenn weiter nichts dabei herauskam, als dass ihre Überlegungen deutlicher wurden, wenn sie gezwungen war, sie zu formulieren.
Sie ließ es mindestens fünfmal klingeln. Gerade wollte sie auflegen, als er sich endlich meldete. Er hörte sich außer Atem an, so als ob er ans Telefon gerannt wäre.
«Kirchenbüro in Båstad.»
Offenbar hatte er sein Telefon durchgestellt, denn sie hatte die private Nummer gewählt. Als er hörte, wer am Apparat war, verschnaufte er erst einmal, bevor er weitersprach:
«Ich bin gerade dabei aufzuräumen, hier ist heute Nacht eingebrochen worden.»
Das verschlug ihr die Sprache.
«Hallo?»
Sie wusste nicht, was sie sagen sollte, außer: «Hier auch.»
Sie hörte, wie verunsichert er wurde, als sie weitersprach:
«Was haben sie bei dir gestohlen?»
«Das ist ja das Eigenartige. Nichts, so wie es aussieht.»
Sie erzählte von Pontus Kallén und hörte dabei, wie er sich eine Zigarette ansteckte.
«Vandalismus vermutlich.»
«Nichts ist beschädigt.»
«Hier herrscht ein einziges Durcheinander.»

Einen Moment schwiegen sie. Dann erzählte sie, was sie über Ylva erfahren hatte. Und dass sie plante, mit dem Schulkurator darüber zu sprechen. Wie üblich unterbrach er sie nicht.

«Du musst tun, was du für richtig hältst.»

Hätte sie ihn nicht so gut gekannt, dann hätte sie das für eine Binsenweisheit gehalten, aber sie beherrschte den Code und wusste, dass er ihr zustimmte. Und dafür bedankte sie sich herzlich.

Der Vikar antwortete nicht, als sie den beiden mitteilte, dass sie dienstlich außer Haus musste. Sie wagte nicht, ihm in die Augen zu sehen. Sonja war zusammen mit dem Hausmeister bereits voll im Gange, die beschädigte Scheibe auszutauschen, sicher hatte die praktische Aufgabe sie wieder zur Ruhe kommen lassen.

Sie brauchte nicht länger als eine Viertelstunde, um nach Ängelholm hineinzukommen, aber die Suche nach einem Parkplatz dauerte mindestens zehn Minuten. Schließlich stellte sie sich auf einen der reservierten Plätze des Gymnasiums, jedenfalls ging sie davon aus, dass der Platz neben dem ausgebauten Lehrertrakt ein solcher war.

Natürlich war die Tür abgeschlossen, es dauerte weitere fünf Minuten, bis ein junger Lehrer sie entdeckte und ihr aufmachte. Er hörte sich mit halbem Ohr ihre Erklärungen an, dann zeigte er vage auf eine Treppe und verschwand selbst in die andere Richtung.

Sie bildete sich ein, sie würde sich zurechtfinden, jedenfalls so lange, bis sie mehrere Male hinauf- und hinuntergegangen war. Gerade als sie aufgeben und versuchen wollte, jemanden zu finden, der besser geeignet war, eine Wegbeschreibung ab-

zugeben, entdeckte sie das Büro mit den roten und grünen Lampen. Sicherheitshalber drückte sie auf den Knopf, ehe sie anklopfte.
Die Kuratorin war eine alte Bekannte. Jedenfalls hatten sie einander mehrmals geholfen. Erstaunt blickte sie von ihrem Schreibtisch und einem Formular auf, das wie ein Tippzettel aussah. Als sie Eva Ströms fragende Miene sah, zuckte sie mit den Schultern.
«Antrag für ein Visum.»
Eva fragte nicht. Sie wusste, dass ein Kurator ebenso wie ein Pastor über dienstliche Angelegenheiten nicht ohne weiteres reden durfte, außerdem ging es sie nichts an.
«Hast du ein paar Minuten Zeit?»
Die Frau hinter dem Schreibtisch nickte, trug aber weiter irgendetwas in ihr Formular ein.
«Brauchst du Hilfe?»
«Sozusagen. Es geht um eine Schülerin der Grundschule, die Ylva Henriksson heißt.»
Die Kuratorin blickte Eva mit gerunzelter Stirn an.
«Was willst du über die wissen?»
Eva suchte nach Worten. Ein Unterton in der Stimme der Frau sagte ihr, dass sie, wenn auch ahnungslos, jemandem zu nahe getreten war.
«Ich mache mir ihretwegen Sorgen.»
«Wer hat dich gebeten … dich darum zu kümmern?»
Das hörte sich so an, als ob sie «dich einzumischen» gesagt hätte. Eva holte tief Atem, sie musste sich anstrengen, um Ruhe zu bewahren.
«Ich bin von ganz allein darauf gekommen.»
Die Kuratorin schloss die Augen. Sie sah plötzlich sehr müde aus.

«Entschuldige.»
«Macht nichts.»
«Wegen dieses Mädchens hat es den ganzen Vormittag Krach gegeben. Ich habe einen Verweis einstecken müssen. Einen richtig förmlichen.»
Genau wusste Eva nicht, was das bedeutete, aber der Reaktion nach zu urteilen, war es offenbar eine ernste Angelegenheit.
«Ich habe das Mädchen zum Psychologen mitgenommen, ohne das Einverständnis der Eltern einzuholen. Jetzt ist mir verboten worden, weiter an diesem Fall zu arbeiten. Ich darf mich auch nicht dazu äußern.»
Sie schnitt eine ironische Grimasse.
«Die Eltern kamen und haben sie abgeholt, sie waren außer sich. Sie sagten, sie würden sie bis auf weiteres nicht mehr zur Schule schicken. Der Mann war am schlimmsten.»
«Warum hast du sie zum Psychologen mitgenommen?»
Aber die Frau schüttelte nur den Kopf. Dann machte sie sich wieder über ihr Antragsformular her. Sie hatte einen Kloß im Hals, oder war das unterdrückte Wut?
«Am besten fragst du die Schulkrankenschwester. Die hat sie mir hergebracht.»

Der Hausmeister war stinkwütend. Ein großer Kastenwagen mit Büromaterial stand auf dem Bürgersteig vor ihrem weißen Golf.
«Ich hab schon die Polizei angerufen. Das kostet Sie ein saftiges Bußgeld.»
Es schien keinen Zweck zu haben, mit ihm zu diskutieren, sie reckte sich, damit er ihr Kollar nicht übersehen konnte, und setzte sich ins Auto.

«Ich hatte eine wichtige Besprechung bei der Kuratorin.»
Er rief ihr etwas nach, als sie den Gang einlegte und auf die Skolgatan hinausfuhr, aber sie hörte ihn nicht mehr. Zum Glück, vermutlich.
Auf dem Weg zu Ylvas Schule grübelte sie darüber, was die Kuratorin gesagt hatte. Der Mann hatte sich offensichtlich am meisten darüber aufgeregt, dass sie mit dem Mädchen zum Psychologen gefahren war. Natürlich betrachteten viele das als eine Art Bestrafung, aber sein plötzliches Interesse passte schlecht zu dem, was sie erlebt hatte, als sie in der Wohnung der Familie gewesen war. Genauer gesagt, in deren Diele.
Und wenn es so war, wie sie befürchtete, dann hatte er vermutlich sehr private Gründe, Ylva daran zu hindern, mit einem Psychologen zu sprechen.

Vor dem gelben Gebäude gab es genügend Platz für ein Auto. Das Zimmer der Schulkrankenschwester zu finden war keine Schwierigkeit, aber es war niemand anwesend. Sie sah sich unschlüssig um, doch im Flur war kein Mensch zu sehen. Und draußen auch nicht.
Sie begriff, dass jetzt Unterricht war, hatte aber keine Ahnung, wie lange sie bis zur nächsten Pause warten musste. Zwei oder drei stille Minuten vergingen. Weiter weg vernahm sie etwas, das sich wie eine laute Unterrichtsstunde anhörte, Sport vielleicht. Sie hatte sich gerade entschlossen, nach einem Lehrerzimmer zu suchen, als sie Schritte hörte. Eine Frau tauchte aus dem Nirgendwo auf, sie trug einen weißen Kittel und ein Namensschild am Aufschlag.
Sie mochte etwa fünfzig Jahre alt sein und roch nach Zigarettenqualm. Und sie blickte Eva Ström fragend an.
«Suchen Sie nach mir? Ist etwas passiert?»

Diese Frage hatte sie schon so oft gehört, dass sie nicht reagierte, sondern die Hand ausstreckte.
«Eva Ström. Pastorin in Barkåkra. Ich würde gern kurz mit Ihnen sprechen. Es geht um Ylva.»
Die Frau musterte sie und nickte kurz.
«Am besten gehen wir hinein.»
Sie ging vor in einen kleinen Raum. Darin war gerade Platz für eine Pritsche, einen Schreibtisch und einen Computer. Außerdem für einen Schrank, in dem sich vermutlich die medizinische Ausrüstung befand.
«Sie meinen Ylva Henriksson?»
Eva nickte und erzählte von ihrem Besuch bei der Kuratorin. Aber sie sagte nicht, warum sie an Ylva interessiert war oder dass die Kuratorin einen Verweis hatte einstecken müssen und zum Schweigen verpflichtet worden war. Möglicherweise wusste die Schwester ja bereits davon.
Die Frau musterte sie wieder.
«Der Sportlehrer ist darauf aufmerksam geworden.»
«Auf was aufmerksam?»
Ihre Augen nahmen einen seltsamen Ausdruck an.
«Die Wunden. Sie stammen von Rasierklingen und Streichhölzern.»
Eva spürte, wie sich ihr die Nackenhaare sträubten. Das konnte doch nicht wahr sein?
«Ist sie gefoltert worden?»
Aber die Krankenschwester schüttelte den Kopf.
«Alle Wunden sind auf dem rechten Arm und der rechten Seite der Brust. Das Mädchen ist Linkshänderin. Wir glauben, dass sie sich selbst geschnitten und verbrannt hat.»

KAPITEL 27

Eva Ström starrte auf die Schulkrankenschwester und bekam kein Wort heraus.

Zwar hatte sie über solche Dinge gelesen, aber in der Realität war ihr so etwas noch nie begegnet, noch dazu bei einem zwölfjährigen Mädchen.

«Sind Sie sicher?»

Die Krankenschwester nickte sachte.

«Ziemlich sicher.»

«Aber warum …?»

Die Antwort war ein Achselzucken.

«Wir hatten ja gedacht, der Psychologe würde im Gespräch dahinter kommen.»

Sie ging an ihren Schreibtisch, in dem kleinen Zimmer brauchte sie dafür nur zwei Schritte, und murmelte etwas. Was das war, bekam Eva nicht mit. Vielleicht ein Fluch?

«Ich habe geglaubt, es ist Sinn der Sache, dass die Schule in solchen Fällen Alarm schlägt?»

Die Schwester drehte sich um. Ihre Nasenflügel zitterten.

«Natürlich schlagen wir Alarm. Aber die Entscheidung liegt bei den Eltern.»

Eva zögerte. Fast hätte sie gefragt, was denn die Schülerhilfe unternahm, wenn die Eltern das eigentliche Problem waren, aber sie biss sich auf die Zunge. Außer Vermutungen hatte sie nichts vorzuweisen.

«Können Sie nicht trotzdem etwas tun?»

Die Schwester blickte ihr in die Augen. Sie setzte an, als ob sie etwas sagen wollte, entschied sich aber anders. Vielleicht hielt sie sich vorsichtshalber zurück.
«Versuchen Sie es doch selbst.»
Dann machte sie einen demonstrativen Schritt auf die Tür zu. Eva begriff, dass sie wohl der Meinung war, dass es zu dieser Sache nichts weiter zu sagen gab. Vielleicht nicht mal verwunderlich.
Sie trat hinaus in den Flur. In der Tür drehte sie sich um und streckte die Hand aus. Die Schwester nahm sie. So etwas wie ein Lächeln war in einem ihrer Mundwinkel zu sehen. Aber sie sagte nichts.

Eva Ström ging durch die leeren Schulkorridore. Sie wusste, dass eine ganze Menge passieren musste, ehe man gegen den Willen der Eltern eingreifen konnte. Und vermutlich hatte die Kuratorin einen formellen Fehler begangen, indem sie sich zu schnell entschieden hatte, mit dem Mädchen zum Psychologen zu gehen.
Sie kam auf den Schulhof und machte sich auf den Weg zu ihrem Auto. Sie war keine Psychologin, hatte aber gehört, dass es nicht ungewöhnlich war, wenn Kinder, die sexuellen Übergriffen ausgesetzt gewesen waren, sich selbst diffus als schuldig empfanden, ohne sich darüber klar zu sein, wofür und auf welche Art und Weise. Vielleicht waren die Verstümmelungen Ylvas Versuch, sich selbst zu bestrafen?
Das machte die Sache nicht weniger verabscheuungswürdig. Ihre Hilflosigkeit machte sie rasend. Gab es für die Behörden denn wirklich keine Möglichkeit, einzugreifen? Niemand konnte doch behaupten, dass in einer Familie, in der die Mutter Anzeigen in Pornoheften aufgab und die Tochter sich mit

Streichhölzern verbrannte und mit Rasierklingen aufschlitzte, alles zum Besten stand. Sie wünschte sich nur, dass sie irgendwelche Fakten in die Hand bekam, um ihren Worten Nachdruck zu verleihen.

Wünschte! Was hatte sie denn für Fakten vorzuweisen? Sie hatte einen toten Mann gefunden, einen bekannten Päderasten, der offensichtlich vergiftet worden war. Das war eine Sache. Und sie hatte mit einem eigenartigen Typen gesprochen, der ebenfalls umgebracht worden war.

Aber niemand außer ihr selbst machte sich Gedanken darüber, dass Ylva etwas damit zu tun haben konnte. Tatsächlich wusste sie gar nichts! Nicht mal, ob der arme Jörgen einem der ermordeten Männer in die Hände gefallen war.

Vielleicht war das Durcheinander noch größer als so? Jörlund, der vor einen Lastwagen geworfen worden war, hatte ja so etwas angedeutet. Sofern sie das nicht ebenfalls falsch verstanden hatte.

Sie setzte sich in den Golf und fuhr ins Zentrum. Die Östergatan war mal wieder verstopft, und dadurch wurde ihre Laune auch nicht besser. Während sie darauf wartete, dass der Stau sich auflöste, kam ihr Jörgens Vater in den Sinn. Sie hatte gesehen, wie er zusammen mit Ylvas Mutter in das Haus in Villan gegangen war. Das war vielleicht nicht mehr als ein Zufall, trotzdem aber ein Anknüpfungspunkt.

Sie wusste nicht, was sie weiter vorantrieb. Vielleicht war ihr bewusst, dass sie in ihrer Manie, dem Mädchen helfen zu wollen, schon so weit gegangen war, dass sie nicht mehr zurückkonnte?

Aber da war auch etwas anderes. Etwas ganz tief in ihr, das ihr keine Ruhe ließ. Vielleicht, weil sie Ylvas Ausgeliefertsein

nur allzu gut kannte? Und die damit verbundene Hilflosigkeit.
Sie schlängelte sich aus der Autoschlange und bog ab in Richtung auf den Nya Torg. Ohne dass sie es hätte erklären können, wurde sie von der gleichen Rastlosigkeit ergriffen wie bei der Suche nach Lennart Jörlund. So als ob sie einem Hirngespinst nachjagte.
Das konnte ja durchaus der Fall sein. Als sie die Vaktgatan überquerte, wurde sie plötzlich unsicher, was sie Bertil Nyman denn überhaupt fragen sollte. Vielleicht war es das Beste, ihn in Frieden zu lassen? Er hatte schon genug gelitten, sie konnte sich nicht vorstellen, wie man sich fühlte, wenn man erfuhr, dass sein Kind von einem pädophilen Sexualmörder umgebracht worden war.
Einen Moment lang kam ihr wieder der alte Gedanke, dass er an dem Mord an dem Dänen beteiligt gewesen sein konnte. Das wäre nicht abwegig, Rache war ein tief verwurzeltes Verhaltensmuster bei Menschen. Das älteste Motiv von allen vermutlich.
War Bertil Nyman überhaupt zu Hause? Sie warf einen Blick auf das Fenster, ehe sie in den Hof ging, wo sie beinahe von dem Skateboardfahrer umgerissen worden war. Aber hinter den glänzenden Fensterscheiben konnte sie nichts entdecken.
Sie betrat das enge Treppenhaus. Hier drin war es seltsam ruhig, als ob das ganze Haus leer sei.
Zu ihrem Erstaunen hatte sie kaum den Finger vom Klingelknopf genommen, als das Schloss rasselte und die Tür geöffnet wurde.
Bertil Nyman blickte sie verwundert an, sie war sich zuerst nicht klar, ob er sie erkannte oder nicht. Sicherheitshalber stellte sie sich vor.

«Eva Ström. Ich bin vor einigen Tagen schon einmal hier gewesen …»
Ohne ein Wort ließ er sie herein. Genau wie beim letzten Mal ging er vor ihr in die Küche. Sie erkannte den roten Topflappen wieder, der an der Wand hing.
«Es gibt nichts zu besprechen.»
Die Worte passten nicht zu seinem Verhalten. Sie begriff nicht, warum er sie dann überhaupt hereingelassen hatte, und schüttelte den Kopf.
«Ich möchte über eine andere Sache mit Ihnen sprechen.»
Er stand genauso in sich zusammengesunken da wie beim letzten Mal, oder war es Gleichgültigkeit? Jedenfalls schien es ihn überhaupt nicht zu interessieren, was das für eine Sache war. Das machte es nicht leichter. Aber jetzt gab es für sie kein Zurück mehr.
«Ich habe Sie neulich Abend oben in Villan gesehen. Sie waren zusammen mit Ylva Henrikssons Mutter.»
Sie ärgerte sich darüber, dass sie vergessen hatte, sich den Vornamen der Frau zu notieren, auf diese Weise eine Verdächtigung auszusprechen hörte sich affektiert an. Oder auch linkisch und unbeholfen. Aber er schien gar nicht zu merken, dass das eine Art Beschuldigung war.
«Ja?»
Er sah sie so unschuldig an, dass sie beinahe den Faden verlor. Ihr fiel nicht anderes ein als eine ebenso sinnlose wie suggestive Frage:
«Sie kennen sie also?»
Er zuckte mit den Schultern.
«Na klar, sie ist meine Schwester.»
Er sah sie fragend an. Dann zuckte er wieder mit den Schultern und fügte hinzu:

«Also meine Halbschwester.»
«Dann sind Ylva und Jörgen …»
«Cousin und Cousine.»
Sein Blick war auf irgendetwas hinter ihr gerichtet, vielleicht sah er aus dem Fenster. Sie war sich nicht sicher, aber es schien ihr, als ob etwas in seinen Augen glänzte. Waren das vielleicht Tränen?
«Ylva und ein anderes Mädchen haben auf ihn aufgepasst, wenn ich zur Arbeit musste …»
Er hörte sich immer noch so an, als ob er mit sich selbst sprach. Eva wusste nicht, was sie sagen sollte. Es war das erste Mal gewesen, dass er etwas anderes als Gleichgültigkeit gezeigt hatte. Sofern das nicht eine Art Abwehrhaltung war, die jetzt langsam wich.
«Wenn Sie sprechen wollen …»
Er zuckte zusammen, der Blick löste sich vom Fenster, sie schien einen Nerv getroffen zu haben. Er sah sie auf seine abweisende Art an, jetzt stellte sie deutlich eine Ähnlichkeit mit der Frau oben in Villan fest. Es war die gleiche demonstrative Maske des Desinteresses.
«Es gibt nichts zu besprechen.»
Er rührte sich nicht, die Hände hingen schlapp herunter. Vielleicht verging eine halbe Minute, ohne dass einer von ihnen etwas sagte. Schließlich gab sie auf.
«Ich bin zur gewohnten Zeit bei der Chorprobe. Wenn Sie sich anders entscheiden sollten.»
Sie drehte sich um und ging auf dem gleichen Weg aus der Küche, den sie gekommen war. An der Wohnungstür bekam sie ein Problem mit dem veralteten Schloss, doch er machte sich nicht die Mühe, ihr zu Hilfe zu kommen. Sie spürte im Nacken, dass er immer noch regungslos in der Küche stand.

Dann hatte sie endlich aufgeschlossen und trat in das stille Treppenhaus.
Vielleicht war es der Geruch des alten Ziegelbaus, der ihr ein Déjà-vu-Gefühl vermittelte. Sie eilte hinaus ins helle Sonnenlicht. Was hatte sie eigentlich erwartet? Bertil Nyman war ebenso unwillig gewesen, sich ihr gegenüber zu öffnen, wie beim vorigen Mal, ärgerlich war nur, dass sie damit ihre letzte denkbare Chance vergeben hatte, etwas mehr über Ylva zu erfahren.
Während sie die Vaktgatan überquerte, versuchte sie zu ergründen, was es bedeutete, dass Jörgens Vater und Ylvas Mutter Halbgeschwister waren. Erfolglos. Das Gehirn wollte nicht funktionieren, vielleicht hatte es von all den überraschenden Wendungen dieses Tages genug.
Sie setzte sich in den Golf und merkte, wie matt sie war. Jetzt fehlte nur noch, dass während ihrer Abwesenheit irgendetwas im Kirchenbüro geschehen war. Aber eigentlich musste die Quote der Überraschungen bereits für die ganze nächste Woche erfüllt sein.

Das Loch in der Tür war repariert, aber Sonja kam ihr mit weit aufgerissenen Augen entgegen.
«Sven ist nach Hause gegangen.»
Ganz richtig, sein Schreibtisch stand leer und adrett da. Sie konnte nur nicht verstehen, was daran so schlimm war. Es war Freitagnachmittag. Und in Wahrheit war sie nicht unfroh, dass sie an diesem Tag seinem Blick nicht mehr standhalten musste.
«Er hat doch sicher Überstunden abzufeiern.»
Aber Sonja schüttelte bestimmt den Kopf, fast war sie den Tränen nahe.

«Er kommt auch nicht am Sonntag. Der Gottesdienst wird ausfallen.»

Das war eine schlimme Sache für sie, man sah deutlich, dass ihre Welt ins Wanken geriet.

«Aber nicht doch.»

«Er will sich krankschreiben lassen.»

Eva seufzte.

«Machen Sie sich keine Sorgen. Ich übernehme den Gottesdienst.»

«Und die Gespräche? Und die Besuche?»

«Die können warten.»

Man sah ihr an, dass ihr ein Stein vom Herzen fiel. Sie begann sofort im Terminkalender zu blättern und Telefonnummern aufzuschlagen, um Verabredungen umzubuchen. Eva ging zu sich hinein, ließ aber die Tür offen stehen. Ob nun aus Rücksicht auf Sonja oder um ihrer selbst willen, wusste sie nicht genau.

Sie startete den Computer und holte sich die Datei mit den alten Predigten auf den Bildschirm, die sie für eine spätere Verwendung gespeichert hatte. Typisch, für den bevorstehenden Sonntag des Kirchenjahres war keine dabei. Das hieß, sie musste eine neue Predigt ausarbeiten.

Leise fluchte sie auf den Vikar. Die Krankheit war ja wohl sehr plötzlich gekommen, vor der Mittagspause hatte er keinerlei Symptome gezeigt. Oder genauer gesagt, bevor sie das verdammte Heft vor seine Füße hatte fallen lassen. Ihr ging auf, dass sie nichts über seine sexuelle Veranlagung wusste, vielleicht hatte er das Bild als eine heterosexuelle Provokation aufgefasst? Wenn sie es sich recht überlegte, war seine Reaktion ziemlich heftig gewesen, dass konnte nicht nur reine Prüderie sein. Aber man wusste ja nie.

Im Raum nebenan wurde es still. Sie drehte sich um und entdeckte Sonja mit einer Plastiktüte in der Hand an der Außentür.

«Schönes Wochenende!»

Dann fiel die Tür ins Schloss, und sie war allein.

Lange schon hatte sie geahnt, dass der Mord an dem armen Jörgen etwas mit Ylva zu tun hatte. Jetzt hatte sie den Berührungspunkt gefunden. Sie wusste nur nicht, was sie damit anfangen sollte.

Bertil Nyman hatte für einen Augenblick seine Maske fallen lassen, aber sie hatte nicht deuten können, was sich dahinter verbarg. Jörlund, der ihr in dem Fahrstuhl aufgelauert hatte, hatte einen größeren Zusammenhang angedeutet, vielleicht handelte es sich um Kinderprostitution? Ylva und Jörgen waren Cousin und Cousine gewesen, ihre Mutter annoncierte in Pornoheften. Und Bertil Nyman hatte etwas vom Aufpassen auf Kinder gemurmelt.

Sie atmete tief durch. Es war durchaus möglich, dass sowohl Ylva als auch Jörgen sexuell missbraucht worden waren, jeder für sich oder beide zusammen. Vielleicht nicht nur mit dem Einverständnis der Eltern, sondern sogar durch deren Vermittlung. Und sie konnte dagegen nichts tun.

Oder doch? Sie stand auf und begann im Zimmer auf und ab zu gehen. Sie musste so tun, als sei nichts gewesen, und Arne Bergman anrufen. Vermutlich hatte er die ganze Episode in seinem Büro bereits vergessen. Wenn ihm überhaupt etwas aufgefallen war.

Die Polizei hatte ganz andere Möglichkeiten als die Schülerhilfe, einem Verdacht nachzugehen. Sie ging zurück an den Schreibtisch und nahm den Hörer ab, doch dann blickte sie auf die Uhr. Es war bereits zu spät, wenn sie nicht wieder bei der Polizei in Helsingborg landen wollte. Sie überlegte, ob sie versuchen sollte, Arne Bergman zu Hause zu erreichen, ließ es aber bleiben, denn sie mochte das Risiko nicht eingehen, seine Frau am Telefon zu haben.

Es blieb ihr nichts anderes übrig, als bis Montag zu warten. Und schließlich hatte sie auch noch andere Aufgaben zu erledigen.

Sie nahm den Sonn- und Festtagskalender zur Hand und schlug den Predigttext des kommenden Sonntags auf. Das Thema war der Mitmensch, und die Epistel stand im Römerbrief.

Sie streckte sich nach der Bibel aus: «Lass dich nicht vom Bösen überwinden, sondern überwinde das Böse mit Gutem.»

Warum kam es ihr so vor, als ob jemand mit dem Finger auf sie zeigte?

KAPITEL 28

Die Schlange lag völlig regungslos auf der Steinplatte vor dem Kirchenbüro. Eva Ström stand ganz still daneben. An dieser Stelle hatte sie während ihrer drei Jahre als Gemeindepastorin noch nie eine Schlange gesehen. Davor auch kaum. Das schwarze Zickzackband war aufgerollt wie eine Trosse, in der Mitte der breite, flache Kopf wie eine Öse.

Es war ein hübsches Tier. Sie setzte sich in die Hocke, um besser sehen zu können, sicherheitshalber in respektvollem Abstand. Die gelben Augen waren absolut starr. Konnten sie tatsächlich hypnotisieren?

Das würde sie nie erfahren. Sie musste sich bewegt haben, denn die Schlange schlängelte sich in engen Windungen mit verblüffender Geschwindigkeit über den Schotter davon. Das Rasseln hörte abrupt auf, als sie das Gras des Kirchhofs erreichte und zwischen den Grabsteinen verschwand.

Eva richtete sich auf und steckte den Schlüssel ins Türschloss. Es roch schwach nach Kitt von der frisch eingesetzten Glasscheibe. Sie öffnete und streckte sich nach der Schalttafel für die Alarmanlage aus. Während sie den Code eingab, durchdachte sie die Angelegenheit noch einmal.

Tatsächlich war noch etwas verschwunden, außer dem Bild von Pontus Kallén. Sie hatte erst heute Morgen festgestellt, dass die dünne Halskette mit dem kleinen flachen Kreuz weg war.

Oder genauer gesagt, eine Weile vorher war ihr eingefallen,

dass es am gestrigen Abend nicht da gehangen hatte, wo es sollte, nämlich an der Schreibtischlampe. Dort hängte sie das Kreuz hin, wenn sie es ansehen wollte. Sonst trug sie es meistens um den Hals.

In den stillen Büroräumen war es schwül. Die Sonne brannte durch die Fenster und ließ kleine Staubkörner in der Thermik über den Fensterbrettern durch die Luft tanzen. Sie heizte die Zimmer derartig auf, dass man darin kaum atmen konnte.

Eva ging an ihren Schreibtisch. Die schwarze Arbeitslampe streckte sich leer und steif über den Bildschirm. Jedenfalls hing daran keine Halskette.

Sie fluchte laut, das vermied sie sonst hier drin. Sie warf einen Blick hinüber auf die Reihe der Gemeindepastoren an der Wand in dem anderen Zimmer. Dort, wo Pontus Kallén gehangen hatte, sah man einen hellen rechtwinkligen Fleck an der Wand. Den sah sie sich eine Weile an. Dann ging sie hin und nahm ihr eigenes Bild vom Haken.

Sie trat einen Schritt zurück und verglich. Obwohl sie die Augen zu einem schmalen Spalt schloss, konnte sie keinen Unterschied feststellen, die Tapete zeigte keine Farbnuance, so als ob ihr Bild niemals dort gehangen hätte. Sie hängte das Bild zurück. Immerhin waren das drei Jahre ihres Lebens.

Eva ging zurück in ihr Zimmer. Vorsichtshalber blickte sie auf den Fußboden unter ihrem Schreibtisch, aber auch da lag keine Halskette. Sie musste sich mit der Tatsache abfinden. Die Kette war und blieb gestohlen.

Sie schlug die Außentür hinter sich zu. Das einzusehen war eine Sache, es zu akzeptieren eine andere. Es war nur eine

Vermutung gewesen, dass der Einbrecher das falsche Foto mitgenommen hatte. Aber jetzt bestand kein Zweifel mehr. Es konnte nur eine ganz bestimmte Person sein.
Das Kreuz hatte für sie eine ganz besondere Bedeutung, und das wusste er. Sie konnte sich genau entsinnen, wie sie ihm davon erzählt hatte.
Als sie sich jetzt daran erinnerte, fluchte sie wieder. Ihr wollte nicht in den Kopf, was für eine Idiotin sie gewesen war.

Sie beruhigte sich etwas, als sie sich hinters Lenkrad gesetzt hatte. Alles deutete zwar darauf hin, dass er die Halskette nur genommen hatte, um sie zu ärgern, aber sie wollte ihm nicht die Genugtuung gönnen, festzustellen, wie gut ihm das gelungen war. Und vielleicht hatte er trotz allem irgendeinen sentimentalen Grund. Schließlich schien er ja tatsächlich nicht ganz bei Trost zu sein.
Die Straße nach Ängelholm hinein rauschte so schnell unter ihr weg, wie ihre Wut verging. Als sie kurz vor der modernen Villa in der Nähe des Badestrandes war, überlegte sie, ob sie nicht weiterfahren sollte, aber der Gedanke an das flache Kreuz ließ sie kehrtmachen, und sie parkte direkt vor dem Gartentor. Nur einmal war sie in dem Haus gewesen und hatte sich geschworen, dass es das erste und einzige Mal gewesen sein sollte.
Die Wut stieg wieder in ihr hoch, als sie daran dachte, und sie drückte mit dem Zeigefinger bewusst drei Sekunden lang auf den Klingelknopf. Zufrieden stellte sie fest, dass es sich wie Fliegeralarm anhörte. Er konnte sich ruhig verschlucken. Oder Schlimmeres.
Vielleicht tat er das auch. Die Tür wurde geöffnet, während das Klingeln immer noch durch das Haus hallte. Sein Gesicht

war rot angelaufen, er riss die Augen auf und hielt die Luft an.

Sie nutzte die Überlegenheit, ehe er sich fassen konnte, und streckte ihm die offene Hand entgegen.

«Her damit!»

Er war so überrascht, dass ihm ausnahmsweise die Worte fehlten. Er starrte sie immer noch an, zum Glück trug er ein beiges Tennishemd und keins seiner schreiend bunten Oberhemden. Sie starrte ihn ebenfalls an und wiederholte, was sie gesagt hatte.

«Gib her, was du gestohlen hast.»

Er blinzelte zweimal, dann schien er sich gefasst zu haben. Jedenfalls hörte er sich beunruhigend sanft an.

«Gestohlen? Was meinst du damit?»

Sie hielt die Hand weiter ausgestreckt vor sich hin. Erleichtert stellte sie fest, dass sie nicht zitterte.

«Die Halskette mit dem Kreuz. Und das Foto.»

Er runzelte die Augenbrauen. Wenn das Schauspielerei war, so war er darin besser, als sie angenommen hatte.

«Was hat das mit mir zu tun?»

Vielleicht hatte sie lauter gesprochen, als ihr bewusst war. Ein Radfahrer drehte sich im Vorbeifahren um. Im Nachbargarten begann ein Hund zu bellen. Ihr war zwar gleichgültig, wer da zuhörte, aber sie dämpfte doch ein wenig die Stimme.

«Noch habe ich den Einbruch nicht angezeigt, und wenn ich mein Kreuz wiederbekomme, werde ich das auch nicht tun …»

Die Fortsetzung ließ sie offen. Aber entweder hatte er nicht zugehört, oder er wollte nicht verstehen.

«Welchen Einbruch?»

Sie wurde plötzlich sehr müde, konnte ihre Wut nicht länger

aufrechterhalten, und vermutlich spürte er das. Er machte die Tür weit auf.

«Komm herein, dann können wir darüber reden.»

Sie schüttelte den Kopf, da verlief die Grenze.

«Wir stehen hier ganz gut. Aber du kannst hineingehen und die Kette und das Kreuz holen.»

Plötzlich ging ihm ein Licht auf. Auf seinem Gesicht zeigte sich ein schmales Lächeln.

«Ist es die Halskette, von der du sprichst? Die, die du auf Kreta umhattest, damals, als wir …?»

Sie unterbrach ihn, ehe er weitersprechen konnte, denn sie spürte, wie die Zornesröte ihr ins Gesicht stieg.

«Du weißt ganz genau, welche ich meine. Wenn ich sie nicht wiederkriege, gehe ich zur Polizei. Und nicht nur wegen des Einbruchs, das weißt du!»

Er unternahm keinen Versuch, sich zu bewegen, sondern war in der offenen Tür stehen geblieben, so als ob er immer noch darauf wartete, dass sie mit ihm hineinkommen würde. Plötzlich bedauerte sie, dass sie hergefahren war.

«Du hast die Wahl. Habe ich sie nicht spätestens am Montag, dann …»

Sie drehte sich auf dem Absatz um und begann zum Gartentor zu gehen. Er rief ihr etwas nach, aber sie antwortete nicht. Als sie sich ins Auto setzte, hatte er sie eingeholt. Sie zog die Tür zu, aber ärgerlicherweise war die Fensterscheibe zur Hälfte heruntergekurbelt.

«Warum willst du dich nicht wenigstens noch einmal mit mir zusammensetzen?»

«Das weißt du. Es hätte niemals ein erstes Mal geben dürfen, das war alles ein Missverständnis.»

Sie trat heftiger aufs Gas als beabsichtigt. Im Rückspiegel sah sie, wie er auf die Fahrbahn stolperte, so als ob er von jemandem geschubst worden wäre. Aber er schien sich zum Glück nicht verletzt zu haben. Während sie sich der Kurve vor der Nybron näherte, stand er immer noch mit den Händen in den Taschen da und blickte ihr nach.

Als sie die Storgatan überquerte, fuhr sie langsamer. Offenbar war es langer Sonnabend, sowohl der Stadtpark als auch der Bürgersteig am Teehaus waren voller Leute. Sie hatte überhaupt keine Lust, nach Hause zu fahren und sich noch mehr aufzuregen, also fuhr sie auf der Östergatan in die andere Richtung, bog ab und überquerte die Storgatan. Unter den dicht belaubten Bäumen an der Mauer des Kirchhofs fand sie einen freien Parkplatz. Sie parkte rückwärts in das weiß umrandete Feld ein und wanderte hinauf zum Tingstorget. Ihre Wut legte sich schnell, als sie die kleinen Verkaufsstände mit dem billigen Flohmarktkram sah.

Ein verfremdetes Ölgemälde mit einer Krähe ließ sie eine halbe Minute stehen bleiben. Der Verkäufer witterte ihr Interesse und richtete sich auf, aber sie ging weiter, ehe er sie ansprechen konnte.

Am Stand daneben entdeckte sie einige Halsketten, und sofort meldete sich ihre schlechte Laune wieder. Nicht mal ein Stapel Bücher, in denen sie herumblätterte, half dagegen. Die Lust auf Schnäppchen war ihr vergangen. Auf eigenartige Weise verband sie alle Unannehmlichkeiten, mit denen sie in den letzten Tagen zu tun gehabt hatte, miteinander. Es reichte, dass sie an das gestohlene Silberkreuz dachte, und schon kam ihr all das andere wieder in den Sinn. Mord, Diebstahl und Übergriffe schienen in einem einzigen Wirrwarr ineinander zu greifen. Es war ihr einfach nicht möglich, festzustellen, wie das alles zusammenhing.

Sie sank auf eine Bank, die vor dem niedrigen Ziegelbau stand, der früher einmal Ängelholms Polizeiwache gewesen war. Viel wusste sie nicht über jene Zeit, aber den Dimensionen nach zu urteilen konnte die Kriminalität damals nicht groß gewesen sein. Wenn sie daran dachte, in was sie jetzt selbst verwickelt zu sein schien, hätte sie jedem zugestimmt, der behauptete, früher sei alles besser gewesen.
Sie blieb sitzen und beobachtete die Leute, die von der Hauptstraße kamen oder dorthin unterwegs waren. An dem Stand direkt vor ihr lehnte sich plötzlich eine Frau über ein paar alte Armbanduhren. Eigenartigerweise hatte Eva sie nicht kommen sehen, sie erwachte wie aus einem Tagtraum.
Es gab keinen Zweifel: Da stand Ylvas Mutter. Und es gab auch keinen Zweifel, dass der Mann neben ihr derjenige war, der neulich in der Wohnung gewesen war. Und den sie bei Jörgens Beerdigung gesehen hatte.
Die beiden waren so sehr mit den Uhren beschäftigt, dass sie sie nicht bemerkten. Oder erkannten sie sie vielleicht nicht, weil sie kein Kollar trug? Sie drehte trotzdem das Gesicht weg und stand vorsichtig von der Bank auf.
Eva wusste eigentlich nicht, warum sie sich davongemacht hatte, sie hatte ja keinerlei Anlass, sich zu verstecken. Aber irgendwie war das Handeln dem Denken vorausgeeilt: Wenn sie noch keinen Grund hatte, konnte sie sich ja einen schaffen.
Jetzt galt es, die Gelegenheit zu nutzen. Ylvas Eltern waren nicht zu Hause, aber vielleicht das Mädchen?
Sie parkte den Wagen direkt vor dem pastellfarbenen Haus. Wenn die beiden sie selbst nicht erkannten, würden sie auch ihr Auto nicht wiedererkennen. Dann öffnete sie die Haustür und ging die Treppe hinauf. Auf die Tür mit dem Spion

warf sie einen kurzen Blick. War der Mann mit dem Hund darin auf seiner Wacht? Sie hatte den Eindruck, dass ein schneller Schatten über die kleine Linse fiel, aber sicher war sie nicht.

Der Gong dröhnte, als ob er das ganze Haus aufwecken wollte, doch vielleicht bildete sie sich das auch nur ein. Sie merkte, dass ihre Hände schwitzten, als sie die Klinke anfasste. Die Tür war nicht abgeschlossen. Sie trat ein und machte sie hinter sich zu.

«Ylva, bist du da?»

Kein Laut war zu hören. Sie ging in der schummerigen Diele vorwärts und trat in ein Zimmer, das sie beim vorigen Mal nur von weitem gesehen hatte. Der Großbildfernseher fiel ihr als Erstes auf, aber der Rest des Zimmers war überraschend hübsch mit eleganten hellen Möbeln eingerichtet. Zwei farbenfrohe Lithographien versuchten ihr Bestes, um ein Gleichgewicht zu dem riesigen Bildschirm herzustellen, jedoch ohne Erfolg. Im hinteren Teil des Zimmers sah sie eine geschlossene Tür.

Wenn sie Ylva finden wollte, hatte sie keine Zeit zu verlieren. Sie eilte über einen weißen Langflorteppich und auf die Tür zu. Einen Augenblick zögerte sie und klopfte zweimal mit dem Knöchel an die Tür, bevor sie die Klinke drückte.

«Ylva?»

Etwas rührte sich da drin, und im gleichen Moment, als sie die Tür öffnete, sah sie, wie das Mädchen sich einen langärmligen Pullover überzog. Sie fummelte mit etwas in einer Hand. Eva entschied sich, so zu tun, als ob sie nichts gesehen hätte, wichtiger war ihr jetzt, dass es ihr gelang, Ylva auf ihre Seite zu ziehen.

«Du bist nicht zum Chor gekommen?»

Ylva sah sie mit leeren Augen an. Sie antwortete nicht, oder hatte sie das nicht als Frage aufgefasst?
«Deshalb dachte ich, ich sehe mal nach dir …»
«Ja.»
Das war jedenfalls eine Antwort. Aber sie war ohne jedes Gefühl gegeben worden, so als ob sie von einer lebendigen Toten stammte.
«Hier war nicht abgeschlossen, deshalb bin ich einfach so reingekommen.»
«Ja.»
«Hast du nicht Lust, wieder zum Chor zu kommen?»
Das Kind antwortete nicht. Was sich da hinter den ruhigen Augen verbarg, war unmöglich festzustellen.
«Wir haben uns Gedanken gemacht, wo du gewesen bist. Wir haben dich vermisst.»
«Ja.»
Eine Hand hatte sie immer noch krampfartig geschlossen. Eva war nicht sicher, ob sie wirklich wissen wollte, was sich darin verbarg, Rasierklingen oder Streichhölzer oder etwas anderes. Solange sie die Hände so hielt, schien es jedenfalls nicht möglich, ihre kompakte Verschlossenheit zu durchdringen.
«Was hast du hier für eine Aussicht? Dies ist doch dein Zimmer?»
Sie trat ans Fenster und wandte dem Mädchen den Rücken zu, damit Ylva eine Chance bekam, die Sachen zu verstecken. Sie stand so lange da, dass sie selbst langsam unruhig wurde. Die Eltern konnten jeden Moment nach Hause kommen, und man konnte sich leicht ausrechnen, was sie davon hielten, wenn sie sie hier antrafen. Oder was sie tun würden. Schlagartig wurde ihr klar, dass sie sich nicht mit einer Anzei-

ge wegen unbefugten Eingreifens oder Hausfriedensbruchs begnügen würden. Sie war ja so oder so schon mit zwei Mordfällen in Verbindung gebracht worden. Dreien, wenn sie Jörgen mitrechnete. Und eins der Opfer hatte etwas angedeutet, aus dem sie für sich den Schluss gezogen hatte, dass es mit Ylva zu tun hatte. Sonst wäre sie ja überhaupt nicht hier erschienen.

Plötzlich bekam sie Angst. Sie wandte sich wieder dem Mädchen zu, ihr Trick hatte sich jedenfalls gelohnt, das Kind hatte nichts mehr in der Hand.

«Hast du nicht Lust, ein Weilchen mit mir rauszugehen?»

Ihre Geste war ebenso schwer zu deuten wie ihre einsilbigen Antworten. Das konnte alles oder nichts bedeuten, deshalb entschied Eva sich, es genau so zu nehmen.

«Dann gehen wir. Du musst dir nur noch Schuhe anziehen.»

Zu ihrer Erleichterung gehorchte das Mädchen. Zusammen gingen sie in die Diele. Ungeduld überkam sie, während Ylva in einer Art schlafwandlerischer Langsamkeit ein Paar Joggingschuhe hervorzog und sich auf den Fußboden setzte, um sie anzuziehen. Der eine Schuh wollte sich nicht über den Fuß ziehen lassen, sie musste ihn wieder ausziehen und die Schnürsenkel entknoten.

Das ging ebenfalls ganz langsam. Eva stand wie auf glühenden Kohlen, sollte sie die Wohnungstür aufmachen? Vielleicht sah es besser aus, wenn sie an der anderen Seite stand, so als ob sie gerade erst geklingelt hätte. Ein plötzliches Geräusch unten im Treppenhaus ließ sie einen unfreiwilligen Schritt in die andere Richtung machen, weg von der Tür.

In Gedanken suchte sie nach einer plausiblen Erklärung für ihre Anwesenheit, fand aber keine. Hilflos starrte sie auf das Mädchen, das immer noch an seinem Schuh herumfummelte, und hörte gleichzeitig, wie die Tür unten mit einem dumpfen Doppelklick ins Schloss fiel. Jemand war auf dem Weg nach oben.

Ihr kam der absurde Gedanke, sich zwischen den Kleidern in der Diele zu verstecken, und ihr wurde klar, dass sie auf dem besten Weg war, den Kopf zu verlieren. Im gleichen Augenblick hörte man ein schniefendes Geräusch von der anderen Seite der Tür und eine Stimme, die unten von der Treppe her rief:

«Jock, komm her!»

Sie holte tief Luft: der Mann mit dem Hund. Nervös blinzelte sie zu dem Mädchen auf dem Fußboden.

«Bist du bald so weit?»

Ylva antwortete nicht, stand aber jetzt vom Boden auf. Gott sei Dank. Hatte sie Schweiß auf den Handflächen? Sie fühlte sich, als ob sie in der schummerigen Diele schon Überstunden machte. Wenn das nächste Mal jemand die Treppe heraufkam, würde sie vermutlich nicht mehr das gleiche Glück haben.

«Fertig?»

Immer noch keine Antwort. Sie konnte nicht mehr länger warten, sondern trat endlich hinaus in das Treppenhaus. Ylva folgte ihr wortlos. Aber sie fühlte sich erst sicher, als sie auf dem Bürgersteig stand.

Übrigens auch da noch nicht. Sie war hergekommen, um mit Ylva zu sprechen, und sie waren gezwungen, irgendwo hinzugehen, wenn sie es vermeiden wollten, von den Eltern des Kindes überrascht zu werden. Oder gar eine Auseinandersetzung zu riskieren.

Wenn es denn überhaupt möglich war, mit dem Mädchen zu sprechen.

«Wollen wir ein Stück gehen?»

Das gleiche stumme Nicken, der gleiche Blick zu Boden. Aber sie kam mit. Sie gingen ein Stück zwischen den Mietshäusern umher. Ein Park, genauer gesagt, der Rest eines kleinen Waldstücks, tauchte als eine Art Grenze zu einem Wohngebiet mit älteren Einfamilienhäusern auf.
«Wir können zu dem Schuppen gehen.»
Das kam so plötzlich, dass sie es zuerst gar nicht wahrnahm. Es waren die ersten Worte, die Ylva von sich aus sagte.
«Wohin?»
«Dahin, wo wir immer sind.»

Es war nicht viel mehr als ein Geräteschuppen. Ylva starrte ebenso wie vorher schweigend auf den Boden. Ohne ein Wort hatte sie den Weg zu einem schmalen Gelände mit Kleingärten entlang dem Bahndamm gezeigt, nur zweihundert Meter von den Häusern entfernt.
Die verfallene Bretterwand, die dort durch das Gebüsch aus verwildertem Flieder zum Vorschein kam, war wohl einmal gelb angestrichen gewesen, aber das mochte lange her gewesen sein.
Erstaunlicherweise hatte ein zerschlissenes Sofa Platz darin. Im Regal an der Wand, wo früher einmal die Gartengeräte untergebracht worden waren, lagen ganze Stapel von Groschenheften, auf dem Boden standen leere Flaschen mit Kerzenstümpfen in den Öffnungen. An der anderen Wand hing ein Plakat mit einem Pferd darauf.
«Hier geht ihr also immer hin?»
«Der gehört Marias Opa.»
Ylva setzte sich auf das Sofa und starrte auf den Boden. Sie kaute auf ihren Nägeln und murmelte so leise etwas vor sich hin, dass es kaum zu verstehen war.

«Was hast du gesagt?»
«Gibt es die Hölle?»
Eva wusste nicht, was sie darauf antworten sollte. Sie setzte sich auf das Sofa neben Ylva, beinahe auf eine Videokassette, die sie zur Seite schieben musste.
«Weshalb fragst du?»
Die Antwort war eine neue Frage, auch die kaum hörbar.
«Brennt man da und hat die ganze Zeit Schmerzen?»
Ihre Gedanken überschlugen sich. Konnte es daher kommen, dass das Kind sich verbrannte?
Sie legte dem Mädchen den Arm um die Schultern und versuchte ihr in die Augen zu sehen, ohne Erfolg. Ylva starrte die ganze Zeit über beharrlich auf den Boden.
«So was erzählen manche Leute nur, um anderen Angst zu machen.»
Einen kurzen Moment flackerte Ylvas Blick auf, wie ein schüchterner Schmetterlingsflügel. Aber darin war nichts anderes als nackte Angst. Dann war er wieder auf den Boden gerichtet.
«In einem Buch stand, dass es eine Hölle auf der Erde gibt ...»
Die dünne Stimme versagte, als sie Luft holte. Eva blickte hilflos auf die kleine Gestalt, es war ganz offensichtlich, dass das Mädchen kurz vor einem Zusammenbruch war. Sie begriff nicht, was das für Eltern waren. Unabhängig davon, womit sie sich sonst beschäftigten, mussten sie das doch erkannt haben? Sie musste sich zusammennehmen, um die wesentliche Frage zu stellen.
«Machen die was mit dir? Die ... Männer bei deiner Mutter?»
Es schien nicht so, als ob sie die Frage gehört hätte. Sie murmelte weiter hinunter auf den Boden.

«Maria hat gesagt, man muss den Namen schreiben und einen Stern zeichnen …»
Es war unmöglich zu verstehen, was sie damit meinte. Eva wagte nicht, ihre Frage zu wiederholen, vielleicht weckte das Erinnerungen, die das Kind völlig aus der Fassung brachten. Wenn es nicht sowieso schon zu spät war.
Sie spürte, wie ihr die Tränen kommen wollten, und zwang sich, von etwas anderem zu sprechen, um sie zurückhalten zu können. Sie griff nach der Videokassette und drehte sie um. Es stand nicht darauf, was sie enthielt. Aber in dem kleinen Schuppen war kein Recorder.
«Seht ihr euch Filme an?»
Ylva blickte sie mit ängstlichen Augen an. Sie streckte unwillkürlich die Hand aus, um die Kassette zurückzubekommen, zuckte aber auf halbem Weg zurück.
«Die gehört Mama.» Sie rutschte plötzlich hin und her, so als ob sie aus dem Schuppen wegwollte. Mit den Fingern fummelte sie nervös an dem Sofabezug herum.
«Sie ist furchtbar böse geworden, als die … verschwunden ist.»
Eva begriff. Ylva und ihre Freundin hatten die Kassette ohne Erlaubnis mitgenommen und wagten jetzt nicht, sie zurückzugeben. Aber was war das für ein Film, der so wichtig war? Oder so delikat?
Sie stand vom Sofa auf. Vielleicht reichte er aus, damit irgendeine Behörde eingreifen konnte, wenn sich darauf konkrete Hinweise auf ein für Kinder ungeeignetes Milieu befanden? Was wahrscheinlich der Fall war, wenn es ein Film von der Sorte war, wie sie vermutete. Das zusammen mit den Selbstverstümmelungen. Und ihrer eigenen Zeugenaussage über das Gespräch mit dem Mädchen.

Wenn man das überhaupt ein Gespräch nennen konnte. Ylva saß immer noch auf dem Sofa, ebenso verschlossen, wie sie sich die ganze Zeit über verhalten hatte. Sie machte auch keine Anstalten, aufzustehen.
«Willst du hier bleiben?»
Sie schüttelte den Kopf. Aber sie stand erst auf, als Eva ihr die Hand entgegenstreckte. Die nahm sie zögerlich, so als ob sie nicht sicher war, was damit beabsichtigt werden sollte.
Die beiden gingen auf die Tür zu. In dem kleinen Schuppen war es so eng, dass sie hintereinander gehen mussten, und während Ylva ihr den Rücken zuwandte, streckte Eva die Hand aus und nahm die Videokassette an sich.
Sie hielt sie hinter ihrem Rücken versteckt. Während Ylva die windschiefe Tür schloss, stopfte Eva die Kassette zwischen Bluse und Hosenbund. Sie war kantig und scharf, Eva zog den Magen ein, so gut es ging, und hoffte, dass die Wölbung nicht allzu sehr auffiel. Sie hätte sich nicht vorstellen können, jemals ein Kind zu bestehlen. Aber in letzter Zeit war vieles geschehen, was sie sich vorher nicht hatte vorstellen können.
Ylva starrte beim Gehen immer noch auf den Boden. Jetzt hatte Eva nichts dagegen. Aber als sie in die Nähe der pastellfarbenen Häuser kamen, wurde sie unruhig. Sie versuchte zu überlegen, wie sie Ylva erklären konnte, warum es besser sei, wenn sie nicht zusammen bis vor die Tür gingen. Zum Glück blieb ihr das erspart.
Ylva blieb bei dem Kiosk stehen und murmelte etwas, was sie nicht verstehen konnte. Sie machte sich auch nicht die Mühe nachzufragen, denn sie war vollauf damit beschäftigt, die Kassette nicht zu verlieren, als sie allein weiter zu ihrem weißen Golf ging.

Den ganzen Weg nach Barkåkra überlegte sie, ob sie richtig gehandelt hatte, indem sie Ylva sich selbst überließ. Zwölf Jahre alt und besser vertraut mit ihrer Hölle auf Erden, als Eva es fassen konnte. Vielleicht hätte sie auf irgendeine Weise eingreifen sollen, sie wusste nur nicht wie.

Der Gedanke ließ sie erst los, als sie ins Pfarrhaus kam und den blinkenden Anrufbeantworter sah. Sie legte die gestohlene Videokassette zur Seite und nahm den Hörer ab. Kaum eine Sekunde brauchte sie, um die Stimme zu erkennen.

«Ich verstehe ja, dass das damals schief gegangen ist, aber ...»

Sie warf den Hörer auf die Gabel, ohne sich den Rest anzuhören. Hatte er nicht begriffen, was sie gesagt hatte? Er hatte noch zwei Tage Zeit, um zurückzugeben, was er gestohlen hatte, sonst würde sie den Einbruch anzeigen. Den wie auch die andere Geschichte.

Sie ging in den Zimmern auf und ab. Still sitzen konnte sie jetzt nicht, sei es vor Wut oder aus einem anderen Grund. Es war ein langer Tag gewesen, und sie hatte mehr als genug hinter sich. Sie schielte auf die gestohlene Videokassette. Vielleicht sollte sie sich davor hüten, Steine in ein Glashaus zu werfen? Sie war jedenfalls nicht in der Lage, sich die Schamlosigkeiten auch noch anzusehen. Zumal sie nicht vor Montag die Möglichkeit hatte, etwas in der Sache zu unternehmen. Genauso wie mit dem Einbruch.

Sie schloss die Augen und massierte eine halbe Minute lang die Schläfen. Dann ging sie zum Schreibtisch und zog die linke Schublade auf, in der die Schlüssel zur Kirche lagen. Wenn sie jemals den Schutz der alten Gewölbe gebraucht hatte, dann jetzt.

Eigenartigerweise war es kühl geworden. Oder war es etwas

anderes, was sie trotz der sommerlichen Temperaturen bibbern ließ?
Sie holte ihre Strickjacke, die sie gestern Morgen auch schon angezogen hatte. Als sie über den Schotterplatz ging, steckte sie beide Hände tief in die Taschen. Und blieb abrupt stehen. In der rechten fühlte sie etwas Hartes und Kantiges.
Noch ehe sie es herausgezogen und in Augenschein genommen hatte, wusste sie sehr genau, was das war. Das flache Silberkreuz an seiner dünnen Kette.

KAPITEL 29

August 2001

Er blickte auf den Bildschirm. Was ihn interessierte, war nicht so sehr das, was tatsächlich darauf zu sehen war, sondern das, was er nicht sehen konnte.

Er schaute darauf, bis er zufrieden war. Dann wechselte er zu einer Seite, die ihm nach allen Regeln der Sicherheit nicht hätte zugänglich sein dürfen, die sich aber gehorsam aufbaute, als er die drei Codes eingab, die er in seinem schwarzen Notizbuch aufgeschrieben hatte.

Die Arbeitslisten überflog er, ohne zu finden, was er suchte. Andersherum gesagt, sie sahen genau so aus, wie er gehofft hatte: Nirgendwo in den internen Dateien der Ängelholmer Polizei gab es einen Hinweis auf einen Einbruch in ein Kirchenbüro. Die offen zugänglichen Unterlagen über angezeigte Straftaten hatten bereits zum gleichen Ergebnis geführt.

Er überlegte eine Weile. Das bedeutete doch, dass man sich erstens nicht die Mühe gemacht hatte, die Einbrüche anzuzeigen, und zweitens nichts unternommen hatte, um sie zu untersuchen. Vermutlich, und genau damit hatten sie gerechnet, weil nichts Wertvolles gestohlen worden war.

Und weiter, und das war ebenso wichtig, bedeutete das Fehlen in den Unterlagen der Polizei, dass niemand einen Zusammenhang zwischen den beiden Einbrüchen sah. Bis dahin war alles so verlaufen, wie sie gehofft hatten. Fast noch besser.

Zu Anfang hatte er dem Einfall, ein wertloses Foto bei einem der Einbrüche mitgehen zu lassen, skeptisch gegenübergestanden, aber er hatte seine Meinung geändert. Das und der fingierte Vandalismus an dem anderen Platz waren in Wahrheit ausgezeichnete Ablenkungsmanöver gewesen. Das hatten die Dateien gerade bewiesen.

Er lächelte in sich hinein. Das hatten sie der helfenden Hand zu verdanken. Der gleichen Hand, die ihm den Zugang zu dem Server ermöglichte, den er sich gerade zu Diensten machte.

Das war ein stimulierender Gedanke, jeder füllte seinen Platz so aus, dass der unsichtbare Plan tatsächlich funktionierte.

Es hatte Einwände gegeben. Und sicher konnte man meinen, dass so umfangreiche Maßnahmen für solche Kleinigkeiten nicht erforderlich waren. Aber es war von außerordentlicher Bedeutung gewesen, an die Terminkalender heranzukommen, schließlich ging es um die Sicherheit des Netzwerks und darum, alle denkbaren Lücken darin zu verschließen. Es gab keine Bandbreite für Fehlschläge oder halbherzige Einsätze. Vor allem waren weitere Versuche nicht möglich.

Er tippte eine spezielle Buchstabenfolge in die Tastatur, jetzt würde der Server nicht feststellen können, dass er Besuch gehabt hatte. Jedenfalls nichts darüber berichten. Sorgfältig schloss er ein Fenster nach dem anderen.

Mit dem letzten Befehl schaltete er auch den Computer ab. Das leise Surren verstummte, und im Zimmer wurde es plötzlich so still, dass es ihn beinahe überrumpelte.

Er blickte aus dem Fenster, es war früher Morgen. Eine Stimmung von zu Ende gehendem Sommer lag über den sich neigenden Hängeweiden und dem dunklen, beinahe regungslosen Wasser.

Sie hatten jetzt das Datum. Und die Uhrzeit.

KAPITEL 30

Falsche Beschuldigungen. Diebstahl. Kindesentführung. Unbefugtes Eingreifen und Hausfriedensbruch.
Acht Stufen führten zur Kanzel hinauf, auf dem Weg fügte sie noch das Begehren des Mannes einer anderen hinzu. Als das Lied zu Ende war, blickte sie über die Gemeinde.
«Ein Mensch, der vor dem Kreuz die Hand eines anderen ergreift, das ist das Symbol dieses Tages. Welche Bedeutung hat das, und wie kann man sich das vorstellen?»
Sie machte eine Pause, damit die Worte ihre Wirkung taten, aber sie schienen wie ein Bumerang zur Kanzel zurückzukommen. Wie sollte sie sich sonst all die Blicke erklären, die auf sie gerichtet waren?
Es gab ein Sitzbrett, das man herunterklappen konnte, unsichtbar für die da unten, denn bei dem weiten Talar war nicht zu erkennen, ob man stand oder saß. Das Brett war so hoch über dem Boden der Kanzel montiert, das es die Illusion einer hoch gewachsenen und aufrechten Gestalt schaffte, erhaben über Gottesdienstbesucher, Volk und alle Niedertracht. Dort saß sie und baumelte mit den Beinen, die den Fußboden nicht erreichten. Eva Ström, geistliches Oberhaupt einer nichts ahnenden Gemeinde …
«Das ist ein Bild, das uns zur Nachfolge mahnt. Dem guten Beispiel zu folgen und selbst ein gutes Beispiel für unseren Nächsten zu sein …»
Sie empfand bereits Abscheu vor ihren eigenen Worten, wäh-

rend sie sie aussprach, und verwickelte sich in eine lange Auslegung darüber, dass alle Menschen zur gleichen Familie gehörten und daher freundlich zueinander sein und einander gern haben sollten. Aber als sie merkte, dass sie immer zerstreuter wurde und ein Augenpaar nach dem anderen erlosch, verhedderte sie sich hilflos in Banalitäten.

Sie rettete sich in den Predigttext für diesen Sonntag und Paulus' Ermahnung, seine Verfolger zu segnen: segnen und nicht verfluchen. Jedenfalls kam sie darum herum, laut zu sagen, dass man so leben soll, wie man lehrt. Während das Lied das Kirchenschiff zögernd füllte, ging sie aufrechten Schrittes die kurze Treppe hinunter, vorbei am Altar und in die Sakristei hinein. Dort blieb sie stehen und hörte dem Lied mit geschlossenen Augen zu. Glücklicherweise hatte sie einen Choral mit vielen Strophen ausgewählt.

Als die letzte beinahe zu Ende war, hatte sie sich so weit gesammelt, dass sie wenigstens hinaus an den Altar gehen und der Gemeinde in die Augen sehen konnte. Sie riss sich zusammen und erledigte den Rest der Liturgie routinemäßig. Nach dem Schlusslied folgte sie den Besuchern durch den Mittelgang, aber als das letzte Gemeindemitglied in der Vorhalle verschwunden war, ging sie zurück in die Sakristei und zog sich um. Zur Teilnahme am Kirchenkaffee war sie heute nicht mehr in der Lage.

Niemals vorher war sie sich so ungeeignet für das Amt einer Pastorin vorgekommen. Sie konnte sich nicht einmal mit ihrem eigenen Glaubensbekenntnis identifizieren, jedenfalls nicht mit dem Teil, in dem es um die Vergebung der Sünden geht. Außerdem hatte sie ihrer Liste gerade einen weiteren Punkt hinzugefügt: Heuchelei.

Sie ging quer über den Rasen, ein Blatt segelte vor ihr auf den Boden. Sie trat mit dem Absatz darauf und ging über dem knirschenden Schotter weiter. Bevor Sonja oder der Hausmeister sie sehen konnten, verschwand sie im Pfarrhaus.
Dort betrat sie das Gesprächszimmer und ließ sich in einem der alten Sessel nieder. Weil die Vorhänge zugezogen waren, lag der Raum im Halbdunkel, sie lehnte sich zurück und schloss die Augen. Sie konnte es noch immer nicht fassen, dass sie die Halskette und das Kreuz die ganze Zeit über in ihrer Strickjacke gehabt hatte. Und, was noch schlimmer war, sie konnte sich nicht aufraffen und ihn anrufen, um sich zu entschuldigen. Obwohl es noch keine fünfzehn Minuten her war, dass sie dort draußen in der Kirche gestanden und sich über ausgestreckte Hände und Versöhnung und Gott weiß was ausgelassen hatte.
Zweifellos war es nur eine Nebensächlichkeit, wenn sie sich weigerte, einen Psychopathen um Entschuldigung zu bitten, aber das hatte ihr die Augen für etwas anderes geöffnet. Es ging ja nicht nur darum, dass sie ihn vorschnell und ohne nachzufragen des Einbruchs und des Diebstahls bezichtigt hatte, ebenso leichtfertig hatte sie hinter Ylvas Rücken die Videokassette gestohlen, ohne auch nur einen Augenblick lang daran zu denken, dass sie ein Vertrauensverhältnis gefährdete.
Wie würde das Mädchen reagieren, wenn sie das Verschwinden bemerkte? Vermutlich gab es keinen anderen Erwachsenen, dem sie sich anvertrauen konnte. Oder wagte. Ylva hatte sich auf sie verlassen, und sie hatte sie enttäuscht. Vielleicht war das Vertrauen sogar die letzte brüchige Barriere gegen einen Zusammenbruch gewesen?
Sie öffnete die Augen und starrte in den schummerigen

Raum. Wenn sie sich überhaupt Gedanken gemacht hatte, hatte es ihr vielleicht vorgeschwebt, Ylva in einer undefinierten Art von Rücksichtnahme außen vor zu lassen. Sie nicht zu zwingen, entscheiden zu müssen, ob sie damit herausrückte, was ihre Mutter sich ansah oder nicht. Soweit sie feststellen konnte, trug das Mädchen bereits mehr als genug Schuldgefühle mit sich herum.

Sofern das nicht eine nachträgliche Rechtfertigung war. Tatsächlich hatte sie sich vielleicht etwas vorgemacht, weil sie hoffte, ihre Theorien bestätigt zu finden. Wenn sie sich die Wahrheit eingestand, war sie ebenso schnell mit der Verurteilung von Ylvas Eltern gewesen wie bei dem verschwundenen Silberkreuz. Vielleicht waren ihr Missbrauch und Pädophilie auch einfach zu Kopf gestiegen?

Plötzlich ging ihr auf, dass sie obendrein Ylvas Situation noch verschlimmert hatte, indem sie die Kassette an sich genommen hatte. Daran hatte sie überhaupt nicht gedacht. Wenn Ylva die Absicht gehabt hatte, sie wieder zurückzugeben, so war ihr das jetzt nicht mehr möglich.

Vielleicht sollte sie sie zurückbringen? Es konnte nicht sehr schwer sein, sie in den Schuppen zurückzuschmuggeln. Ylva hatte den Schlüssel unter einem Dachvorsprung hervorgezogen, sie konnte sich zwar nicht genau daran erinnern, wo, aber so viele Quadratmeter waren es ja nicht, die man absuchen musste.

Der Gedanke hatte zur Folge, dass sie sich gleich besser fühlte. Diese Sache wollte sie sofort erledigen.

Oder sollte sie warten, bis es dunkel wurde? Das Risiko, dass Ylva oder ihre Freundin sich dort spät am Abend aufhielten, war vermutlich bedeutend geringer.

Sie stand aus dem Sessel auf und ging in das Zimmer nebenan. Die Sonnenstrahlen blendeten wie am Tag vorher, der plötzliche Kontrast zu dem abgedunkelten Raum führte zu einem Kitzeln in der Nase, als ob sie niesen müsste. Irgendwo hatte sie gelesen, dass das ein Säuglingsreflex war, aber sie begriff, dass sie den offenbar niemals abgelegt hatte.

Sie ging an den Schreibtisch und betrachtete nachdenklich die Videokassette. Vielleicht sollte sie trotz allem hineinsehen, ehe sie die Kassette zurückbrachte?

Sie brauchte eine halbe Minute, um sich zu entscheiden; wenn man alles zusammennahm, hatte es nichts mit Ylva und dem Vertrauen des Mädchens zu ihr zu tun, ob sie sich die Kassette ansah oder nicht. Sie hatte zu keiner Zeit versprochen, sich den Film nicht anzusehen, zwar aus dem einfachen Grund, weil sie nie hatte verlauten lassen, dass sie ihn mitnehmen wollte, aber dennoch.

Mit ihrer Haarspalterei war sie einigermaßen zufrieden, eine Art von nebulösem Einwand pochte in ihrem Hinterkopf, aber sie ließ sich nicht beirren. Hatte sie sich dieser Sache wegen nun so viel Mühe gemacht, so war es nur recht und billig, dass sie auch erfuhr, worum es sich handelte.

Sie ging weiter durch ihre Zimmer. Der Fernseher stand in dem hintersten, Wand an Wand zum Kirchenbüro. Aber die Sonne blendete, daher war sie gezwungen, die dicken Vorhänge vorzuziehen, um das Bild besser sehen zu können. Sie schob die Kassette hinein und machte es sich auf dem Sofa bequem. Verwundert stellte sie fest, dass es kein professioneller Film war, es gab weder Titelei noch Ton. Das erste Bild war ein sommerlicher Garten mit einer Frau, die in einer Hollywoodschaukel saß.

Nach einigen Sekunden wechselte die Szene mit einem Ruck.

Sie erkannte die Wohnung in Villan, in der sie gewesen war. Danach bewegte sich die Kamera mit ausladenden Schwenks durch eine Tür in ein Zimmer, das sie nicht gesehen hatte. Darin befand sich ein großes Bett, in dem ein Mann und eine Frau lagen. Es war die gleiche Frau, die in der Hollywoodschaukel gesessen hatte, ebenso wie der Mann war sie völlig nackt. Sie saß auf ihm und bumste ihn mit ungelenken Bewegungen. Die Kamera bewegte sich ruckartig hin und her, dann wurde sie ruhig, vielleicht war sie auf ein Stativ gesetzt worden. Eine andere Frau war flüchtig zu sehen, auch sie nackt. Mehrmals ging sie ins Bild und wieder hinaus, ohne dass man ihr Gesicht zu sehen bekam.

Das Paar im Bett fuhr in seinem monotonen Rhythmus fort, der Mann lag mit Armen und Beinen weit ausgestreckt da. Sein Körper bewegte sich nicht, nur der Kopf beugte sich auf und ab im gleichen Takt, wie die Frau sich auf ihm hob und senkte. Ihre Brüste waren groß und schwer, und plötzlich beugte sie sich vornüber und begann hastig ihren Oberkörper hin und her zu drehen, sodass die Brüste hart in das Gesicht des Mannes klatschten. Dann stand sie ebenso unvermittelt auf und stellte sich an die Seite des Bettes.

Die andere Frau kam ins Bild. Sofort sah Eva, dass es sich um Ylvas Mutter handelte. Sie hatte sich ein paar lange schwarze Handschuhe angezogen, in der einen Hand hielt sie eine Reitpeitsche und in der anderen eine Schachtel mit Streichhölzern. Sie reichte der anderen Frau die Peitsche, die mit ausladenden Bewegungen auf die Brust des Mannes einschlug. Erst da sah man, dass er an das Bett gefesselt war. Er zuckte zusammen und öffnete den Mund, aber der Film war immer noch ohne Ton.

Danach musste etwas mit der Kamera passiert sein. Das Bild

flackerte zweimal und verschwand dann. Als es wiederkam, hatte sich die Szene verändert. Ylvas Mutter riss ein Streichholz an und presste es an die Brust des Mannes, bis es erlosch. Sie wiederholte den gleichen Vorgang noch einmal. Jedes Mal zuckte der Mann zusammen und öffnete den Mund, als ob er schrie, der makabre Eindruck wurde gerade dadurch verstärkt, dass man immer noch keinen Laut hörte.

Eva saß wie versteinert da. Das war es also, wobei Ylva ihre Mutter beobachtet hatte. Vielleicht nicht nur im Film und vielleicht nicht nur beobachtet. Sie spürte, wie sich ihr der Magen umdrehte, sie musste all ihre Kraft zusammennehmen und sich zwingen, weiter hinzusehen.

Der Mann auf dem Fernsehschirm hatte eine enorme Erektion bekommen, und die Frau, die rittlings auf ihm gesessen hatte, schlug ihm erst zweimal auf sein Geschlechtsteil und setzte sich dann wieder rittlings auf ihn. Ylvas Mutter hatte die Streichhölzer weggelegt, nahm jetzt aber eine Plastiktüte, die sie dem Mann über den Kopf zog.

Eva ertrug es nicht, noch weiter zuzusehen. Sie drückte auf die Fernbedienung und machte endlich Schluss mit den ekelhaften Bildern. Dann sank sie im Sofa zurück, sie wusste nicht mehr weiter. Kein Wunder, dass es Ylva schlecht ging.

Jedenfalls würde sie den Film auf keinen Fall dem Mädchen zurückgeben. Vertrauen oder nicht. Die Frage war nur, ob sie ihn jemand anderem zukommen lassen sollte.

Das Naheliegendste war die Schülerhilfe. Wenn das Mädchen unter solchen Verhältnissen leben musste, konnten die doch eine Untersuchung veranlassen? Auf der anderen Seite hatten sie bereits ihr Pulver verschossen. Und wenn doch, würden sie kaum erklären können, wie sie an den Film gekommen waren.

Und die Polizei? Soweit sie wusste, waren solche Aktivitäten nicht verboten, auch nicht, so etwas zu filmen. Im Übrigen konnte man vermutlich solche Filme in jeder beliebigen Videothek kaufen. Sofern sie nicht sogar über Kabelkanäle gesendet wurden. Und ein für Kinder ungeeignetes Milieu war nicht unbedingt auch ein kriminelles.
Sofern der Film nicht als Indiz für etwas anderes gelten konnte. Es war ja der Sexualmord an einem Jungen gewesen, der die ganze Sache erst ins Rollen gebracht hatte. Da gab es außerdem eine Verbindung zu der gleichen Familie. Und sie selbst hatte ja überhaupt erst in der ganzen Angelegenheit herumzuschnüffeln begonnen, weil sie sich einbildete, Ylva sei sexuellen Übergriffen ausgesetzt.
Der Gedanke schoss ihr durch den Kopf, aus der Tiefe ihres Unterbewusstseins, wo er die ganze Zeit über verborgen gewesen war. Ihr Gehirn hatte sich nur geweigert, ihn zur Kenntnis zu nehmen.
Vielleicht spielte Ylva in dem Film ebenfalls eine Rolle? Oder andere Kinder?
Vielleicht hatte die Schulkrankenschwester sich geirrt, möglicherweise war es gar nicht Ylva, die sich die Verbrennungen selbst beigebracht hatte?
Sie holte tief Luft. Das war einfach zu viel, so etwas anzusehen hielt sie nicht aus. Das konnte die Polizei schließlich selbst feststellen. Eine andere Alternative, als denen den Film zu bringen, gab es nicht, das sah sie jetzt ein. Egal, ob sie mit ihren Verdächtigungen Recht behielt oder nicht.
Sie stand auf und zog die Kassette aus dem Recorder. Jetzt bedauerte sie, dass sie nicht Martin Olssons Rat gefolgt war und gleich mit Arne Bergman gesprochen hatte.
Wenn sie vorher Bedenken gehabt hatte, so war ihre Situa-

tion jetzt kaum besser geworden. Sie empfand es als doppelt peinlich, mit einem Film voller gewaltpornographischer Szenen anzukommen, ohne ihn vorher darauf vorzubereiten, worum es ihr eigentlich ging. Insbesondere wenn sich herausstellen würde, dass auf dem Film noch andere Menschen als die beiden Frauen und der Mann zu sehen waren. Obwohl sie bei Gott hoffte, dass das nicht der Fall sein würde. Was sollte Bergman eigentlich von ihr denken?

Sie setzte sich wieder. Auf jeden Fall blieb ihr nichts anderes übrig, als abzuwarten, bis das Polizeihaus in Ängelholm am Montagmorgen öffnete. Und das hieß, sie hatte noch beinahe vierundzwanzig quälende Stunden Zeit, sich über die Angelegenheit Gedanken zu machen.

KAPITEL 31

August 2001

Es war so weit. Der Plan war beschlossen, und es gab keinen Grund, sich nicht daran zu halten. Es hatte Einwände dagegen gegeben, so lange damit zu warten, wie sie es getan hatten, aber damit waren sie ein kalkulierbares Risiko eingegangen.

Wenn Jörlund sie an die Pastorin verraten hatte, wovon sie ausgehen mussten, bedeutete jeder weitere Tag ein wachsendes Risiko, dass sie weitererzählte, was sie wusste. Im Übrigen mussten sie davon ausgehen, dass sie das bereits getan hatte. Hoffentlich allerdings nur ihrem eigenen Seelenhirten.

Die Überlegung ging davon aus, dass Pastoren eine Schweigepflicht hatten. Die Sanktion bestand darin, nicht mehr länger als Pastor tätig sein zu dürfen, was für die meisten ein sehr harter Schlag war. Außerdem hatten Geistliche andere und viel bessere ethische Motive, ihre Gelöbnisse zu halten, als andere Berufsgruppen in der profanen Welt. Mit anderen Worten, es gab gute Gründe, sich darauf zu verlassen, dass ein Pastor sich an die Schweigepflicht hielt, wenn er das zu tun gelobt hatte.

Der Grund dafür, dass es notwendig geworden war zu warten, war an und für sich ein sehr einfacher. Es ging nicht an, gleich zwei Pastoren zu ermorden, sofern es nicht auf überzeugende Art nach einem Unglücksfall aussah. Ihr Ziel war, wieder Ruhe und Stabilität herzustellen und nicht noch mehr Aufsehen zu erregen.

Wie gesagt, es war so weit. Die Gelegenheit war günstig, um die doppelten Unfälle zu arrangieren. Es war ein Glückstreffer gewesen, als sie herausbekommen hatten, dass sich die beiden Geistlichen regelmäßig nach einem festgelegten Schema trafen.
Nun ja, nicht einfach ein Glückstreffer. Schon der erste Bericht darüber, dass Jörlund Kontakt zu einer Pastorin aufgenommen hatte, war Grund genug gewesen, Maßnahmen zu ergreifen. Und die erweiterte Überwachung hatte Früchte getragen. Als sie später die Kalender in die Hand bekamen und den Termin für das nächste Treffen erfuhren, war die Sache klar. Zwei Fliegen mit einer Klappe.
Er streckte die Hände nach oben und langte nach den Handgriffen. Mit einem lauten Pusten atmete er aus und zog sie gleichzeitig herunter. Hinter seinem Rücken wurden die Gewichte an ihren Stahlseilen in schnellem gleichmäßigem Rhythmus auf und ab bewegt.
Der linke Trapezmuskel machte sich mit einem ziehenden Schmerz bemerkbar, er hatte wieder zu viele Gewichte angehängt. Er riss sich zusammen und führte die Bewegungen vorschriftsmäßig durch, relativ hastig nach unten und langsamer zurück. Dann stand er auf und hob zwei flache Platten vom Stapel. Wurde es zu schwer, konnte er nicht heben und dabei gleichzeitig denken.
Es machte ihm Spaß, seine Vorbereitungen und Strategien in Gedanken durchzugehen, wie eine Art Zusammenfassung vor sich selbst. Ebenso gern repetierte er sein Handeln in Gedanken im Nachhinein. Eine Art virtuelles Tagebuch, wenn man so wollte. Das minderte das Risiko eines Fehlers, gab ihm aber auch das Gefühl totaler Kontrolle. Er war sozusagen ein Beobachter seines eigenen Egos.

Die Operation würde er selbst leiten. So war es am sichersten. Und er hatte sich persönlich darum gekümmert, dass diejenigen, die die Schläge ausführten, nicht über die Stränge schlugen. Die beiden waren schon zweimal dabei gewesen, und er hatte hinterher genauestens ihre Reaktionen beobachtet, ohne das kleinste Anzeichen von Reue oder Grübeleien zu entdecken. Es gab keinen Zweifel daran, dass alle beide genau das psychologische Profil aufwiesen, das er sich wünschte.

Er blickte auf die Uhr. Es war immer noch ein Weilchen hin, bis die Zeit gekommen war. Er konnte sich noch eine halbe Stunde in der Sauna gönnen. Der Konzentration wegen.

KAPITEL 32

Sonja kam ihr in der Tür entgegen. Sie konnte kaum still stehen, die Hände fingerten nervös an ihren Kleidern, die Stimme klang wie bei einer Souffleuse im Theater.

«Er sitzt da drin und wartet.»

Eva Ström erstarrte. Es war ihr gelungen, die ganze Sache mit dem Einbruch und den falschen Anschuldigungen zu verdrängen, jetzt fiel ihr überdeutlich ein, dass sie ihm ein Ultimatum bis Montag früh gesetzt hatte.

«Wer?»

Die Frage entfuhr ihr automatisch, sie glaubte es ja zu wissen. Nur zu gut im Übrigen. Aber zu ihrer Verwunderung antwortete Sonja mit der gleichen hohen zischenden Stimme.

«Torstensson. Vom Kirchenvorstand.»

Abrupt blieb sie stehen. Was konnte der wollen? Doch nicht etwa verlangen, dass sie Hardrock und satanische Symbole in der Kirche zuließ? Gerade wollte sie Sonja fragen, stutzte aber rechtzeitig und sah sich im Kirchenbüro um. Das war leer, nur die Lampe über Sonjas Schreibtisch brannte. Offenbar wartete er in ihrem Arbeitszimmer.

«Wo ist Sven?»

Sonja fummelte immer noch an ihrer Kleidung. Sie sah unglücklich aus.

«Der hat angerufen und gesagt, er würde nicht mehr länger herkommen.»

Sie begriff gar nichts. Er hatte immer noch einen guten Monat vor sich, bis seine Zeit als Vikar in dieser Gemeinde zu Ende war. Konnte er so ernsthaft krank geworden sein? Irgendwelche Krankheitssymptome hatte sie nicht an ihm beobachtet, aber sie fragte nicht. Das konnte warten, bis das Gespräch mit dem Vorsitzenden des Kirchenvorstandes beendet war. Sie reckte sich und trat in ihr Büro. Sie hielt Ylvas Videokassette in der Hand, denn sie hatte sich vorgenommen, sie Arne Bergman zu bringen, sobald sie mit ihren Mitarbeitern die Aufgaben dieses Tages durchgesprochen und verteilt hatte.

Torstensson stand auf, als sie eintrat. Er sah ernst aus und grüßte sie nur mit einem bedrückten Nicken. Sie ging um den Schreibtisch herum und setzte sich auf ihren Stuhl. Die Kassette legte sie auf die Tischplatte neben sich.

«Ist etwas passiert?»

Er nahm sich Zeit. Es sah aus, als ob er seine Gesichtsfalten in eine Art vorbestimmte Ordnung legte. Hatte er das vor dem Spiegel eingeübt?

«Das ist eine ärgerliche Angelegenheit, das hier …»

Er tat sein Bestes, um seine Behauptung zu illustrieren. Beinahe sah er aus, als ob er zu weinen anfangen würde. Aber er kam nicht zur Sache.

«Aha?»

Beinahe flehentlich blickte er sie an. Dann war das Theater vorbei. Er nahm seine gewohnte entschlossene Haltung ein.

«Bei uns ist eine Beschwerde über Ihre Arbeit eingegangen.»

Darauf hatte sie gerade gewartet. Aber sie dachte nicht daran nachzugeben.

«Ich bleibe dabei, was ich gesagt habe. Solche Symbole und solche Musik haben in der Kirche …»

«Warten Sie einen Augenblick.»
Er hielt ihr beide Handflächen entgegen, sah aus wie ein Torwart beim Handball. Seine Stimme war trocken wie Zunder.
«Wir haben Berichte darüber, dass Sie die Bürozeiten nicht einhalten, dass Sie sich angewöhnt haben, nicht erreichbar zu sein und nicht mit Ihrem Personal zusammenarbeiten. Außerdem haben Sie … hrrm … pornographische Zeitschriften im Kirchenbüro.»
Er brach ab, als ob er etwas Ungehöriges gesagt hätte. Sie starrte ihn verblüfft an.
«Wer …?»
Aber sie wusste es schon. Natürlich war er deshalb heute nicht erschienen. So ein verfluchter …
«Die offizielle Anzeige ist von Lovén und Niklasson eingereicht worden, die beide den Zukunftsverband repräsentieren.»
Das passte natürlich. Die waren durch einen Coup in die Kirchenpolitik gekommen, nun sahen sie ihre Chance, sich für das Stipendium für die Flüchtlingsarbeit zu rächen.
«Und inoffiziell?»
Er antwortete nicht, aber damit hatte sie auch gar nicht gerechnet. Sie konnte es nur nicht verdauen, dass sie einen Spion unter ihrem Dach gehabt hatte. Sie saßen beide schweigend da, keiner von ihnen wusste, was er sagen sollte. Sie hörten Sonja nebenan am Kopierer herumhantieren. Dann räusperte er sich wieder.
«Das gibt natürlich eine Untersuchung. Sie werden bald Gelegenheit haben, Stellung zu nehmen.»
Sie holte tief Luft und schielte zu der Videokassette, die vor seinen Augen auf dem Schreibtisch lag.
«Und bis dahin?»

Er blickte zur Seite. Aber er antwortete in dem offiziellen Tonfall.
«Eine Warnung. Das dürfte für diesmal reichen.»
Dann ging er zur Tür, ein kurzes Nicken war das Letzte, was sie von ihm sah. Aber sie hörte, wie er zu Sonja tschüs sagte, ehe die Außentür hinter ihm ins Schloss fiel.
Sie blieb sitzen und versuchte, bis zehn zu zählen. «Für diesmal», so ein aufgeblasener alter Kerl! Sie hörte immer noch den belehrenden Ton in ihren Ohren klingen. Das Schlimmste war, dass er tatsächlich die Befugnis hatte, sie versetzen zu lassen oder ganz zu entlassen.
«Was wollte er?»
Sonjas ängstliches Gesicht erschien in der Tür. Sie hörte sich an, als ob ihre ganze Zukunft von der Antwort abhing. Und das tat sie vielleicht ja auch.
«Nichts Besonderes. Nur wegen einer bevorstehenden Besprechung.»
Sie nickte und verschwand zu ihren Büromaschinen. Eva betrachtete die Videokassette vor sich. Es spielte keine Rolle, was der verdammte Vikar gesagt hatte, Ylva und nicht die Büroarbeit war jetzt wichtig.
Sollte sie gleich zum Polizeihaus fahren oder vorher anrufen? Sie sah Bergmans skeptischen Blick vor ihrem inneren Auge und streckte feige die Hand nach dem Telefonhörer aus.
Die Telefonistin hörte sich ebenso abweisend an wie neulich. Sie sagte auch die gleichen Worte:
«Es tut mir Leid, er ist unter seiner Nummer nicht zu erreichen.»
«Wo ist er denn dann?»
«Einen Augenblick mal …»
Daraus wurden mindestens drei Augenblicke. Als die Stim-

me sich wieder meldete, war sie ganz sicher, dass sie das gleiche Gespräch schon einmal geführt hatte.
«Er ist zu einer Tatortuntersuchung unterwegs. Soll ich es mit einer externen Verbindung versuchen?»
Sie verneinte und bedankte sich. Sie hatte keine große Lust zu versuchen, ihm zu erklären, warum sie ihn bitten wollte, sich ein pornographisches Video anzusehen, wenn er in einer Wohnung damit beschäftigt war, nach Fingerabdrücken zu suchen. Oder was er sonst gerade zu tun hatte.
Sie legte den Hörer auf und sah auf die Uhr. Das Geschwafel mit Torstensson musste mehr Zeit in Anspruch genommen haben, als sie geglaubt hatte. Es lohnte sich kaum noch, etwas anderes anzufangen, bevor sie sich auf den Weg zu dem monatlichen Gespräch mit Åke machte.
Ganz gut übrigens, dass sie mit ihm darüber sprechen konnte, ehe sie Arne traf. Es gab keinen Grund mehr, irgendetwas von dem, was sie wusste, zu verheimlichen. Oder von dem, was sie glaubte zu wissen. Und sie musste ihre Wut über die Heuchelei des Vikars loswerden.
Sie nahm die Videokassette mit und ging hinaus zu Sonja. Im Vorbeigehen kam sie an dem zweiten Schreibtisch vorbei und zog die Schubladen heraus. Alle waren sorgfältig geleert. Sie konnte sich erinnern, dass er aus einer davon widerwillig die Nummer des schwarzen Citroën hervorgezogen hatte. Da drin hatte er natürlich auch seine Aufzeichnungen über sie verwahrt.
Sie schloss die Schublade mit einem Krachen. Dies eine Mal konnte sie sich einen Fluch nicht verkneifen, obwohl sie mitten im Kirchenbüro stand.
«Verdammt nochmal!»
Sonja sah noch unsicherer aus als sonst. Es war möglich, dass

sie mitbekommen hatte, was Torstensson gesagt hatte, die Tür zwischen den beiden Räumen hatte ja offen gestanden. Aber selbst wenn das so war, ließ sie sich das nicht anmerken.

«Wer kümmert sich um die Dinge, die Sven machen sollte, wenn er nicht kommt?»

Sie hörte sich wie ein Kind an, das sich bittend an einen Erwachsenen wendet. Vielleicht meinte sie nicht nur den Vikar. Vermutlich wollte sie das Versprechen haben, dass Torstensson nicht auch veranlasst hatte, Eva Ström aus dem Dienst zu entfernen.

«Machen Sie sich keine Sorgen. Da kommt ein anderer.»

Sonja nickte nur. Es war nur schwer festzustellen, ob sie das beruhigte oder nicht. Veränderungen verunsicherten sie gewöhnlich, egal, wie unbedeutend sie waren. Aber Eva hatte keine Zeit mehr, lange Erklärungen abzugeben, und auch keine Lust dazu.

«Ich muss nach Båstad. Und danach nach Ängelholm, schaffen Sie es hier allein ein paar Stunden lang?»

Sonja nickte wieder. Sie sah jetzt weniger besorgt aus. Vielleicht weil es schon alltäglich war, dass ihre Chefin ihren Arbeitsplatz ohne ausführliche Begründung verließ.

Der Golf war noch keine zehn Meter gerollt, da entdeckte sie den blauen Volvo. Er stand genau in der Ausfahrt des Pastorats, und im gleichen Moment, als sie an ihm vorbeikam, startete er und fuhr auf die Straße.

Sie konnte nicht genau sagen, warum, aber irgendwie kam es ihr so vor, als ob er dort darauf gewartet hätte, dass sie kommen würde. Sie blickte in den Rückspiegel. Hinter dem Lenkrad saß ein Mann, etwa fünfzig Jahre alt, er war allein im Wagen.

Auf der Landstraße bog sie in Richtung Förslöv ab. Der Volvo folgte ihr. Auf der geraden Strecke am Flugplatz, dort, wo die Einflugschneise die Straße überquerte, fuhr sie langsamer und hielt sich scharf rechts. Kein Auto kam ihr entgegen, aber der Volvo überholte nicht, obwohl sie beinahe am Straßenrand entlangkroch.

Einen Moment überlegte sie, ob sie ganz anhalten sollte, aber plötzlich bekam sie Angst. Ein Gedanke schoss ihr durch den Kopf: Vielleicht wusste der Mann hinter ihr, dass sie die Videokassette bei sich hatte?

Sie trat aufs Gas und beschleunigte. Im Rückspiegel sah sie, dass der Volvo das Gleiche tat. Es konnte kein Zweifel sein, er folgte ihr. An dem neuen Rondell bei Vantige überlegte sie, ob sie eine ganze Runde und zurück in Richtung Ängelholm fahren sollte, aber sie sah ein, dass sie dadurch kaum den Verfolger abschütteln würde. Und selbst wenn es ihr glückte, den ganze Weg zum Polizeihaus zu schaffen, konnte sie nicht sicher sein, ob sie ihm bis hinter die Tür entkam, bevor der Mann ihr die Kassette abnahm. Sofern das denn seine Absicht war.

Als sie kurz vor Förslöv war, kam ihr eine bessere Idee. Sie fuhr mit gleich bleibender Geschwindigkeit ins Dorf hinein und an der Kirche vorbei. An der Statoil-Tankstelle bremste sie und blinkte nach links.

Der Volvo war ihr auf den Fersen. Sie stopfte die Videokassette unter die Bluse und hielt an der hintersten Zapfsäule an. Dann öffnete sie die Tür und stieg aus. Den Schlüssel ließ sie im Zündschloss stecken und die Tür einen Spalt offen. Absichtlich nahm sie sich Zeit, damit der Mann keinen Verdacht schöpfte.

Er hielt ein Stückchen hinter ihr und schien sich nicht mal die

Mühe zu machen, so zu tun, als ob er etwas zu erledigen hätte. Mit ausdruckslosem Blick betrachtete er sie, als sie an ihm vorbeiging.

Mit klopfendem Herzen trat sie durch die Tür in den Tankstellenshop. Ein junger Mann, den sie flüchtig kannte, nickte ihr vom Ladentisch aus zu. Sicher hatte er sie früher schon mal bedient.

«Die Toilette?»

Er zeigte uninteressiert zu einer Tür an der Seite, aber sie war bereits auf dem Weg. Die Tür führte unmittelbar in ein kleines Büro, die Toilette lag rechts am Ende eines kurzen Flurs mit direkter Verbindung hinaus zu den Zapfsäulen. Aber da draußen bewachte sie ihr Verfolger. Links war eine zweite Tür, die aussah, als ob sie in die Werkstatt führte. Sie hielt den Atem an und drückte die Klinke. Die Tür war nicht verschlossen.

Dem jungen Mann am Ladentisch warf sie einen schnellen Blick zu, aber der war an der Kasse beschäftigt und schaute zur anderen Seite. Sie öffnete und schlüpfte in einen nach Öl riechenden Raum, voll gestellt mit Werkzeug. Wenn sie richtig gerechnet hatte, musste es noch einen weiteren Weg nach draußen geben.

Den gab es. Sie kam an der Seite des Gebäudes heraus, dort, wo der Mann im Volvo sie nicht sehen konnte. Vorsichtig schlich sie an der Wand entlang, bis sie an die Ecke kam. Sie sah den weißen Golf direkt vor sich. Auch wenn es unbequem war, drückte sie sich eng an einen kräftigen U-Träger, der das Dach über den Zapfsäulen hielt und einen Spalt ließ, durch den sie den blauen Volvo beobachten konnte.

Es vergingen vielleicht zehn Minuten, ihr Rücken begann vom Stillstehen steif zu werden, und das Knie sandte Warnsignale aus. Der Mann im Volvo hatte sich die ganze Zeit lang nicht gerührt, aber plötzlich blickte er auf seine Armbanduhr.

Er sah sich um. Sie zog schnell ihren Kopf zurück und drückte sich an den Träger. Kurz darauf war er ausgestiegen und auf dem Weg in den Tankstellenshop.

Sie wartete, bis sich die Tür hinter ihm geschlossen hatte. Dann schlich sie zu dem Golf. Der Wagen startete Gott sei Dank bereits beim ersten Drehen des Zündschlüssels. Sie legte den Gang ein und fuhr los, ohne sich Zeit zum Anschnallen zu nehmen.

KAPITEL 33

Ingvarsson sah sich zwischen den Regalen um. Er hatte sich nie daran gewöhnen können, dass sich die Tankstellen in Lebensmittelläden verwandelt hatten, aber so sehr er auch zwischen Broten und Kühlflüssigkeit suchte, er konnte die Pastorin nirgends entdecken.

Ein junger Mann in blauem Oberhemd stand da und sortierte die frischen Brote ein. Er schien mit seiner Aufgabe voll beschäftigt zu sein, jedenfalls kümmerte er sich überhaupt nicht um den Kunden, der gerade den Shop betreten hatte.

Ingvarsson räusperte sich, und der junge Mann blickte ihn erstaunt an.

«Die Frau, die eben hier reingekommen ist ...»

Der junge Mann deutete ein Nicken zur Seite an, in Richtung auf die rechte Seite des Ladens.

«Toilette.»

Ingvarsson nickte zurück. Er war sich nicht sicher, ob der Mann das überhaupt bemerkte, aber darüber machte er sich keine Gedanken. Schnell ging er in die Richtung des Nickens. Neben einem kleinen Büro war eine Tür, die ganz richtig mit einem Toilettensymbol versehen war.

Einige Sekunden lang blieb er stehen. In dem kleinen halbrunden Feld über der Klinke leuchtete es weiß, aber das konnte auch bedeuten, dass sie nicht verriegelt hatte.

Er zögerte eine weitere halbe Sekunde. Dann fasste er an die Klinke und öffnete die Tür. Die Toilette war leer.

Er machte auf dem Absatz kehrt und lief mit schnellen Schritten durch den Shop. Der junge Mann starrte ihm verwundert nach, fasste sich aber nicht schnell genug, um ihn aufhalten zu können.
Vor dem Eingang blieb er stehen und blickte hinüber zu den Zapfsäulen. Der weiße Golf war verschwunden.
Er seufzte gottergeben, dann nahm er ein Handy heraus und drückte eine gespeicherte Nummer. Viermal tutete es, dann meldete sich eine barsche Stimme.
«Arne Bergman.»
«Hier ist Olle Ingvarsson. Sie ist mir entwischt.»

KAPITEL 34

August 2001

Vom Friedhof auf der anderen Seite der Landstraße hatte er eine ausgezeichnete Übersicht, ohne selbst gesehen zu werden. Er blickte auf die Uhr und schärfte seine Aufmerksamkeit; sie musste jeden Moment herauskommen. Er war die Strecke probeweise abgefahren und wusste genau, wie lange man bis zu den verschiedenen Haltepunkten brauchte. Wenn sie es schaffen wollte, pünktlich zu dem Treffen in Båstad zu sein, musste sie in weniger als vier Minuten in Barkåkra losfahren.
Er lächelte vor sich hin, als er sah, wie die Tür des Kirchenbüros wie auf Bestellung geöffnet wurde. Sie hatte eine blaugraue Bluse mit Kollar an, und in der Hand hielt sie etwas, das so aussah wie eine Videokassette oder ein Pralinenkarton.
Er senkte den Feldstecher und nahm das Handy heraus. Während er die Nummer wählte, sah er, wie sie in den weißen Golf stieg. Die Antwort kam sofort, offensichtlich gab es keine Probleme mit der Bereitschaft. Auch die Stimme hörte sich konzentriert an, er hoffte nur, dass das an der Aufgabe lag.
«Ist alles klar. Ich warte auf dem Parkplatz.»
«Keine Komplikationen?»
«Nichts. So gut wie kein Verkehr. Ich sitze mit einer Thermoskanne vor dem Wagen: Müder Fahrer bewundert die Aussicht. Pause nach langer Fahrt …»
Das Lachen gefiel ihm nicht. Diese Angelegenheit war nicht auf die leichte Schulter zu nehmen. Aber er kommentierte es nicht. Nichts durfte die Konzentration stören, ihn jetzt zu

reizen, war das Risiko nicht wert. Nicht, wenn es so kurz bevorstand.

«Sie ist jetzt an der Kreuzung, du hast genau elf Minuten Zeit, um deine Position einzunehmen.»

«Das reicht aus. Ich werde da sein.»

«Nur nicht zu früh. Wenn du zu lange da stehst, erregt es Aufmerksamkeit. Warte noch sieben Minuten, und vergiss nicht, die Warnblinker einzuschalten. Du hast doch eine Uhr?»

«Natürlich!»

«Na denn … viel Glück.»

Fast hätte er Gute Jagd gewünscht, hielt sich aber glücklicherweise zurück. Es war zwar ein gutes Prinzip, mit Psychopathen in ihrem eigenen Jargon zu sprechen, jedenfalls wenn man sie an seiner Seite behalten wollte. Aber es gab keinen Grund, bei der Kumpanei zu weit zu gehen.

Er wählte die andere Nummer. Der Mann meldete sich ebenso prompt.

«Hast du das Ziel kontrolliert?»

«Ja. Es sieht aus, als ob er allein ist.»

«Gut, dann kannst du hineingehen.»

Er schaltete aus und lehnte sich auf der Bank zurück. Dem Timer zufolge hatte der Pastor die kommende Stunde für das seelsorgerische Gespräch reserviert. Das hieß, dass sie mindestens so lange ungestört blieben, und diese Zeitspanne reichte voll und ganz.

Er hätte solche Maßnahmen zwar gern vermieden, Gewalt hatte immer die Tendenz zu weiterer Gewalt. Aber das Risiko war viel zu groß, wenn sie nicht eingriffen. Das ganze Netzwerk lag in der anderen Waagschale, mit einer sozialen Lawine als Folge. Man musste es einfach so sehen: Sicherheit ging vor Risiko.

Mit der Planung war er ziemlich zufrieden, wenn er selbst das mal so ausdrücken durfte. Es waren zwei ganz unterschiedliche Arten von Unglücksfällen, und sie würden gleichzeitig eintreffen. Der eine setzte den anderen sozusagen voraus. Das Verschwinden der Pastorin schaffte die Möglichkeit, an den Pastor heranzukommen, das alles erinnerte an ein gut durchgeplantes Schachspiel. Wenn jemand entgegen aller Wahrscheinlichkeit auf die Idee kommen sollte, dass da etwas anderes als der Zufall eine Rolle spielte, würde die Gleichzeitigkeit an sich zu ihren Gunsten sprechen. Ein Täter konnte ja beim besten Willen nicht gleichzeitig an zwei Plätzen sein, und wer konnte sich so etwas Ungewöhnliches wie eine Organisation vorstellen, die hinter einer koordinierten Attacke auf zwei Pastoren steckte?
Genau diese Ironie lag ihm sehr. Oder die Unverschämtheit, wenn man so wollte. Sag die Wahrheit, und niemand wird dir glauben.
Nichts war dem Zufall überlassen worden. Der schwere Lastwagen, der bei Nötte wartete, war in Kalmar gestohlen worden. Sobald er seine Aufgabe erfüllt hatte, würde er an die Ostküste zurückgefahren und in Oskarshamn verkauft werden. Niemand würde sich Gedanken machen, warum er an einem der vorderen Kotflügel eine kleine Schramme mit weißem Lack hatte. Vor allem würde niemand das mit einem Unfall an der Westküste, auf der anderen Seite Schwedens, in Verbindung bringen.
Noch einmal sah er auf die Uhr. In Gedanken konnte er dem weißen Golf auf seinem Weg zu der scharfen Kurve folgen, an der es keine Leitplanke gab. Nicht mehr ganz drei Minuten fehlten.
Er begann ein leichtes Kribbeln zu spüren, die Spannung

machte sich bemerkbar. Plötzlich stellte er erstaunt fest, dass ihn das an seine Kindheit erinnerte: Ein atemloser Zwölfjähriger wartete vor dem Radio auf die lebenswichtigen Zwischenzeiten des Vasalaufs.

KAPITEL 35

Die Bäume an ihrer rechten Seite huschten vorbei wie ein Gartenzaun. Sie drückte das Gaspedal buchstäblich auf die Bodenplatte des Autos. Die Augen waren völlig auf den Rückspiegel fokussiert, die Straße vor ihr erschien nur flüchtig am Rande ihres Gesichtsfeldes, wie eine vage Ausweitung dessen, was sie hinter sich sah.

Erst als sie die erste Kurve erreicht hatte, wandte sie den Blick von der Straße hinter sich. Mit knapper Not konnte sie sich auf dem Asphalt halten, obwohl die Kurve eigentlich nur eine schwache Biegung nach rechts war.

Als sie wieder in den Rückspiegel blickte, war die Statoil-Tankstelle hinter einer grünen Wand aus Laubbäumen verschwunden. Endlich nahm sie Gas weg, auf der kritischen geraden Strecke war kein Volvo zu entdecken gewesen, und kein Mann in den Fünfzigern war aus dem Tankstellenshop gekommen. Das hieß nichts anderes, als dass er drei verschiedene Wege zur Auswahl hatte. Mit ein wenig Glück versuchte er es auf einem der anderen.

Sie drängte den Golf durch die schmale Bahnunterführung und über die Landstraße, die durch viel zu viele Spikesreifen tiefe Spurrillen bekommen hatte, den Hügel hinauf. Gleich wurden es noch zwei Wege mehr, bei denen er sich entscheiden musste.

Kurz vor der Hügelkuppe tauchte das Hinweisschild nach Båstad auf. Sie schaltete runter. Mit aufheulendem Motor riss sie das Lenkrad nach rechts und gab auf der abzweigenden Straße Gas. Immer noch ging es hügelan, und während ihr Pulsschlag sich langsam normalisierte, war sie auch wieder in der Lage, klar zu denken.

Kein Zweifel, der Mann in dem Volvo war ihr gefolgt. Aber wenn sie überlegte, gab es eigentlich keine plausible Erklärung dafür, woher er wissen konnte, dass sie die Videokassette bei sich hatte. Sie begriff nicht, wie sie sich das hatte einbilden können. Sofern ihr schlechtes Gewissen ihr nicht einen Streich spielte.

Jetzt bemühte sie sich, die vorgeschriebene Geschwindigkeit zu halten, aber sie hatte den Sicherheitsgurt immer noch an der Seite neben ihrem Sitz hängen. Die Straße schlängelte sich sanft durch das Grün des Augusts, sie konnte lange und tief durchatmen. Zwei niedrige weiße Häuser, typisch für die Landschaft Skåne, drängten sich mitten in einer Kurve an die Asphaltkante und zwangen sie einen Moment lang zu erhöhter Aufmerksamkeit. Dann kam ein Bahnübergang und die lange ausladende Steigung hinauf über den Hallandsåsen.

Sie nahm das Tempo noch einmal zurück. Sie musste sich vor dem Treffen mit Åke sammeln. Der blaue Volvo hatte sie derart nervös gemacht, dass sie beinahe vergessen hatte, was sie mit ihm besprechen wollte.

Halbwegs oben, warf sie sicherheitshalber einen Blick in den Rückspiegel. Kein Volvo, so weit das Auge reichte. Übrigens auch keine anderen Autos, die ganze gerade Strecke hinter ihr war frei, so als ob nichts geschehen wäre. In der Ferne blinkte das Wasser von Skälderviken.

Alles sah völlig normal aus. Plötzlich wurde sie unsicher. Durch die ganze Geschichte mit Ylva und die drei Mordfälle war sie vielleicht paranoid geworden. War es reine Einbildung, dass der Wagen ihr gefolgt war? Es konnte durchaus ein Zufall gewesen sein, dass der Mann vor ihrer Kirche gehalten und danach etwas an der Tankstelle in Förslöv zu erledigen gehabt hatte. Zum Glück hatte sie nicht gleich die Polizei gerufen.

Sie seufzte und trommelte mit den Fingern auf der Videokassette. Das alles würde sie Åke erzählen. Er konnte ihr dann offen ins Gesicht sagen, ob sie auf dem besten Weg war, verrückt zu werden, oder nicht. Wichtiger war jedoch, dass er erfuhr, was ihr Vikar zusammen mit den Leuten vom Zukunftsverband eingefädelt hatte. Möglicherweise hatte er genügend Einfluss beim Domkapitel, damit Torstensson einen Schuss vor den Bug bekam. Oder mindestens weniger selbstgefällig auftrat.

Vor allem aber musste sie eine Lösung finden, wie es mit Ylva weitergehen sollte. Beim letzten Mal hatte sie Åke gegenüber nur andeuten können, dass sie in etwas hineingeraten war, was mit Straftaten zu tun hatte. Da war Lennart Jörlund noch am Leben gewesen.

Jetzt war er tot, sogar ermordet worden. Jedenfalls musste sie sich nicht länger an eine Schweigepflicht gebunden fühlen. Und was er ihr im Fahrstuhl gesagt hatte, ließ sie immer noch nicht zur Ruhe kommen. Deswegen hatte sie geglaubt, dass Ylva ebenfalls sexuell missbraucht wurde, genau wie es mit Jörgen der Fall gewesen war.

Sie hatte zwar lernen müssen, dass sie nicht ohne weiteres falsche Beschuldigungen aussprechen durfte, aber sie war sich trotzdem im Klaren, dass sie gezwungen war, die Videokassette der Polizei zu übergeben. Wenn keine Kinder auf dem Film zu sehen waren, machte sie sich zwar lächerlich, aber dieses Risiko musste sie eingehen.

Was die Angelegenheit komplizierte, war die Tatsache, dass sie die Kassette ohne Wissen des Mädchens gestohlen hatte. Dass Ylva nur ein Kind war, spielte keine Rolle, eine unausgesprochene Schweigepflicht musste trotzdem ebenso ernst genommen werden. Und ein gebrochenes Versprechen war nun mal ein gebrochenes Versprechen. Die Frage war nur, was schwerer wog, sie im Stich zu lassen oder ihr Vertrauen zu brechen.

Eine ganz andere Sache machte ihr Sorgen. Wenn sie die Kassette der Polizei übergab, würden Ylvas Eltern das vermutlich sofort erfahren. Unabhängig davon, ob sie etwas Strafbares enthielt oder nicht. Jedenfalls würde das Mädchen das sofort auszubaden haben, schließlich hatte sie die Kassette verbotenerweise an sich genommen.

Eva seufzte, während der Golf sich den Berg hinaufarbeitete, das war alles ein fürchterliches Durcheinander. Sie wünschte sich wirklich, dass Åke ihr einen Rat geben konnte.

Sofern er noch auf sie wartete. Sie blickte auf die Uhr, ihr geheimnisvolles Versteckspiel in Förslöv hatte sie beinahe eine Viertelstunde gekostet.

Sie trat aufs Gaspedal. Knapp hundert Meter vor sich sah sie die Kuppe der langen Steigung.

Auf der anderen Seite warteten Nötte und die steile Abfahrt nach Båstad.

KAPITEL 36

August 2001

Die sieben Minuten waren vergangen. Er legte die Thermoskanne auf den Vordersitz und kletterte in das Führerhaus. Er warf einen letzten Blick in das Tal. Die Aussicht war wirklich imponierend. Sofern jemand an so was interessiert war. Tief war es jedenfalls, sehr tief.

Da unten ging ein Mann herum, auf diese Entfernung war es nicht möglich, festzustellen, was er da tat. Aber ihm war das gleichgültig, bald würde er an etwas anderes denken müssen.

Die Fahrerkabine vibrierte, als der schwere Dieselmotor ansprang. Er rollte vom Parkplatz, bis an die scharfe Doppelkurve mitten auf der steilen Gefällstrecke waren es nur wenige Meter. Er hielt mit dem Lastwagen im unteren Teil der Kurve, dem Teil, der sich ganz nahe am Abhang befand und bei dem die Leitplanke fehlte.

Gewissenhaft hielt er sich an die Anweisungen und schaltete die Warnblinker an, gleichzeitig stellte er die Rückspiegel so ein, dass er die Kuppe des Berges sehen konnte. Er hatte die Kupplung getreten und achtete darauf, dass der Motor die richtige Drehzahl hielt, den Gang ließ er ebenfalls eingelegt. Dann zog er die Handbremse an. Es herrschte so gut wie kein Verkehr, mehrere Minuten lang war kein Auto vorbeigekommen. So war das um diese Tageszeit wohl immer. Aber für jemanden, der trotz allem zufällig vorbeikam, musste es so aussehen, als ob er mit irgendwelchen Straßenarbeiten beschäftigt war.

Vermutlich würde niemand so genau hinsehen, die Fahrer hatten vollauf damit zu tun, die Straße vor sich im Auge zu behalten. Sein Standort hatte zur Folge, dass derjenige, der an ihm vorbei wollte, weit auf die linke Fahrbahn ausweichen musste, ganz dicht am Hang hinunter zum Tal. Das war der springende Punkt.

Er blickte schnell auf die Uhr. Wenn die Berechnungen richtig waren, musste sie jetzt hier sein. Aber die Bergkuppe hinter ihm war immer noch leer. Eine weitere Minute verging, ohne dass etwas geschah.

Er spürte, wie er zu schwitzen anfing. Das war keine Nervosität, sondern die normale Anstrengung, er war gezwungen, in einer unbequemen Bereitschaftsstellung mit beiden Füßen auf den Pedalen ganz verspannt dazusitzen. Ungefähr so wie ein Sprinter in seinem Startblock, bevor der Schuss fällt.

Nach vier Minuten begann er die Geduld zu verlieren. Irgendetwas musste schief gegangen sein. Vielleicht hatte sie sich anders entschieden und war umgekehrt? Oder sie war einen anderen Weg gefahren?

Es ärgerte ihn, dass er nicht selbst anrufen und fragen konnte, was da geschehen war. Er konnte nur angerufen werden. Aus Sicherheitsgründen, hatten sie gesagt.

Ihm war im Grunde egal, warum, wenn sie sich nur meldeten, ehe er einen Krampf bekam. Er fühlte bereits, wie es in einem Schenkel zu ziehen begann. Nach acht Minuten entschied er sich aufzugeben, bald war die doppelte Zeit für die Wegstrecke vom Pfarrhaus hierher vergangen. Außerdem hatte er ja ausdrückliche Anweisung erhalten, nicht zu lange dort zu stehen und Aufmerksamkeit zu erregen.

Er löste die Handbremse und warf einen routinemäßigen

Blick in den Rückspiegel, gleichzeitig ließ er die Kupplung kommen.

Aber gerade, als sie zu fassen begann, entdeckte er ein Auto, das hinter ihm über die Bergkuppe kam. Er zögerte eine Sekunde. Es war ein weißer Golf.

Am Lenkrad saß eine Frau, sie war allein im Wagen, genau wie angekündigt. Er sah, wie sie auswich, um an ihm vorbeizukommen. Der Augenblick war da.

Er ließ die Kupplung ganz los und gab Gas. Der Dieselmotor stieß durch die plötzliche Anstrengung schwarzen Rauch aus, rollte aber los und kam genau im richtigen Winkel an.

Er traf den Golf am Vorderrad. Der drehte sich durch den Stoß um sich selbst und verschwand geradeaus über die Kante. Zweimal prallte er gegen den steilen Hang, dann machte er einen Salto und schlug mit einem dumpfen Knall mit den Rädern nach oben direkt auf die Bahngleise. Dort blieb er liegen. Das war zwar nur die halbe Strecke bis zur Talsohle, aber aus dem vorderen Teil des Wagens begannen Rauchwolken aufzusteigen, und das Dach sah aus, als ob es beinahe bis zur Höhe der Türen eingedrückt war. Dass sie überlebt haben könnte, war so gut wie ausgeschlossen.

Er jedenfalls hatte keine Zeit mehr, um nachzusehen. Er schaltete hoch und verschwand schnell und diskret hinunter nach Båstad. Glücklicherweise herrschte immer noch kein Verkehr.

Auf dem ganzen Weg in die Stadt hinein hielt er sich an die Geschwindigkeitsbegrenzung. Kurz vor dem Rathaus bog er nach rechts ab und folgte den Hinweisschildern zur E 6. Er machte es sich auf dem Fahrersitz bequem. Noch hatte er die lange Strecke bis nach Oskarshamn vor sich.

KAPITEL 37

Wie jedes Mal hatte Eva Ström das Gefühl, als ob Himmel und Horizont die Plätze getauscht hätten, als sie die hohe Bergkuppe hinter sich hatte. Das Sinarpsdal lag als tiefer Abgrund an der linken Seite, und vor ihr breitete sich mindestens fünf Kilometer weit weg die Bucht von Laholm mit ihrem Rahmen aus weißem Sand aus.

Die Straße war leer, so weit sie sehen konnte, und ein schneller Blick in den Rückspiegel zeigte ihr, dass es hinter ihr ebenso aussah. Vor der steilen Doppelkurve bremste sie stark ab. Obwohl es in der Magengrube kribbelte, konnte sie es nicht lassen, einen Blick hinunter über die Kante zu werfen. Das machte sie immer so, diesmal trat sie allerdings hart auf die Bremse.

Mitten in der Kurve blieb sie stehen und wusste nicht, ob das, was sie da sah, Wirklichkeit war oder nicht. Auf halbem Weg ins Tal mitten auf den Gleisen lag ein Auto auf dem Dach mit den Rädern nach oben und brannte. Nicht explosionsartig wie im Film, sondern still und leise wie ein Feuer in der Walpurgisnacht. Die gelbroten Flammen, die an dem zerknitterten weißen Blech hochzüngelten, sahen im Sonnenlicht beinahe durchsichtig aus.

Sie starrte wie gelähmt.

Das Unglück konnte nur wenige Minuten vorher passiert sein. Und sie hatte kein Handy dabei, um Hilfe herbeizurufen.

Verzweifelt suchte sie nach einer Möglichkeit, zu der Unglücksstelle hinunterzukommen, fand aber keine. Dann entdeckte sie einen schmalen Schotterweg, der schräg zu einem Hausdach hinunterzuführen schien, das unten am Fuß des Steilhangs zu sehen war. Sie wollte gerade aus dem Auto aussteigen, als sie zwei Männer aus der anderen Richtung vom Feld herauf angelaufen kommen sah.

Sie blieb sitzen, bis die beiden an der Unglücksstelle ankamen. Dann sah sie, wie sie etwas zueinander sagten und mit den Köpfen schüttelten. Danach drehte der eine sich um und begann, auf das Haus zuzugehen. Offensichtlich konnten sie nichts tun. Und sie selbst vermutlich auch nicht.

Sie betrachtete das brennende Autowrack und bekam ein komisches Gefühl, als sie plötzlich gewahr wurde, dass das weiße Auto dort unten genauso eins war wie ihres. Oder gewesen war.

Sie schüttelte das Unbehagen ab, es hatte keinen Zweck, hier noch herumzustehen. Außerdem war ein Auto gekommen und hatte sich hinter sie gestellt, sie hatte keine Lust, sich unter neugierige Zuschauer zu mischen. Wieder blickte sie auf die Uhr, wenn sie vorher schon eine Viertelstunde verspätet war, so waren daraus jetzt zwanzig Minuten geworden. Åke musste sich langsam fragen, wo sie denn blieb.

Sie legte den Gang ein und rollte aus der scharfen Kurve. Schon öfter hatte sie sich gefragt, warum es an dieser Stelle keine Leitplanke gab. Jetzt war es leider zu spät. Der arme Fahrer konnte kaum überlebt haben, das hatten wohl auch die beiden Männer festgestellt.

Unbewusst nahm sie Gas weg, ebenso gut hätte sie selbst da unten liegen können. An dem Bahnübergang fuhr sie besonders vorsichtig, sinnloserweise kontrollierte sie die blockierte

Richtung zweimal. Dann fuhr sie mit höchstens fünfzig den Rest ihres Weges bis zur Agardhsgatan.

Der grüne Sportwagen stand vor dem Eingang. Wenigstens hatte er sich nicht auf eine längere Ausfahrt gemacht. Aber niemand ließ sie ein, als sie klopfte. Hatte er sich vielleicht doch etwas anderes vorgenommen?

Sie sah sich die anderen niedrigen Häuser an. Die lagen so friedlich da wie immer. Und genauso leer. Sie wusste nicht, was sie jetzt tun sollte, vielleicht war es das Beste, wenn sie sich ins Auto setzte und wartete?

Sie klopfte noch einmal. Dann versuchte sie durchs Fenster hineinzusehen, weshalb, wusste sie eigentlich nicht. Wenn er nicht zu Hause war, musste sie sich damit abfinden. Und sonst hätte er doch aufgemacht?

Jedenfalls konnte man kaum in das Zimmer sehen, das Sonnenlicht wurde viel zu stark von den Scheiben reflektiert. Oder war da noch etwas anderes? Sie hielt sich die Hände an die Schläfen und drückte die Stirn an das Glas.

Da drinnen war ein eigentümlich waberndes Licht zu sehen. Und was sie unscharf wahrnahm, erinnerte an Nebelschwaden. Oder war es Rauch? Sie nahm eine Hand und wischte die Glasscheibe ab, das half aber nichts, sie konnte trotzdem nicht besser hineinsehen.

Das war doch nicht die Möglichkeit? Sie musste ein zweites Mal hinsehen, bevor sie sicher war. Es war keine Sinnestäuschung, hervorgerufen durch ihren erregten Zustand oder den Schock nach dem Autounfall. Da drinnen brannte es tatsächlich.

Aber wo war Åke? Doch nicht etwa noch im Haus?

Sie rüttelte an der Tür, vergeblich. Die war abgeschlossen.

Noch einmal sah sie sich auf der Straße um, weit und breit

war immer noch kein Mensch zu sehen. Beide Nachbarhäuser sahen unbewohnt aus, vermutlich für diese Saison schon von ihren Sommergästen verlassen.
Die Zeit reichte nicht, um Hilfe zu holen. Åke konnte im Haus sein, möglicherweise war er verletzt. Sie war gezwungen, hineinzukommen und nachzusehen, egal, wie sie das schaffte.
Sie zog sich einen Schuh aus und schlug mit aller Kraft gegen das Fenster, aber er prallte zurück in ihre Hand.
Dass das wehtat, merkte sie kaum. Sie sah sich nach einem besseren Werkzeug um und rannte zu Åkes Auto. Der große verchromte Tankverschluss war nicht abgeschlossen, sie nahm ihn in die Hand und schlug damit gegen die Scheibe des Wohnzimmers, sodass die Glassplitter herumflogen. Eine Rauchwolke kam ihr entgegen, und sie sah durch den Nebel, dass das Feuer aufloderte. Wahrscheinlich, weil sie es gerade mit frischen Sauerstoff versorgt hatte.
Es half nichts. Sie steckte die Hand hinein und griff nach dem Fensterhaken, der Fensterflügel ließ sich so leicht öffnen, als ob er gerade eben neu geölt worden war. Sie hob den Rock hoch und setzte sich rittlings über den Rahmen. Bevor sie hineinsprang, atmete sie tief durch.
Åke lag halb auf dem Sofa, und der Bezug um ihn herum brannte. Bis dahin waren es nur zwei Schritte. Sie griff ihm unter die Arme und schleppte ihn zur Tür hin. Die Luft in ihren Lungen reichte nur für den halben Weg, aber es schien so, als ob das Auflodern des Feuers die Rauchentwicklung minderte. Sie hustete und schniefte, aber es gelang ihr, die Haustür zu öffnen und ihn mit sich auf die Straße zu ziehen.
Ein Nachbar aus einem Haus weiter weg musste den Rauch aus dem beschädigten Fenster gesehen haben, er kam mit

einem Feuerlöscher unterm Arm angelaufen. Ohne ein Wort rannte er durch die Tür, und während sie mit der künstlichen Beatmung begann, hörte sie, wie es zischte, als er da drinnen das Feuer löschte.

Ein bizarres Bild des toten Dänen am Strand ging ihr durch den Kopf, als sie Åke die Nase zuhielt und Luft in seinen Mund presste. Es war eine Ewigkeit her, dass sie ihrer anatomischen Kenntnisse wegen des Mordes verdächtigt worden war. Jetzt versuchte sie, ein Leben zu retten.

Aber etwas stimmte nicht bei ihm. Er schien auf eine andere Art bewusstlos zu sein, das konnte nicht vom Rauch kommen. Als ob er fest schlief, statt ohnmächtig zu sein. Sie verdoppelte den Rhythmus des Einblasens im Verhältnis zu der Herzmassage, denn sie begriff, dass er sehr viel Rauch eingeatmet hatte. Allerdings ohne Resultat. Sie machte eine kleine Pause und hob seine Augenlider, bei beiden war das Weiße zu sehen.

Ohne lange nachzudenken, klatschte sie ihm kräftig auf beide Wangen, er blinzelte zweimal, dann fielen die Augenlider wieder zu. Aber sein schlaffer Körper begann sich zu spannen, es war deutlich, dass er gleich aufwachen würde.

Und während er zu schniefen begann, kam der Nachbar hustend die Treppe heruntergerannt.

«Jetzt ist es gelöscht. Nur das Sofa hat gebrannt.»

Sie war froh, sich eine zweite Mund-zu-Mund-Beatmung ersparen zu können.

«Können Sie einen Krankenwagen rufen?»

Er nickte und verschwand zu seinem Haus. Åke räusperte sich, oder genauer gesagt, er schien sich erbrechen zu wollen. Dann schlug er die Augen auf.

Er sah sie erstaunt an und öffnete den Mund. Aber noch war

er nicht in der Lage zu sprechen. Sie streichelte seine Wangen, diesmal vorsichtig.
«Alles ist in Ordnung. Wir bringen dich gleich ins Krankenhaus. Du hast viel Rauch eingeatmet, aber das Feuer ist gelöscht.»
Er sah immer noch unsicher aus. Aber er fügte sich und blieb auf dem Bürgersteig liegen, bis ein Krankenwagen mit heulenden Sirenen ankam. Als sie ihn auf die Bahre gelegt hatten und in den Wagen schieben wollten, winkte er sie zu sich heran. Die Stimme krächzte, als ob er Asche verschluckt hätte.
«Was ist denn passiert?»
«Weißt du nicht, dass es gebrannt hat?»
Er schüttelte den Kopf.
«Nur dass ich auf dich gewartet habe.»
Das Sprechen machte ihm Mühe. Aber er zwang sich trotzdem.
«Da war etwas … ein Geräusch.»
«Ein Geräusch?»
«Hinter dem Sofa. Ich dachte, du wärst das gewesen …»
Die Stimme wurde leiser und leiser, während er sprach. Schließlich verstummte sie ganz. Aber sie konnte sich die Frage nicht verkneifen:
«Hast du geraucht?»
Er zuckte, so gut das auf der Bahre ging, mit den Schultern. Dann nickte er verlegen.
Der Krankenwagenfahrer warf ihr einen Blick zu, und sie trat zur Seite. Er schob die Bahre ganz hinein und schloss die Tür hinter sich. Dann schaltete er die Sirene ein und verschwand die Einbahnstraße hinunter.
Sie blieb einige Sekunden unschlüssig stehen. Wie konnte Åke mitten am helllichten Tag dasitzen und mit einer Ziga-

rette in der Hand einschlafen? Aber so musste es gewesen sein. Manchmal passieren komische Dinge.
Weiter konnte sie nicht überlegen. Der Nachbar kam wieder, diesmal ohne den Feuerlöscher.
«Ich kann auf das Haus achten. Damit es nicht wieder zu brennen anfängt.»
Dankbar nickte sie. Sie fühlte sich schmutzig und matt. Um die Wahrheit zu sagen, war sie gar nicht in der Lage, auch noch die Verantwortung für Åkes Haus zu übernehmen.
Der Nachbar verschwand durch die Tür, sie selbst folgte dem Beispiel des Krankenwagens und fuhr die Agardhsgatan entlang davon. Kurz bevor sie vor der Kirche nach links abbog, hielt sie einige Sekunden und überlegte, ob sie über Västra Karup nach Haus fahren sollte, um sich den Berg bei Nötte zu ersparen. Aber sie konnte nicht begründen, warum ihr das wie eine Flucht vorkam.

Sie fuhr die übliche Strecke, an der Kurve waren immer noch keine Leitplanken. Sie konnte sich nicht verkneifen, hinunterzublicken, als sie vorbeikam. Das Auto, besser gesagt, das, was davon noch übrig war, war von den Schienen geschoben worden und stand wie eine groteske Skulptur an dem steilen Hang.
Wieder kam ihr der gleiche unangenehme Gedanke, dass es ihr Wagen hätte sein können, und sie trat aufs Gas, um von dort wegzukommen. Sie überlegte, wie der Krankenwagen es geschafft hatte, dort hinunterzukommen, und ihr wurde plötzlich klar, dass der Rettungsdienst innerhalb von weniger als einer halben Stunde zweimal alarmiert worden war, zu Unglücksfällen, die dicht beieinander lagen. Was immer das zu bedeuten hatte.

Sie fühlte sich eigentümlich konfus und begriff, dass die Nachwirkungen sich bemerkbar machten. Sie brauchte dringend ein wenig Ruhe. Vielleicht war es falsch gewesen, nicht hinter dem Rettungswagen her ins Krankenhaus zu fahren? Jetzt war es dafür jedenfalls zu spät. Sie biss die Zähne zusammen und nahm die Bergkuppe. Danach fuhr sie wie in Trance, zählte alle Abzweigungen und besonderen Merkmale am Straßenrand laut vor sich hin. Erst als die Reihen der Fensterläden an dem großen weißen Speicher von Övragård zu sehen waren, entspannte sie sich. Aber als sie auf den Schotterplatz vor dem Pfarrhaus einbog, merkte sie, dass sie am ganzen Körper schlotterte.
Sie war nicht in der Lage, mit Sonja im Kirchenbüro zu sprechen. Deshalb ging sie in das Badezimmer in ihrer Wohnung und drehte den Wasserhahn auf. Während die Wanne sich füllte, setzte sie Teewasser auf. Die Hände zitterten derartig, dass die Teeblätter über den ganzen Küchenfußboden verstreut wurden. Um sich zu beruhigen, holte sie ein paar Mal tief Luft, aber das half nicht viel, sie begann mit den Zähnen zu klappern.
Sie zog sich aus und nahm die Teetasse mit in die Badewanne. War das wirklich eine psychische Reaktion auf das Geschehene? Oder hatte sie zusammen mit dem Rauch noch etwas anderes eingeatmet? Die Symptome deuteten beinahe darauf hin.
Sie ließ mehr heißes Wasser ein, fühlte sich, als ob sie Schüttelfrost im ganzen Körper hatte. Sie überlegte, ob sie aufstehen und sich ein Glas Sherry holen sollte, sofern noch welcher da war. Aber sie ließ es sein, als sie daran dachte, wie das beim vorigen Mal geendet hatte.
Stattdessen schloss sie die Augen und versuchte, sich auf die

Wärme zu konzentrieren, die sie umgab. Nur freundliche Fürsorge fehlte ihr, dafür konnte sie nicht selbst sorgen. Wenn es denn ein Schock war, gegen den sie etwas tun musste.

Nach einer Weile fühlte sie sich tatsächlich etwas besser. Jedenfalls klapperten die Zähne nicht mehr. Aber immer noch war der Kopf nicht in Ordnung, als ob die Gedanken den Worten nicht folgen wollten, oder umgekehrt.

Sie dachte an Åke, der so völlig weggetreten war, es hatte beinahe den Anschein gehabt, als ob er irgendetwas eingenommen hatte. Oder unter Narkose gestanden hatte. Sie versuchte, den Gedanken weiterzuspinnen, kam aber zu keinem Schluss. Stattdessen machte sie sich wegen der armen Sonja Gedanken. Der musste sie wirklich bald erzählen, warum sie nicht ins Kirchenbüro gekommen war, sie musste ja gesehen haben, dass ihr Auto schon wieder zurück war.

Eine Weile blieb sie noch liegen. Dann stieg sie aus der Wanne und wickelte sich in den dickeren ihrer beiden Bademäntel. Sie wählte die Nummer des Büros, aber niemand meldete sich, obwohl sie hörte, wie es nebenan klingelte. Als sie bis neun gezählt hatte, blickte sie auf die Uhr. Beinahe sechs. War es wirklich möglich, dass sie so lange in der Wanne gelegen hatte? Sie ging hinaus in das kleine Zimmer und stellte den Fernseher an.

Es stimmte tatsächlich. Gerade erschien das Logo des lokalen Nachrichtensenders auf dem Bildschirm. Sie blieb sitzen, vielleicht würden sie berichten, was mit dem Fahrer des weißen Golf geschehen war.

Aber die Hauptnachricht war eine andere. Statt der Hügel bei Nötte kam die Ziegelei in Vegeholm ins Bild.

An der Mergelgrube vor dem roten Fabrikgebäude wimmelte es von Polizisten, überrascht entdeckte sie für einen Moment Arne Bergman, der abwehrend in die Kamera winkte. War er also dort gewesen, als sie ihn nicht erreicht hatte? Offenbar hatte das Fernsehteam ihn auch nicht zu fassen gekriegt. Das Bild wechselte unmittelbar zurück ins Studio, wo ein Reporter berichtete, dass die Polizei einen wichtigen Fund in dem alten Teich gemacht hatte, beim Absuchen hatte man ein Kinderfahrrad gefunden, das als zu Jörgen Nyman gehörig identifiziert worden war, dem Jungen, der einem Sexualmord zum Opfer gefallen war.

Sie wartete auf eine Fortsetzung, es kam aber keine, offenbar hatte die Polizei eine Nachrichtensperre verhängt. Sie selbst blieb sitzen, ohne sich auf die weiteren Berichte konzentrieren zu können. Irgendetwas stimmte nicht.

Sie konnte nicht dahinter kommen, was es war, aber vor längerer Zeit war ihr schon mal ein Gedanke gekommen. Irgendwas darüber, wie Jörgen denn dort hingekommen war. Sie erinnerte sich daran, dass es mit etwas anderem zu tun hatte, aber nicht, womit. Vielleicht etwas, was Jörgens Vater gesagt hatte?

Sie schaltete den Fernseher aus und ging ins Schlafzimmer. Sie legte sich aufs Bett und starrte an die Decke. Es war nicht möglich, auf den richtigen Gedanken zu kommen. Immer noch fühlte sie sich eigenartig betäubt, aber das war nicht der Grund dafür, dass sie sich nicht erinnerte. Eher war es so, dass sie das Wort auf der Zunge hatte, es aber nicht aussprechen konnte, eine leere Stelle im Bewusstsein.

Sie schloss die Augen und versuchte an etwas anderes zu denken, aber es half nichts. Stattdessen fiel sie in eine Art Halbschlaf.

Sie konnte den Gedanken an das Fahrrad nicht verdrängen. Das hätte nicht in dem Teich sein dürfen. Und irgendwo ganz tief drinnen wusste sie auch, warum.

KAPITEL 38

Mit einem Ruck setzte sie sich auf. Die Dämmerung hatte das Zimmer in ein schummeriges Dunkel versetzt, aber das merkte sie gar nicht. Die Einsicht war ebenso unvorhergesehen gekommen wie die vorherige Gedankenblockade. Als ob sie von etwas gesteuert wurde, das ihrem Einfluss entzogen war.

Ein Teil von ihr wollte nicht zugeben, was der Verstand ihr suggerierte, und um Haaresbreite wäre sie auf das Angebot eingegangen. Verleugnen gegen inneren Frieden.

«Guter Gott, das kann doch nicht ...»

Sie sprach es laut aus. Der Gedanke hatte sich verselbständigt, während sie zwischen Traum und Wirklichkeit schwebte. Die gleichen Szenen wieder und wieder: der Videofilm, Jörgens Vater am Fenster mit Tränen in den Augen, Ylvas Stiefvater auf der Trauerfeier, der ermordete Däne am Strand und der Mann, der starb, weil er sich von seiner Schuld befreien wollte.

Wie lose Scherben in einem Kaleidoskop. Aber diesmal hatten sie sich auf eine andere Art zusammengefügt. Eine neue Bedeutung war zu erkennen.

Mehr war da nicht. Alles war schon von Anfang an da gewesen, deutlich erkennbar für jeden, der Augen hatte, zu sehen. Und sehen wollte.

Aber sie wusste auch, was sie alle in die Irre geführt hatte. Der vierte Punkt. Das Motiv. Das hatte es vor Jörgens Tod nicht gegeben, es war danach hinzugekommen. Deshalb lag das Fahrrad im Teich.

Sie stand vom Bett auf und zog sich an. Aber sie konnte nicht still stehen, rastlos ging sie durch ihre Zimmer, ohne auf die Gegenstände um sie herum zu achten. Konnte sie sich irren? Immer noch hoffte sie, dass sie sich getäuscht hätte, obwohl sie von Minute zu Minute fester vom Gegenteil überzeugt war.

Sie wusste, wie sie dahinter kommen konnte, wie das alles zusammenhing. Vor dem Telefon blieb sie stehen. Die Videokassette lag immer noch auf ihrem Schreibtisch, sie warf einen Blick darauf. Jetzt gab es keinerlei Zweifel mehr, dass die Polizei sich den Film ansehen musste.

Sie sah auf die Uhr, es war schon zu spät, um Bergman anzurufen, vermutlich war es um diese Zeit nicht mal mehr möglich, die Polizei in Ängelholm zu erreichen. Sie überlegte, ob sie ihn zu Hause anrufen sollte, ließ es aber sein. Nicht nur aus persönlichen Gründen. Er hätte ihr wahrscheinlich gleich eine Antwort geben können, aber diesmal wollte sie sich vorher selbst überzeugen, ehe sie wieder jemanden beschuldigte.

Die Frage war nur, wie sie ohne seine Hilfe an die Stelle kommen konnte, zu der sie hin wollte. Und vor allem, ob ihr geglaubt wurde, wenn sie dort ganz allein gewesen war.

Sie überlegte eine Weile. Dann zog sie das Telefonbuch heraus und wählte eine Nummer in Ängelholm. Überraschenderweise meldete er sich gleich beim ersten Ton, er musste neben dem Telefon gestanden haben.

«Martin Olsson.»

Geduldig hörte er zu, während sie erklärte, aber als sie zu dem eigentlichen Anliegen kam, lehnte er strikt ab. Verständlicherweise.

«Das ist verboten.»
«Ich übernehme die Verantwortung. Ich möchte nur einen Zeugen haben.»
Kann man hören, wenn jemand den Kopf schüttelt? Sonst musste es Gedankenübertragung sein, sie wusste jedenfalls, was er sagen würde, als die Stimme wieder zu hören war.
«Leider.»
Am schlimmsten war, dass sie ihn ja verstand. Sie entschloss sich dennoch, es allein zu versuchen. Besser so, als zu warten, bis sie Bergman sprechen konnte, denn sie konnte sich des Eindrucks nicht erwehren, dass keine Zeit mehr zu verlieren war.
Gerade wollte sie den Hörer auflegen, als er noch etwas hinzufügte. Vielleicht hatte er ihren Gedanken geahnt.
«Ich kann natürlich mit Arne sprechen …»
Jetzt schüttelte sie den Kopf, unkonzentriert hörte sie sich selbst murmeln:
«Ich muss sofort dahin.»
Diesmal sagte er nichts dazu, und sie legte den Hörer auf. Im Vorbeigehen griff sie sich eine kurze Jacke, die in der Diele hing. Die passte gut zu den Jeans, aber sie war schon ein ganzes Stück über den knirschenden Schotter zu ihrem Auto gelaufen, als ihr einfiel, dass sie auch eine Taschenlampe brauchte. Wenn sie überhaupt etwas sehen wollte.
Sie fluchte laut, als sie zurückging. Bereits während sie den Schlüssel in die Tür steckte, hörte sie das Telefon klingeln. Aber der letzte Ton verklang, als sie gerade wieder in die Diele kam. Sie fand die Lampe und ging zum zweiten Mal auf den Schotterplatz hinaus. Wahrscheinlich war es nichts Wichtiges.
Immer noch spürte sie sich leicht schwindelig, so als ob sie

nach einer schweren Grippe wieder auf die Beine gekommen war. Aber das konnte sie nicht abhalten. Wahrscheinlich war es eine Folge des Rauchs, und sicher wurde es besser, wenn sie an die frische Luft kam.
Sie ließ den Golf an und kurbelte das Seitenfenster so weit es ging herunter. Der Fahrtwind blies ihr um die Ohren, als sie hinter dem Ortsteil Pomona auf die Schnellstraße kam, und sie bibberte trotz der Jacke, aber sie widerstand der Versuchung.
Mehr Sorgen machte ihr, dass sie keinen Zeugen hatte. Doch sie tröstete sich damit, dass die Experten der Polizei feststellen würden, dass nicht sie selbst es gewesen war, die das alles arrangiert hatte.
Vorausgesetzt, sie hatte tatsächlich Recht.

Nach dem fünften Rondell kurbelte sie das Seitenfenster wieder hoch, aber da war sie schon richtig durchgepustet. Eine vorsichtige Überlegung ging ihr durch den Kopf, als auf der ganzen schnurgeraden Strecke hinaus nach Vegeholm die Hände regungslos auf dem Lenkrad lagen, aber die unterdrückte sie. Jetzt war sie so weit gekommen, da kam umkehren nicht infrage.
Es war dunkel geworden, als sie den Wagen durch die Kurve vor Utvälinge zog, sie konnte kaum die rote Farbe an den verfallenen Gebäuden erkennen.
Sie stellte den Wagen vor der Absperrung ab, das gestreifte Plastikband drehte sich vorsichtig im Abendwind. Zwischen den Büschen und einzelnen Bäumen rund um die alte Mergelgrube entdeckte sie ein ebensolches Band. Aber genau wie sie schon vermutet hatte, waren um diese Zeit keine Polizisten mehr hier. Vermutlich hatten sie nicht genügend Perso-

nal, oder die Überstundenzahl war schon zu hoch. Umso besser für sie.
Sie nahm die Taschenlampe und probierte sie aus. Ein heller und kräftiger Lichtstrahl. Sie schaltete sie wieder aus, um keine unnötige Aufmerksamkeit zu erregen, als sie sich durch den Zaun und an den Plastikstreifen vorbei auf den Weg machte. Auch ohne Bergmans Hilfe ging das recht gut.
Die meterdicke Ziegelwand hatte eine rechteckige Öffnung, es kam ihr so vor, als ob sie in eine Pyramide eintrat. Die Ähnlichkeit mit einer Grabkammer bereitete ihr das gleiche Unbehagen wie früher am Tag, als sie sich das verunglückte Auto angesehen hatte. Hier drin hatte Jörgen den Tod gefunden.
Sie knipste die Lampe an und leuchtete unter die runden Gewölbe. Im Gegensatz zu ihren Kirchengewölben strahlten sie keinen Frieden aus, sondern signalisierten ihr nichts anderes als Jörgens Todesangst.
Sie trat einen Schritt vor unter das gewölbte Dach. Da lagen Scherben und heruntergefallene Steine auf dem gestampften Erdboden, und es kam ihr so vor, als ob das Gewicht von Tonnen von Ziegeln sich gegen ihren Kopf presste. Unwillkürlich hockte sie sich hin. Mit gebeugtem Rücken machte sie zwei Schritte vorwärts. Der viereckige Eingang verschwand hinter ihr, als der Gang nach links bog. Die Dunkelheit schloss sie ein, nur der schmale Lichtkegel der Taschenlampe wanderte im Takt ihrer Bewegungen über die geborstenen Wände.
Sie ging ein paar Schritte weiter. Immer noch war nicht zu sehen, wonach sie suchte, das musste tiefer drin sein. Weiter kam sie mit ihren Überlegungen nicht. Aus dem Dunkel kam ihr etwas entgegen, genau auf ihr Gesicht zu.
Nur ein graues Etwas fasste sie auf, das sich völlig lautlos bewegte. Es war etwas Übernatürliches mit der absoluten Stille

und der weichen Bewegung durch die Luft. Dann spürte sie, wie etwas Flaumiges ihr Gesicht streifte.
Sie ließ die Taschenlampe fallen. Die schlug auf dem Boden auf, erlosch aber glücklicherweise nicht, sondern der Lichtstrahl wurde nach oben gerichtet und fing für den Bruchteil einer Sekunde ein, was sie gestreift hatte. Eine Eule.
Sie beugte sich hinunter und griff nach der Taschenlampe. Angst hatte sie nicht empfunden, dazu war alles viel zu schnell gegangen, aber als sie sich aufrichtete, spürte sie, wie ihr wieder schwindelig wurde. Sie leuchtete hinunter auf den Erdboden und erstarrte, als sie einige Meter vor sich eine weiße Markierung entdeckte. Dort hatte Jörgen gelegen.
Gleich daneben befand sich eine Öffnung in der Mauer, die in den großen Rauchgang führte, und man sah, dass dort jemand vor ganz kurzer Zeit Feuer gemacht hatte. Sie musste sich beinahe dazu zwingen, hinzugehen. Dann begann sie auf den Knien die Wandfläche abzusuchen, Zentimeter für Zentimeter.
Nach einer Viertelstunde hatte sie immer noch nicht gefunden, was sie suchte. Dagegen begann das Licht der Taschenlampe gelb zu werden, und die unbequeme Stellung hatte dazu geführt, dass das Knie wieder zu schmerzen anfing. Sie begann einzusehen, auf welches hoffnungslose Vorhaben sie sich eigentlich eingelassen hatte. Die Mauerfläche musste mehrere hundert Quadratmeter groß sein, es würde unmöglich sein, sie innerhalb von nur einer Stunde vollständig abzusuchen. Oder wie lange die Batterie nun reichte. Außerdem wusste sie gar nicht, ob das Gesuchte dort zu finden war oder nicht. Im Grunde hoffte sie, dass das nicht der Fall sein würde.
Dann ging ihr auf, dass sie vielleicht an der falschen Stelle

suchte. Nichts sprach dafür, dass es dort zu finden sein musste, wo der Körper gelegen hatte, oder genauer gesagt, dort, wo sie versucht hatten, ihn zu verbrennen.
Sie ging zurück zu dem vierkantigen Eingang. Genau in der Öffnung blieb sie stehen und untersuchte die meterdicke Mauer. Sie versuchte sich die Größe des Mädchens vorzustellen und beugte sich so weit hinab, bis sie in deren Augenhöhe war. Und da stand es.
Sie betrachtete die wenigen schwarzen Buchstaben, die aussahen, als ob die beiden Mädchen einen Kajalstift benutzt hatten. «Jörgen Nyman». Und dann den Davidsstern. Was hatte Ylva noch gesagt? Man muss den Namen schreiben und einen Stern zeichnen.
Sie schloss die Augen und faltete die Hände. Ylvas Hölle auf Erden hatte nicht bei ihrer Mutter oder deren Sexualpartnern begonnen. Sondern hier.
Sie hatte auf Jörgen, ihren Cousin, aufgepasst, und sie hatte die Videokassette ihrer Mutter gefunden. Vielleicht hatte sie nachts die Schreie aus dem Zimmer nebenan gehört. Kinder spielten, was sie sahen, das war ihre Art und Weise, mit schwer verständlichen Dingen fertig zu werden. Oder mit schwer auszuhaltenden.
Sie selbst hatte das Video ausgeschaltet, als sie sah, wie dem Mann die Plastiktüte über den Kopf gezogen worden war. Ylva und ihre Freundin hatten auch gesehen, wie Ylvas Mutter das getan hatte, aber sie hatten nicht begriffen, dass man die Tüte rechtzeitig entfernen musste. Sie hatten Jörgen erstickt. Einen Päderasten und ein Motiv, einen Missbrauch zu vertuschen, hatte es nie gegeben.
Sie stand regungslos da. Es war unmöglich, sich vorzustellen, was in den Köpfen der Mädchen vorgegangen war. Aber eins

wusste sie: Ylva war dabei, an Schuld und Angst zu zerbrechen.

Sie zuckte zusammen, als sie eine Bewegung direkt draußen vor der Mauer bemerkte. Diesmal war es keine Eule, sie hörte, wie Schritte auf dem Schotter knirschten. Dann traf sie ein blendender Lichtstrahl. Sie hielt sich die Hand vor die Augen, und er verschwand. Stattdessen sah sie Martin Olsson und Arne Bergman auf sich zugehen. Sie hatte kein Auto kommen hören, war sie so in Gedanken versunken gewesen?

Bergman trug einen blaugrünen Polizeioverall und sah sie prüfend an.

«Vielen Dank für die Lektion. Ich war bei der Übung der Zweitbeste.»

Sie nickte müde. Alle Selbstvorwürfe in dieser Sache hatte sie vergessen. Sie zeigte auf die Ziegelwand.

«Ich hatte Recht. Da steht es.»

Sie überließ es ihnen, sich die kurze getuschte Inschrift anzusehen. Martin Olsson hatte sie bereits alles erzählt, er konnte es weitergeben, sofern er es nicht bereits getan hatte. Sie selbst ging zu ihrem Golf und setzte sich hinein. Ihr fiel ein, dass sie hier schon einmal gesessen und überlegt hatte, wie Jörgen bis hierher gekommen war. Neulich hatte sie die Antwort nicht ahnen können. Dass er zusammen mit den Mädchen, die auf ihn aufpassen sollten, hierher geradelt war und dass die beiden sein Fahrrad in den Teich geworfen hatten, nachdem sie vergeblich versucht hatten, seinen Körper zu verbrennen.

Sie fragte sich, was nun passieren würde. Vermutlich würde man sich um Ylva bemühen. Vielleicht konnte die Zeit heilen, was in ihr zerbrochen war. Eva würde nie im Leben ihre von Angst geplagten Fragen an dem Tag da draußen in dem gelben Geräteschuppen vergessen. Plötzlich war ihr klar, dass sie das Mädchen sprechen musste, wenigstens um ihr einiges zu erklären. Und möglicherweise, um ihr bewusst zu machen, was Vergebung bedeutete. Sie war schließlich Pastorin.

Sie stieg aus dem Wagen und ging auf Bergman zu. Er sah sie mit dem gleichen musternden Blick an. Sie fragte sich, was der eigentlich zu bedeuten hatte, tat aber so, als ob sie nichts merkte.

«Ich habe mir überlegt, dass ich heute Abend noch mit dem Mädchen sprechen muss. Ich hoffe, das ist möglich?»

Er strich sich übers Kinn. Dann blickte er ihr in die Augen, vielleicht begriff er. Er hörte sich so an, als ob ihm gerade etwas eingefallen war.

«Ich habe heute Abend noch einiges zu tun. Wir holen sie nicht vor morgen.»

Sie hielt seinem Blick stand. Plötzlich begriff sie, was ihn so anziehend gemacht hatte.

«Danke!»

Sie ging zurück zu ihrem Wagen. Auf halbem Weg rief er ihr nach:

«Kann Martin mitfahren? Ich bleibe noch eine Weile hier.»

Das war kein Problem. Sie wartete im Auto, während die beiden noch einige Worte tauschten und sich gegenseitig auf die Schulter klopften. Von weitem sah es so aus, als ob sie einem Ritual folgten.

Auf dem ganzen Weg in die Stadt sprachen sie kein Wort. Vielleicht versuchte Martin Olsson ebenfalls mit dem Fürchterlichen, was da geschehen war, zurechtzukommen? Erst beim Sportplatz wandte sie sich an ihn.

«Ich will nach oben zu ihr fahren, wollen Sie zuerst nach Hause gebracht werden?»

Er sah sie fragend an, ihr war klar, dass er den Tonfall richtig aufgefasst hatte.

«Brauchen Sie Hilfe?»

«Vielleicht.»

Sie erinnerte sich gut an die verächtliche Feindlichkeit, mit der sie beim letzten Mal empfangen worden war. Vielleicht würde es Schwierigkeiten geben, wenn sie mit Ylva sprechen wollte. Auch wenn sie ahnte, dass wahrscheinlich sowohl die Feindlichkeit als auch die sonderbare Gleichgültigkeit bei Ylvas Eltern und Jörgens Vater nur gespielt waren.

Die mussten doch von der ganzen Sache gewusst haben. Daher hatte sie Ylvas Stiefvater auf Jörgens Trauerfeier gesehen. Auf ihre Art wollten sie das Geheimnis des Mädchens wahren, kein Wunder also, warum sie nicht wollten, dass das Kind mit einem Psychiater sprach. Oder mit einer Pastorin.

Aber vielleicht vereinfachte es die Sache für die beiden, wenn sie nicht allein kam. Und wenn ihnen klar wurde, dass sowohl sie als auch die Polizei Bescheid wussten.

Bei der ersten Ampel hinter dem Rondell bog sie nach rechts ab, einige Minuten später hielt sie vor dem pastellfarbenen Haus. Bereits als sie aus dem Auto stieg, sah sie, dass Licht in der Wohnung brannte.

Sie gingen hintereinander die Treppe hinauf. Ihr war es egal, ob der Mann mit dem Hund hinter seinem Spion Wache hielt oder nicht. Sie drückte auf den Klingelknopf und stellte sich darauf ein, hart auf hart vorzugehen. Sie musste mit Ylva sprechen, selbst wenn sie sich den Zugang zu der Wohnung erzwingen musste.

Es war ein komisches Gefühl, Auge in Auge der Frau gegenüberzustehen, die sie sowohl in dem Pornoheft als auch auf der Videokassette nackt gesehen hatte. Schwer zu glauben, dass das indolente Geschöpf vor ihr die gleiche Person war. Jedenfalls zeigte sie keine Spur der Härte, die Eva in dem Film gesehen hatte. Ganz im Gegenteil, sie sah eher verängstigt aus.

«Ich würde gern mit Ylva sprechen. Sie erinnern sich, ich war schon einmal hier.»

Um die Augen der Frau zuckte es. Sie machte eine unbeholfene Geste mit der Hand. Die Stimme hörte sich ebenso hilflos an.

«Wir wissen nicht, wo sie ist.»

Sie nahm zur Kenntnis, dass die Frau wir sagte. Aber es ging ihr nicht auf, was das bedeutete, bevor die Frau mit gleicher tonloser Stimme fortfuhr.

«Sie ist seit gestern Abend nicht mehr hier gewesen.»

Sie standen sich schweigend gegenüber. Keiner von beiden fiel ein, was sie sagen sollten. Da unterbrach Martin Olsson das Schweigen.

«Haben Sie das der Polizei gemeldet?»

Die Frau starrte ihn an, als ob sie ihn erst jetzt wahrgenommen hätte. Dann trat sie ganz plötzlich einen Schritt zurück und schlug die Tür zu. Der Knall hallte durchs ganze Treppenhaus.

Olsson stand wie vom Donner gerührt da, offensichtlich hatte er eine solche Reaktion nicht erwartet. Er streckte die Hand aus, um noch einmal zu klingeln, aber Eva hielt ihn zurück.

«Ich glaube, ich weiß, wo sie ist.»

Sie zog ihn mit sich die Treppe hinunter und ins Auto. Weit

hatten sie nicht zu fahren, aber sie wollte den Wagen nicht vor dem Haus stehen lassen.

Sie hielt bei dem kleinen Waldstück und ging voran auf die Bahnstrecke zu. Es war dunkel geworden, aber das machte nichts, sie erinnerte sich, wo sie beim letzten Mal langgegangen waren.

Aus den verwilderten Fliederbüschen kam auch kein Licht, aber das hatte nichts zu bedeuten. Vielleicht hatte sie nur eine Kerze angesteckt, eine von denen, die in den leeren Flaschen steckten. Aber als sie die Zweige vor den morschen gelben Brettern zur Seite bog, wurde sie unsicher. Es war viel zu ruhig und still. So als wenn man sich in einem leeren Haus befindet und weiß, dass man allein ist, ohne sagen zu können, warum.

Sie tastete am Dachvorsprung entlang. Da war nichts zu finden. Vielleicht war sie da gewesen und hatte den Schlüssel mitgenommen, damit niemand hineinkommen und ihr Versteck finden konnte?

Hier konnte sie sich lange verborgen halten. Nachts war es immer noch recht mild, und sie hatte ein Sofa, um darauf zu schlafen. Lebensmittel konnte sie sich vermutlich beschaffen, wenn nicht woanders, so am Kiosk.

Olsson sah ihr zu, wie sie nach dem Schlüssel suchte. Als sie ihn nicht fand, nickte er zu der Türklinke, ohne ein Wort zu sagen. Ihr wurde plötzlich wieder bewusst, dass er bei der Polizei gewesen war.

Sie griff danach und drückte sie hinunter. Das ging ganz leicht, und die Tür ließ sich ebenso leicht öffnen.

Sie hing da drinnen. Eine gelbliche Plastikschnur ging von ihrem Hals zu einem schmalen Balken im Dach. Die schien in der Dunkelheit beinahe zu leuchten. Eva schaltete ihre Taschenlampe ein. Sie merkte kaum selbst, was sie tat, die Hände reagierten automatisch, ohne ihr Zutun. Es war ein Springseil, die roten Handgriffe standen an den Seiten der Knoten wie geschmacklose Dekorationen ab.

Es gab keinen Zweifel daran, dass das Mädchen tot war. Es war ihr nicht gelungen, sich das Genick zu brechen, wahrscheinlich hatte sie nicht gewusst, dass man sich von einem Stuhl fallen lassen und das Körpergewicht für einen kräftigen Ruck nutzen muss. Sie hatte sich erdrosselt. Das Gesicht war aufgedunsen, und die Augen, die aus ihren Höhlen drängten, waren rot von geplatzten Blutgefäßen. Sie war beinahe auf die gleiche Art wie Jörgen gestorben, durch Ersticken.

Eva stand immer noch wie erstarrt da. Sie fühlte sich, als ob sie selbst die Ursache dieser fürchterlichen Szene war. Sie hätte das Mädchen niemals sich selbst überlassen dürfen. Sie wusste nicht, wie lange sie so dagestanden hatte, plötzlich spürte sie Martin Olssons Hand auf ihrer Schulter.

«Ist Ihnen übel?»

Sie schüttelte den Kopf. Und fühlte sich wieder schwindelig.

Er hörte sich an, als ob er mit einem Kind sprach.

«Wir müssen Arne herholen.»

Sie nickte. Aber sie konnte es nicht mit ansehen, sie so hängen zu lassen. Sie drehte sich um und sah ihn fragend an.

«Darf ich sie abschneiden?»

Olsson zögerte.

Sie begriff im Grunde, dass es gegen alle polizeilichen Vorschriften verstieß, irgendetwas zu verändern, ehe die Techniker am Tatort gewesen waren.

«Bitte.»

Sie hörte, wie er seufzte, aber er zog ein rotes Armeemesser aus der Tasche und hielt es ihr hin.
Sie holte einmal tief Luft und schnitt das gelbe Seil durch. Der dünne Mädchenkörper glitt in ihre Arme. Sie hielt ihn fest und merkte, wie ihr die Tränen kamen.
Die Hölle auf Erden. Jetzt war sie jedenfalls vorbei.

KAPITEL 39

September 2001

Der Mann in dem blauen Steppanorak ging schräg über den Marktplatz. Es regnete, und weit und breit war kein Mensch zu sehen. Trotzdem blickte er sich zweimal um, ehe er auf die massive Eichentür zuging. Die Straßenlaternen warfen gelbe Reflexe auf den nassen Bürgersteig, es war beinahe elf Uhr an diesem Abend.

Er hatte jetzt schon lange gewartet. Bei der ganzen Aufregung wäre das Risiko viel zu groß gewesen. Wie alle anderen hatte er die Information erhalten. Ein toter Junge hatte das alles ausgelöst, aber jetzt war es überstanden. Das Gedächtnis der Öffentlichkeit war kurz, und die Leute interessierten sich längst für andere Dinge.

Er öffnete mit seinem eigenen Schlüssel. Dies war seine private Welt, gleich, als er in das kleine Zimmer trat, spürte er, wie sehr er die besondere Stimmung hier drinnen vermisst hatte. Die Abgeschlossenheit. Die vorgezogenen Vorhänge. Das Gefühl der Erwartung und … die Sicherheit.

Das war etwas, was die da draußen nicht verstehen konnten. Die Angst, die stets da war und die nach Linderung verlangte. Nur bei Kindern empfand er echte Sicherheit.

Er schaltete den Computer ein und klickte sich durch die Sicherheitsroutine, seit dem letzten Mal waren einige neue Links hinzugekommen. Als das letzte Passwort eingegeben war, wartete er einige Sekunden, ehe er die Datei öffnete.

Häufig empfand er diesen Augenblick als den schönsten,

wenn immer noch alles möglich war. Wenn die Erwartungen am größten waren und die Hoffnung, zu finden, was er ständig suchte, noch nicht in Scham übergegangen war.
Er wusste ziemlich genau, was andere Menschen von ihm hielten. Von solchen wie ihm. Aber in dieser Welt galten deren Regeln nicht. Hier war er jetzt sicher.
Er drückte auf die Enter-Taste. Der Bildschirm flackerte, für den Bruchteil einer Sekunde sah er sein eigenes Spiegelbild auf dem dunklen Glas. Dann baute sich das erste Bild in klaren Farben auf.

KAPITEL 40

Eva Ström legte die Zeitung weg. Normalerweise kaufte sie keine Boulevardblätter, aber bei dieser Überschrift hatte sie eine Ausnahme gemacht.
Sie war bei den Gräbern gewesen. Als sie vor den Steinen gestanden hatte, war ihr bewusst geworden, wie sehr sie Jörgens klare Stimme und Ylvas ernstes Gesicht vermisste. Dem anderen Mädchen war sie nur ein einziges Mal ganz kurz begegnet.
Sie schien sich weniger als Ylva darüber klar zu sein, was die beiden da eigentlich angerichtet hatten. Sie hatte eine Reportage über Auschwitz gesehen und sich eingebildet, dass während des Krieges in der alten Ziegelei in Vegeholm Juden verbrannt worden waren. Und sie hatte Bilder des Denkmals mit all den Inschriften der Namen und den Davidssternen dahinter gesehen.
Es ging ihr auf, wie sonderbar es war, dass man so leicht vergaß, wie Kinder Phantasie und Wirklichkeit vermischten. Wie deren Spiele sich ungehindert zwischen den Welten hin und her bewegten. Obwohl alle Menschen selbst einmal Kinder gewesen waren.
Sie blickte aus dem Fenster. Der Regen hatte nicht nachgelassen, er nieselte grau und freudlos auf die Storgatan. Sie nahm die Zeitung wieder hoch und las den Artikel noch einmal: «Die italienische Polizei hat einen weiteren Ring von Pädophilen zerschlagen, die sich politisch organisiert hatten und

Attentate auf Menschen planten, die gegen die Pädophilie arbeiten. Sie nannten sich Befreiungsfront der Pädophilen.» Sie wusste nicht, was sie davon halten sollte, die Glaubwürdigkeit der Abendzeitungen konnte sie nicht beurteilen.
Oder ihre eigene. Sie seufzte und nahm einen großen Schluck von ihrem Milchkaffee. Sie schämte sich immer noch, dass sie so kurz davor gewesen war, die Eltern des Mädchens zu beschuldigen. Aber es war der Tod des dänischen Kinderpornographen gewesen, der ihre Überlegungen auf die falsche Spur geführt hatte.
Soviel sie wusste, hatte die Polizei die Suche nach seinem Mörder abgeschlossen, offenbar war es eine Art interner Abrechnung gewesen. Worum es da ging, hatten sie nicht feststellen können. Oder die Polizei wollte einfach ihre Fragen nicht beantworten.
Sie hatte während des Verhörs eine andere Frage in Arne Bergmans Augen gelesen. Aber genau wie draußen in Vegeholm war sie ihr ausgewichen. Stattdessen hatte sie sich auf den Ring an seinem Finger konzentriert.
Sicherheitshalber. Inzwischen hatte sie aufgehört, sich auf sich selbst zu verlassen.
Sie pochte auf das Kollar an ihrem Halsbündchen. Sie war kurz davor gewesen, ihn abzugeben, denn sie war der Meinung, dass sie die Schuld an Ylvas Tod trug. Und dass sie nicht nur das Mädchen im Stich gelassen, sondern auch ihr Gelöbnis nicht gehalten hatte.
Vielleicht hätte sie es tatsächlich getan, wenn Åke nicht gewesen wäre. Er hatte sie auf seine drastische Art darauf hingewiesen, was ein Pastor eigentlich ist. Ein Mensch wie alle anderen.
Sie trank den Rest ihres Kaffees aus. Der Sommer war offen-

bar entschlossen, sich mit Tränen zu verabschieden. Sie warf sich den Mantel über die Schulter und trat in den Regen hinaus.

Die Zeitung hatte sie auf dem Tisch liegen gelassen. Italien war weit weg.

Foto: Hergen Schimpf

Petra Hammesfahr

«Spannung bis zum bitteren Ende» Stern
«Es gehört zu den raffinierten Konstruktionen von Petra Hammesfahr, dass dann doch alles ganz anders sein könnte» Marie Claire

Lieferbare Titel:

Das Geheimnis der Puppe
Roman 3-499-22884-X

Der gläserne Himmel
Roman 3-499-22878-5

Der Puppengräber
Roman 3-499-22528-X

Der stille Herr Genardy
Roman 3-499-23030-X

Die Chefin
Roman 3-499-23132-8

Die Mutter
Roman 3-499-22992-7

Die Sünderin
Roman 3-499-22755-X

Lukkas Erbe
Roman 3-499-22742-8

Meineid
Roman 3-499-22941-2

Merkels Tochter
Roman 3-499-23225-1

Roberts Schwester
Roman 3-499-23156-5

Das letzte Opfer
Roman

3-8052-0700-X

B 3/1